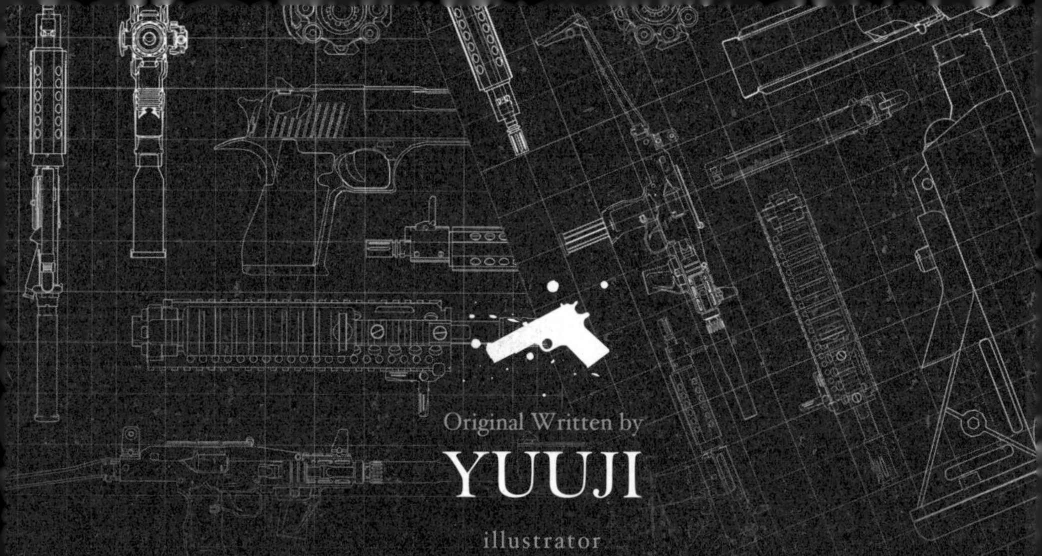

Original Written by

YUUJI

illustrator

NJ

PASSION

6

VOLUME
SIX

CONTENTS

Volume 6

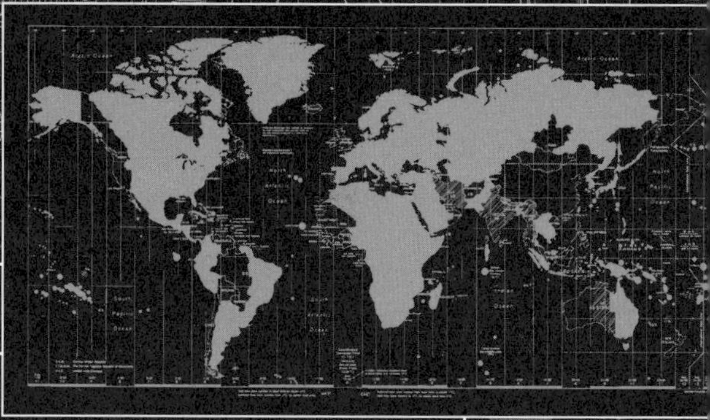

+ 目 次 +

19

距離天堂最近的地方

——現在沙烏地阿拉伯的外交部長是范德爾阿發德王子。雖然他是一位英明的人，但因為他從小身體就很不好，這也導致拉希德王子與阿里王子私下在爭奪外交的主導權。而阿費瑟王子則是阿里王子媽媽所生的胞弟，兩人的關係非常好。由於阿費瑟王子早早就避開權力鬥爭，自己成立了公司……

這是一個再常見不過的骯髒故事。

有力量的地方，自然就會吸引到蟲子上門。更不用說若是那個地方還充滿著金錢的話，情況肯定會更加嚴重。而隨著蟲子的數量越來越多，事情的局面也會變得更加骯髒與複雜。比起容易被外人看見的外部，內部往往躲藏了更多的蟲子。如果一個外人講出的故事都能如此駭人，那想必內部自然是瀰漫著令人無法想像的惡臭。

「唉……他們那些人未免也太樹大招風了吧。」鄭泰義一邊咬著李子乾，一邊嘟噥。被曬乾的柔軟果肉吃起來格外的甜。鄭泰義用指尖搓揉著那顆對生活在炎熱沙漠中的人們來說就猶如蜜汁般的水果，繼續說道：「如果他們是自己自願跳入那個火坑的話，那我自然是沒話說。我只希望他們不要拉一些無辜的人下水就好了。」

從剛剛開始，鄭泰義就不停地在咕噥著。不過卻沒有人願意回應他。

雖然他的面前坐著一個人，可是那人就只是忙著翻閱手中的書頁，無心去理會鄭泰義說了些什麼——話雖如此，但只要當鄭泰義講到了重要的事，那人就會像一直都聽在耳裡似的淡然回應鄭泰義——至於那名戴上面紗，身穿白衣，小心翼翼抱著花瓶經過迴廊要去換水的女子則是跟鄭泰義語言不通。

不過就算兩人的語言相通，對方可能也不會跟他聊天。畢竟這棟建築物裡的空間不是隸屬於坦尚尼亞的誰陵給，而是阿拉伯世界。

鄭泰義之前的高中同學曾經因為工作關係去伊朗一趟。而當時迷了路的那名同學下意識地就跟路過的女子問路，殊不知對方的這個舉動卻差點惹禍上身。鄭泰義一邊回想著這件從同學口中聽來的往事，一邊惋惜地看向那名身穿白衣的女子。

其實他也不是非得跟那名女子搭話不可。如果是男生，那或許還很難說，但打從一開始，他就不可能以有色的眼光去看女生。他頂多就只會單純地讚嘆「女子本身的美」，並不會為此而挑起性欲。

……然而那名身上帶著一把刀，站在迴廊轉角處，一動也不動地監視著這個方向的阿拉伯男子似乎並不認為鄭泰義會抱有這麼單純的想法。

「現在只差一瓶啤酒就完美了。」鄭泰義像是嘆氣般地咕噥完後，直接躺了下來。

坐落於迴廊正中間那全被石頭鋪滿的中庭外側，有扇位處迴廊盡頭的小門。而從小門走出去後，就能看見一座淡雅的庭院。長滿了茂盛樹木與草叢的庭院就像小型的植物園，裡頭充滿著各式各樣的鮮豔花朵與搖曳著的草堆。

鄭在義此刻正坐在位於庭院內側的橡膠樹樹下，靜靜地翻閱著手中的書本。而鄭泰義則是躺在鄭在義面前那片被樹蔭遮擋住的草地上，一邊拉過白衣女子剛剛放在鄭在義身旁的水果籃，一邊吃起了裡頭的水果。

這是一個很漂亮的地方。或許這裡是距離天堂最近的地方也說不定。

這裡聽不見任何的吵雜聲。在這個異常寂靜的空間裡，能聽見的就只有微風的吹拂聲、花草的飄揚聲、小鳥停留在草地上的鳴叫聲抑或是展翅聲，以及遠處身穿白衣的少女們的笑聲。

出現在鄭泰義眼前的是令人不自覺想沉浸在裡頭的刺眼藍天。而他的身旁，還有他最愛的手足。

他就這樣聽著時不時傳出的熟悉翻頁聲，陷入了平靜的情緒之中。

「可笑的是，那個有一隻腳已經踏入火坑裡的人的豪宅竟然這麼靠近天堂。」鄭泰義低語道。

他好像多多少少能理解鄭在義的想法了。

「不過哥哥怎麼會一直被關在這裡？其他人都在找你。就算對方想囚禁你，但只要你一下定決心，不是就能輕易逃脫出去了嗎？」

當鄭泰義朝對方問出這個問題時，對方就只是淡淡地答道：「因為這裡很舒適啊。反正我也沒有什麼想去的地方。」

聽完鄭在義的回答後，鄭泰義頓時不知道該怎麼回話。轉念一想，那個人也是因為有目的才綁架鄭在義的，想必對方自然會以最好的環境與待遇來禮遇鄭在義。

其實從對方特地安排鄭在義單獨居住在一個很少有人來往的地方，以及平時的生活空間來看，鄭泰義就可以確定自己的哥哥絕對沒有遭受到虐待。而且鄭泰義還能從屋內的各個角落感受到對方為了讓哥哥盡情享受這個空間所花的心思。

「那我需要向這間房子的主人打聲招呼嗎？畢竟我現在也算是突然闖入他家。」

雖然要向綁架哥哥的犯人說出「你好，那這段時間就麻煩你的照顧了」也很搞笑，但鄭泰義倒是真的很想見對方一面。

然而鄭在義卻搖起了頭，「他在四天前回去他的母國了。由於他需要定期去醫院一趟，所以每個月至少得回去一次。而他通常都會在那裡待上一個禮拜，所以至少要再等個三、四天他才會回來。況且……」

鄭在義就像想起了什麼似的，講到一半突然停了下來。而沉思了好一會兒的鄭在義隨即又像自言自語般地嘟噥道：「你們最好還是不要見面吧。」

「怎麼說？」

「他在沒有被任何人發現的情況下把我帶到了這個地方。可是如今，你卻出現在了這裡。那就代表除了你之外，一定還有其他人也知道這個事實。換句話說……」

「……他有可能也會把我囚禁起來，要不然就是拷問我還有誰也知道這件事。又或者，兩者皆是？」

「的確不能排除這個可能。」

「那現在要怎麼辦？」

「你就趁那個男人回來之前趕快離開吧。」

「那哥哥呢？」

聽完鄭泰義的提問後，鄭在義露出了疑惑的表情。而鄭泰義在看見對方的表情後，才意識到鄭在義根本就不是被囚禁在這裡的。

鄭在義是因為很滿意這個既舒適又寧靜的空間，才會主動待在這個地方。

鄭泰義撓了撓頭，「好吧……那我就自己回去。反正我有見到你就夠了。」

雖然自己一個人回去，以叔叔為首的那群人一定會覺得非常扼腕，但打從一開始，鄭泰義就不是為了要把鄭在義帶回去給那些人才動身去找對方的。他單純就只是因為想見哥哥一面，所以才會踏上這趟旅程。

「哥哥，那就再見囉。」

然而剛跟鄭在義道別完的鄭泰義卻在半路上被攔了下來。

這間別館——據說這是一間位於寬敞豪宅角落裡的屋子——無法通到外頭。其實別說是豪宅外了，這間別館甚至也無法通往豪宅的本館，抑或是其他的建築。這是一間被徹底隔離出來的別館。

而唯一可以通往別館外的通道就只有位於西側迴廊底端的門。可是那扇門的旁邊卻站著一名身上掛著一把長刀的男子。在看了一眼那把布滿許多使用痕跡的長刀後，鄭泰義馬上就想起了自己曾經在哪裡見過對方。

此人正是昨晚重擊他胸口的那名阿拉伯人。

「我想要出去……你可以讓我離開嗎？」

在聽見鄭泰義的話語後，那名男子就只是將視線移到他的身上，並沒有做出任何的反應。鄭泰義原本還以為對方是聽不懂他說的話，打算要自己去開那扇門，可是正當他試圖伸手握住門把時，男子立刻拔出了長刀敲了敲鄭泰義的手腕，擋住他的去路。

束手無策的鄭泰義只好再次去找鄭在義，並跟對方說這件事。而鄭在義聽完後就只是平靜地點了點頭，以一種果然如此的語氣說道：「因為我不曾執意要出去過，所以不太清楚，但可以進出這間別館的人好像有被嚴格限制。不過當我說我想要去夜市看看的時候，他們倒是很爽快地就答應要讓我出門了。雖然條件是我得用罩袍將全身包得緊緊的就是了。」

「那他剛剛為什麼要攔下我？因為現在還不是可以去夜市的時間？還是因為我沒有穿罩袍？」

「我想他應該已經跟那個男人報告了你的事，而對方似乎也下達了相對應的指令……不過泰義啊，夜市一個禮拜就只會開一次而已。而且我覺得你好像不太適合穿罩袍。」

反正全身上下都被罩袍遮住了，哪有什麼適合不適合的、況且哥哥其實也很不適合穿罩袍啊、不對，打從一開始罩袍就不是給男人穿的東西吧？

雖然值得吐槽的地方有很多，但鄭泰義卻安靜了下來。因為真正重要的並不是這些問題。

在嘆了口氣後，鄭泰義撓了撓頭，「搞什麼啊，所以我也被囚禁了嗎？我現在出不去了？」

「就目前來看，似乎是這樣沒錯。你就先在這裡待個幾天，等拉曼回來後，你再跟他談一談吧。或許他會很爽快地讓你離開也說不定。」

「你剛剛不是才勸我最好不要跟他見到面嗎？」

「沒辦法啊，畢竟事情已經發展到這個地步了。」

「那要是我也跟著被囚禁，又或者是被拷問的話要怎麼辦啊？」

「嗯——總會找到辦法的吧。」

鄭在義還是這麼的平靜。而鄭泰義在凝視了自己的哥哥好一會兒後，最終只能無奈地嘆了口氣。

沒錯，船到橋頭自然直。反正他也不是第一天這麼倒霉了，要是真的碰上了最糟的狀況，那他也只能把那名阿拉伯人當作人質，再藉機逃出去了。

據他所知，拉曼阿維德阿紹德這個阿拉伯人的健康狀況不是很好。而正因為體弱多病，對方基本上都待在自己的豪宅裡，不常在外頭拋頭露面。

一想到這，鄭泰義倏地就覺得有些內疚。對方的狀態糟糕到直到現在都還要定期回醫院一趟，可是他剛剛竟然湧上了要把這名阿拉伯人當作人質以作為威脅對方放自己出去的籌碼。無論他怎麼看，他都覺得自己的行為非常卑鄙又可恥。

話雖如此，但對現在的他來說，沒有什麼事能比自己的性命更重要。

別無他法的鄭泰義最終只能乖乖地待在鄭在義現在住的別館裡。殊不知僅僅只過了半天，就讓他明白了鄭在義此刻的心情。

在這短短半天的時間內，他理解了對方為什麼會這麼不想離開這個地方。

寧靜又平穩的這個空間就像天堂似的。與此同時，這裡異常地符合鄭在義的習性。對向來不愛前往人多的地方，喜歡獨自一個人待著的鄭在義來說，這個地方就像專為他而打造的一樣。

鄭泰義瞇著眼，在凝視了耀眼的湛藍天空好一會兒後，他猛地看向了鄭在義。

這段時間，鄭在義被迫就只能待在這間別館裡。然而這遼闊的監獄對鄭在義來說，卻不是監獄般的存在。這裡是可以讓對方平靜待著的地方，同時也是會讓對方想要每天就這樣度日的空間。

鄭在義可以悠哉地看書，偶爾冥想，又或者是思考一些遠比看上去還要複雜許多的難題。

鄭泰義笑了。值得慶幸的是，坐在他眼前的這個男人無論去到哪裡都不會遭遇到不幸的事。那麼就算他去到了其他地方，有好一陣子無法聽到對方的消息，也都沒關係了。

「哥哥，不過。」鄭泰義倏地開口道。

他想起了自己還有話得告訴對方。就算這些話不一定要說出口，但鄭泰義還是認為他有義務得告訴哥哥自己究竟知道了什麼。他沒有想要責怪對方的意思，他就只是覺得鄭在義也得知道這個事實罷了。

鄭泰義再次看向耀眼的湛藍藍天，眼睛微微地瞇了起來。

而鄭在義則是維持著將視線停留在書本上的動作，靜靜地答道：「嗯。」

「把哥哥關起來的那個人到底是想要什麼？」

「……」

鄭在義沒有答話，取而代之的是一道視線移到了鄭泰義的身上。鄭在義的視線不停地摸索著鄭泰義那張直勾勾凝視著天空的臉龐。眼看對方好像不打算要回答，鄭泰義只好再次開口。

而在稍微遲疑了一會兒後，他才又平靜地發問：「難道對方要你幫他製作武器嗎？」

「……你已經知道了？」

啪，書本輕輕地被闔上。下一秒，鄭在義就像陷入沉思般地沉默了好一陣子。

鄭泰義深知鄭在義永遠都會比他原先預期的還要知道更多的事。或許現在的鄭在義已經猜到了究竟是誰幫助鄭泰義找到他的下落，以及那個人對鄭泰義說了些什麼。可能此刻的鄭在義還聯想到了許多鄭泰義想都沒想過的事。

「我看見了藏在UNHRDO底下的東西。聽說那是哥哥最後做的武器？那很漂亮。」

「那就是你。」

霎時，鄭泰義安靜了下來。隨後，他將自己的頭往後仰，看向了上下顛倒著的鄭在義的臉。

鄭在義平靜地開口道：「難道叔叔沒有告訴你那個東西的名字嗎？它叫Tay。雖然還沒完成，但那個設計可以輕易地變形成任何的東西。那是我最後耗費最多心力創造出來的作品。」

「嗯……」

鄭泰義先是嘟噥了一會兒，接著慢慢地坐了起來。他將手伸進水果籃裡，摸到了什麼就直接將它拿出來並放入口中。他就這樣一邊咀嚼著水果，一邊陷入了沉思。

原來這是杏子啊。我記得這一帶無法長出這種水果，沒想到他們竟然還能買到杏子。

鄭泰義像是自言自語般地說：「……這應該也沒有什麼好隱瞞的。如果你是故意這樣命名，那當初幹嘛把我蒙在鼓裡啊。」

其實他一直很想講出這件事。他最無法接受的是鄭在義因為這件事而對他感到愧疚，抑或是無法在他的面前抬頭挺胸。

無論鄭在義在哪裡做了什麼事，他都會包容對方到最後一刻；就像鄭在義一定也會這麼做一樣。

不管是什麼樣的關係，肯定都有死都無法向對方開口的事。像鄭泰義自己也有好幾件不想告訴鄭在義的事。因此就算鄭在義沒有每件事都跟他說，他也不會介意。即使鄭在義直到現在都還有事瞞著他，他也不在乎。

然而，若對方因為這件事而對他感到愧疚的話，這才是鄭泰義最無法接受的事。

「你沒有必要因為這種事而對我感到抱歉或顧忌……」

即使鄭泰義不樂見對方研發武器，但這並不足以成為對方有必要為此感到愧疚的事。除非對方是單純為研發武器的這件事產生負罪感。畢竟鄭泰義也是因為這個理由，才不希望對方去研發武器。

鄭泰義聽見了鄭在義的嘆氣聲。

「我不會再繼續製作武器了，因為我自己也不打算這麼做……那除此之外，你還從叔叔那裡聽來了什麼？」鄭在義靜靜地問道。

雖然鄭在義多少可以猜到，但他無法確認自己的猜測究竟是不正確的。

倏地，鄭泰義意識到了。鄭在義真正不想讓他知道的並不是武器開發，而是對方現在正在試探著的這件事。而鄭泰義也立刻就反應了過來對方指的是哪一件事。

運氣特別好的天才，以及那驚人運氣的源頭。那股鄭泰義至今都無法理解——或許這個世界上也沒有人能夠理解——的好運根源，究竟是已經靜靜地被埋進了土裡，還是早就被其他人挖開來了？

「據說。」

鄭泰義一開口就覺得有些尷尬，他只好小聲地乾咳了幾聲。或許此刻的鄭在義也猜到了鄭泰義準備要說些什麼也說不定。

在沉默了幾秒後，鄭泰義才又接著說道：「據說哥哥的運氣是我給你的。雖然這件事我不是從叔叔那裡聽來的就是了。」

語畢，鄭泰義將停留在水果籃上的視線抬了起來。他看向了哥哥那無論何時都一樣平靜的臉龐。縱使對方的神情微微地沉了下來，但乍看之下還是沒有什麼太大的波動。

「……那你是從哪裡聽來的？」

「啊，是伊萊——一個叫伊萊里格勞的男人告訴我的。他還說你們兩個曾經見過面。」

由於鄭泰義不想看見鄭在義露出那種表情，所以他連忙換了個話題。而鄭在義沒有思索太久，立刻就意會過來鄭泰義指的人是誰。

「原來如此，是T&R的……」鄭在義點了點頭。

鄭泰義看著鄭在義，腦中倏地閃過了那名剛剛被他提到的男子。

伊萊里格勞。

不知道對方現在是不是正在尋找著他的下落。要是被伊萊知道他又趁對方不在的時候，偷偷跑出去，甚至還搞到行蹤成謎的話，一定會非常生氣吧。

不過伊萊應該馬上就能找到鄭泰義的下落了。畢竟像鄭泰義這樣的東方人在誰陵給上可說是非常罕見的存在。除非鄭泰義也像鄭在義一樣用罩袍將自己的全身上下罩住，要不然住在誰陵給上的島民，一定會有一堆人還清楚地記得鄭泰義的長相。

既然如此，那伊萊會跑到這個地方來嗎？

一想到這，鄭泰義忍不住就皺起了眉頭。其實就算對方知道鄭泰義跟鄭在義一樣被困在阿拉伯人的豪宅裡，對方也無法輕易地找上門來。眼下的情況沒有任何的改變。現在就跟當初找不到鄭在義的下落是一樣的處境。

即使他們知道鄭在義就在誰陵給的東南方，在那片住著一堆富豪的豪宅區裡；即使他們知道鄭在義被困在拉曼阿維德阿紹德的豪宅裡，他們還是無法找出鄭在義的下落。

雖然他們可以馬上找到沙烏地阿拉伯的皇族與富豪們的豪宅大概聚集在哪一區，但越過那道高聳的圍牆後，豪宅裡還充滿著無數的本館與別館。他們再怎麼樣都無法立刻找出鄭在義究竟被關在哪裡。

其實鄭泰義也曾經提議過，要不然就雇用傭兵，請他們戴上頭套，直接闖入每棟豪宅裡算了。

縱使鄭泰義當時只是開開玩笑而已，但回應他的卻是斬釘截鐵的答案。皇族住的豪宅裡自然會有無數個武裝警衛在看守著。除非那些警衛全都剛好不在現場，要不然他們根本就不可能從豪宅外闖進去。而且就算僱用了僱傭兵，如果那群僱傭兵們的實力不夠高超，他們也無法闖入距離豪宅入口還有好一段距離的別館。

「這麼一看，因為我跟哥哥一起被困在了這裡……那我的行蹤也跟哥哥一樣突然就消失了。」鄭泰義就像現在才意識到這件事似的，一邊嘟噥，一邊撓起了頭。

這樣搞下去，比起擔心那個傢伙到時候會不會把我折磨到死，我更擔心會引發更加嚴重的問題。

因為眼下的情況糟到無法奢求有人能從外頭將他救出去，鄭泰義只好自己想辦法試著從裡面逃脫出去了。

該怎麼辦才好。

鄭泰義認真地苦惱了起來。要是太過倒霉的話，或許伊萊還會誤以為消失的他是逃跑了也說不定——甚至昨晚還有一堆人目擊到他跟心路一起去逛夜市的模樣——如果事情發展成這副模樣，那他這次被抓到就真的完蛋了。

「不，沒有。我沒有跟心路一起逃跑！」

鄭泰義低聲嘟囔著的同時，還不忘抓起自己的頭髮。而下一秒，由於他猛地察覺到一股視線，這也使他停下了手中的動作。

鄭在義此刻正直勾勾地盯著他看。鄭泰義見狀只好尷尬地將自己的手從頭上放了下來。他開始擔心起哥哥會不會追問他發生了什麼事，畢竟這些事要從頭解釋起來實在是太過複雜與冗長了。

更何況他真的不想讓對方知道自己竟然會因為跟其他男人的愛恨情仇，而陷入隨時都有可能危及性命的情況之中（沒錯，像這件事就屬於鄭泰義那少數幾件死都不想告訴鄭在義的事）。

不過鄭在義並沒有開口詢問。他就只是像陷入沉思般地默默凝視著鄭泰義而已。隨後，鄭在義才緩緩地開口道：「泰義啊，當你聽見你是我的吉祥天的時候——」

然而鄭在義那句打破沉默的話語講到一半就突然斷掉了。

其實鄭泰義一開始完全認不出來那個人是誰，也猜不到那人的身分。不過這也不算太奇怪，畢竟他今天是第一次見到對方。

那名男子就這樣站在別館後方迴廊的階梯上。

在意識到才剛開口就馬上安靜下來的鄭在義的目光停留在自己的身後後，鄭泰義狐疑地背過了身。隨即，他便看見了一張陌生的臉龐。

那名身穿白衣，然而衣服上卻透著一絲沙黃色澤，彷彿只要他一經過，白衣上頭的沙塵就會落下的男子此刻正垂下眼凝視著坐在五階階梯之下，位於內院裡的兩人。

下一秒，一名神色慌張的男子也跟著跑進了內院裡。那人正是原先守在門旁的男子。想必這名阿拉伯男子還沒有等待守在門旁的男子跟過來，就自顧自地闖了進來吧。

那張黝黑又稜角分明的臉龐令人很難去估算男子的真實年紀。鄭泰義只能從對方那雙異常冰冷，令人完全看不透的黑色眼眸中，推測出對方絕對不可能是涉世未深的年輕人罷了。

隨著男子張開了雙唇，一道低沉又厚實的嗓音從對方的喉頭中發出。雖然鄭泰義聽不懂男子說的語言，但站在男子身旁的另外一名男子在簡單點了個頭後，也跟著回應了幾句話。

男子先是面無表情地凝視了鄭泰義幾秒，接著便看向鄭泰義的身後。對方的視線似乎是停留在了鄭在義的身上，並且還持續了好一會兒。

隨後，男子緩慢地從階梯上走了下來。當男子那雖然緩慢卻穩重的步伐一步一步地靠近時，一股不容忽視的壓迫感使周遭的空氣就像被凍結似的。

鄭泰義維持著將視線停留在男子身上的動作，微微地撇過頭朝鄭在義發問：「那個人是誰啊？」

在聽見鄭泰義的低語聲後，男子就像有些不滿地挑起了眉頭。或許男子是對鄭泰義講出了他聽不懂的語言而感到不快也說不定。

那人看上去並不像傭人。不，那名男子再怎麼說都不可能是傭人。如果真的有人聘雇他為傭人的話，沒過多久，男子一定會親手殺掉自己的主人，並且奪走主人的位置。

那麼對方難道是看守的人或警衛嗎？

鄭泰義快速地瞥了男子的身上一眼。然而他並沒有看見長刀，抑或是任何足以成為武器的東西。話雖如此，但男子的衣服底下或許還偷偷藏著槍枝也說不定。

霎時，鄭泰義湧上了一個跟此刻的情況有些不相干的念頭。

如果看守的人換作是眼前這名壓迫感如此強烈的男子的話，他可能會連想要逃跑的念頭都不敢冒出來。假如看守的人真的換成了這名男子，那他絕對會花上更多的時間猶豫到底要不要嘗試逃跑。

而鄭泰義的提問馬上就獲得了答覆。

只不過鄭在義並沒有正面回答他的問題。最主要還是因為鄭在義喊出了男子的名字，才讓鄭泰義總算得知對方的身分。

「拉曼，你這次比想像中的還要快回來。」

在聽見鄭在義那句令人出乎意料的話語後——然而若是聽在其他人的耳裡，他們可能會覺得鄭在義的語氣就跟平時沒有兩樣吧——，鄭泰義知道了男子的名字。

拉曼。

鄭泰義先是露出詫異的表情看向鄭在義，接著才將視線移回男子的身上。男子在不知不覺間已經從階梯上走了下來。而踏入內院裡的男子最終停在了距離他們幾步之外的位置上。

「這個人就是拉——」

「我就是拉曼阿維德阿紹德。你對我的豪宅還滿意嗎？」

鄭泰義還沒來得及講完話，男子就以對鄭泰義來說有些陌生的英文腔調發問道。男子那帶有英國腔的低沉嗓音跟男子剛剛與身旁看守者對談時的語氣比起來，稍微柔和了一點。而這個改變不單單只是因為語言的差異。

男子的表情也是一樣。剛剛那張會令人不自覺打起冷顫的臉龐，現在已經掛上了淡淡的微笑。男子乍看之下就像變成了另外一個人似的。

「……我是鄭泰義。你的房子真的非常出色。」

究竟哪個模樣才是男子真正的樣貌？是看上去既冷漠又嚴厲的一面，還是為了迎接來到自己家中的客人所露出的溫柔的一面？

「鄭泰義。啊，想必你就是他的弟弟了。」

那名男子，也就是拉曼。對方在思考了幾秒後，很罕見地以正確的發音唸出了鄭泰義的名字。而拉曼在輕輕點著頭的同時，視線也移到了鄭在義的身上。

鄭在義見狀點了點頭，「你這次回來得特別快。難道你在你的國家發生了什麼事嗎？」

「不，什麼事都沒發生。最主要是因為我聽說有名意想不到的客人來訪，我才特地排開工作趕了回來。」拉曼彎起眼眸，將視線移到鄭泰義臉上。

鄭泰義一邊忍不住低聲抱怨著：「我怎麼不記得我是以客人的身分來到這裡的。」一邊瞥了站在拉曼身後的看守者一眼。更準確地說，他是在昨天晚上被那名看守的人重擊胸口並暈過去的途中，被對方帶到這個地方來的。

然而就算他說出了這件事，那名以類似的手法將鄭在義綁來的人肯定也只會當作耳邊風而已。

話雖如此……

鄭泰義凝視著那名正在與鄭在義進行著簡單問候的男子，微微地皺起了眉頭。到底是誰說這個男人體弱多病的？是蓋博嗎？一定就是蓋博吧。雖然當初是靠著蓋博那強大的情報搜集能力才找到了哥哥的下落，但蓋博到底是怎麼把這個男人跟體弱多病這個詞連結在一起的？——不，其實這也很難說。

就算拉曼的外表看起來非常健康，但他或許罹患了什麼無法從外觀判斷的疾病也說不定。沒錯，而且對方甚至還得定期回醫院一趟。

鄭泰義就這樣一邊說服著自己，一邊憂鬱地取消了原先打算要將對方當作人質以藉此逃跑的計畫。

而腦中不知道究竟在想些什麼的男子除了最初朝鄭泰義打招呼的那幾秒之外，就不曾再將視線停留在他的身上了。直勾勾凝視著鄭在義的男子不停地寒暄著：「你的身體有哪裡不舒服嗎？」、「生活上有什麼不便的地方嗎？」、「如果你還需要什麼東西的話，就儘管說吧。」

隨後，男子用著若無其事的語氣，就像是要繼續寒暄般地問道：「那你打算接受我的提議了嗎？」

對方的語氣非常微妙地變得更加和藹了。那道低沉又溫柔的嗓音令人不禁聯想到或許大野狼在用高超的謊言哄騙羊群時，就是這種語氣也說不定。

然而不管男子的語氣是好是壞，鄭在義就像絲毫不感興趣般地搖著頭。男子見狀也沒有露出半點失望的神情，他只是接著說道：「只要隨便一種、隨便一樣武器就可以了。我不會提出太過分的要求，你只需要做出比現在市面上所流通的反戰車榴彈發射器的性能再稍微好一點的武器就可以了。我們真正需要的並不是武器——雖然武器本身的確也很重要——，而是『鄭在義設計過的武器』。」

鄭在義什麼時候變成了知名的武器品牌啊？鄭泰義忍不住在心底嘟噥道。不知道是不是因為他的想法也傳達給了鄭在義，對方倏地瞥了他一眼。鄭泰義見狀只好裝作什麼事都沒發生般地撇過了頭。

「我不打算再繼續製造武器了。」鄭在義答道。

「就算我說在你答應我的提議之前，我都不會讓你離開這個地方也一樣嗎？」

哇，這根本就不是提議而是威脅了吧？雖然這種程度的威脅對哥哥來說完全不痛不癢就是了。鄭泰義撇過頭凝視著站在樹枝上的鳥群，暗自在心底咂起了嘴。

不過值得慶幸的是對方並不是一名糟糕的綁架犯。畢竟對方沒有把鄭在義關在陰暗潮溼，僅僅只有一、兩坪大的地下監獄裡；也沒有餵鄭在義吃一些根本就不是人吃的食物，藉此來虐待鄭在義。

雖然不管這個地方再怎麼完美，在被人要求不能踏出這個空間後，原先舒適的天堂也會立刻變成監獄般的存在。但對鄭在義來說，這個限制根本就不算什麼。

只要可以滿足他的最低需求，那就算不能想要去哪就去哪，他也無所謂。

「只要你答應我的提議，我就會馬上讓你離開這裡。除此之外，我也會提供相對應的報酬。」

即使拉曼又提出了新的誘因，不過鄭在義還是沒有打算要答應他的要求。鄭在義就只是默默地搖了搖頭罷了。

霎時，整個空間裡只剩下了一片沉寂。

然而或許是因為這並不是拉曼第一次被拒絕，拉曼就像早就猜到了這個答案似的點起了頭，「這還真是可惜啊。但我會等到你改變心意的那天，並且再次詢問你的答案的。如果你改變心意的話，歡迎隨時告訴我。」

鄭在義依舊沒有開口，他就只是含糊地點了個頭而已。

只要造出一樣武器——而且對方好像也不奢求是什麼既複雜又厲害的武器——，拉曼就會立刻讓哥哥離開這裡嗎。轉念一想，眼下的情況或許非常完美也說不定。

哥哥可以先在這個猶如天堂般的地方盡情地享受自由自在的生活，等到哥哥開始感到厭倦的時候，再簡單畫一個設計圖丟給對方就可以離開了。話雖如此，但這個前提是哥哥必須得先打破原先不想再製造武器的決心才行。

「那麼這邊的這位弟弟——」

原先好像要就此結束談話的拉曼倏地又換了個話題。而突然被提及的鄭泰義見狀先是抖了一下，接著轉過了頭，「啊……你是在說我嗎？」

鄭泰義裝出爽朗的笑容，伸出手指指向自己問道。與此同時，他也不禁思考起對方究竟是為了哪件事才會這麼突然地提起他。

然而仔細一想，他的確也有話想對對方說。他想要求對方讓他離開這裡。畢竟他既不像鄭在義一樣會製作武器，也沒有什麼利用價值，這樣看下來，拉曼應該會答應讓他直接離開吧。

「你怎麼會知道這個地方？」拉曼笑著發問。不過對方溫柔的笑容就像在無聲地說著「來得好」似的。

雖然鄭泰義表面上也跟著一起發笑，但內心卻暗自苦惱著。如果他那麼輕易就會被對方的笑容欺騙，他根本就不可能活得到今天。他憑藉著自己那過人的觀察力及直覺，才順利地一路從UNHRDO活到現在。

「但我不知道這裡是哪裡。」鄭泰義彬彬有禮地答道。

然而拉曼見狀卻倏地挑起了眉頭。鄭泰義只好趁對方還沒來得及開口之前，接著補充道：「我是在逛巴赫普夜市的途中偶然看見了哥哥，殊不知當我追上去之後，卻被那——邊的那個人打暈。而暈過去之後的事，我就沒有印象了。等我再次清醒後，我才發現我來到了這個地方。」

鄭泰義邊說邊指向了站在後頭的看守者。而那名看守者一發現鄭泰義指向自己，雖然立刻就微微地瞪大了雙眼，臉上卻看不出什麼慌張的神情。看守者就這樣保持著沉默。

拉曼轉過頭瞥了看守者一眼，再次用鄭泰義聽不懂的語言說了幾句話。拉曼看上去似乎是在詢問著什麼。而看守者見狀先是垂下頭，接著也跟著答覆了幾句。

拉曼在點了點頭後，便將視線移回鄭泰義的身上，「原來如此。巴赫普的夜市嗎……」霎時，拉曼笑了起來。而他眼角的皺紋也因為笑意變得更加明顯了，「那你是跟朋友們一起來誰陵給玩的嗎？」

「啊……不是，我是來找哥哥的。因為我一直聯絡不上他。」

在猶豫了幾秒後，鄭泰義最終還是選擇講出實話。畢竟就算他說出：我偶然地跑到了這座位於非洲東海岸的不知名小島，沒想到竟然這麼巧，我剛好就在這裡遇到了哥哥。這種拙劣的謊言，在場也沒有人會相信他的說詞。

反正被識破也只是時間的問題罷了。

要找出在這座島上非常罕見的東方人住在哪裡、他跟誰住在一起、他的同伴們各自在做什麼樣的工作，大概只需要花上幾個小時就能把這些資訊全都查出來了。

不，或許那張調查報告早就已經書寫完成，現在正準備要送進這棟豪宅裡也說不定。

鄭泰義的同伴。

蓋博，以及……伊萊。

要是拉曼開口詢問：那你是跟誰一起來的？鄭泰義已經準備好要馬上講出答案了。他可以毫無顧忌地說出他就是跟伊萊一起來的。假如拉曼不打算放過那些試圖要尋找鄭在義下落的人，並且打算把其他共犯全都囚禁起來的話，雖然鄭泰義不確定蓋博會怎樣，但伊萊絕對是個不需要擔心的對象。

然而拉曼並沒有詢問鄭泰義的同伴是誰。他就只是凝視了鄭泰義好一會兒，接著問道：

「那你是怎麼知道他在誰陵給的？」

「這個嗎……其實我也是聽其他人說才知道的。因為找出這個線索的人並不是我。不過就我所知，那個人為了找出哥哥的下落也是吃了很多的苦。除此之外，他也很好奇哥哥的下落怎麼可以突然就消失在瓦拉納西，到底要怎麼做才能把一個人的蹤跡藏得這麼好的同時，還帶著那個人到處移動。」

拉曼微微地挑起了眉頭，他並沒有針對這個問題做出答覆，「要在這座名為世界的森林裡藏一個人，遠遠比找一個人還要容易許多。可是……」

拉曼就像在自言自語般地嘟囔了幾句，接著默默地搓揉起自己的下巴。他用拇指的指尖把玩著下巴上的鬍子，眼神就像在思索著什麼般，直直地凝視著鄭泰義。

倏地，鄭泰義下意識地後退了一步。

他總覺得對方那猶如玻璃般冰冷的雙眸好像會就此扒開他的心臟似的。

拉曼那雙沒有半點情感又冷漠的眼眸，此刻就像把肉塊放到計重秤上測量般，正在估算著什麼。

下一秒，拉曼猛地笑了起來。不對，比起發笑，他就只是將嘴角勾了起來而已。

「如果其他人掌握到他的下落，我會很困擾……雖然我也知道，大家遲早會查到是我帶走他的，但再怎麼說，他的下落都不能這麼輕易地被其他人得知。知道這件事的人得越少越好。」

拉曼的語氣微微地改變了。而鄭泰義也本能地認知到，對方那道彷彿從心底深處就已經結冰般的冷漠嗓音究竟夾帶著什麼樣的含義。

就在這個時候。

「要是泰義死的話，我也會死。」

鄭在義靜靜地打破了沉默。

然而那句乍聽之下異常悲壯的話語，實際上不但沒有絲毫的悲壯感，甚至連一絲緊張感，抑或惋惜感都沒有。話雖如此，但這句話聽上去也不像在威脅，或者是哀求。

鄭在義就像在講述著一個事實般，語氣既從容又平淡。

而拉曼則是陷入了沉默。那張不知道究竟在想些什麼的臉龐上沒有任何的表情。不久前看向兄弟倆露出的溫柔笑容也早就消失殆盡。

拉曼緩緩地轉過身看向鄭在義。雖然他的臉上流露出了不悅的神情，但他還是用著恭敬的語氣問道：「你剛剛是說，如果我殺了這個男人的話，你也會死是嗎？」

鄭在義點了點頭。隨後，他的視線先是停留在鄭泰義的臉上，接著又像很尷尬般地移開了視線。而鄭泰義見狀則是微微地皺起了眉頭。

拉曼也看向了鄭泰義。拉曼那張面無表情的臉龐上，倏地閃過了一個表情。那是個既殘忍又凶狠的表情。

「要是我殺了這個男人，你也會死是嗎……？」

拉曼低沉的嗓音中參雜著一絲笑意。朝鄭泰義向前一步的拉曼倏地抬起了手，作勢要掐住鄭泰義的脖子。

鄭泰義反射性地後退了一步。微微皺起眉頭的鄭泰義忍不住搓揉起自己的脖子。為什麼最近有這麼多人想要掐我的脖子啊？我還以為我這陣子可以不用再擔心伊萊有可能會殺了我，殊不知馬上又出現了另外一個想殺我的傢伙。

在嘆了口氣後，鄭泰義嘟噥出了就算說出口，可能也沒有什麼用處的話語：「不行。我不能死在這裡。」

雖然我也不是故意的，但要是被伊萊知道我在消聲匿跡後，竟然這麼輕易地就被其他人殺掉的話，我這次是真的會死在他的手下。鄭泰義一邊思索著前後互相矛盾的想法，一邊咂起了嘴。

拉曼看上去似乎是不打算要衝上前再次抓住鄭泰義。而停下腳步的他就這樣收起了手。在凝視鄭泰義好一會兒後，他轉過身看向了鄭在義。倏地，他的臉又掛上了不久前的那個溫柔笑容。

「你要是死掉，我的處境會變得很為難。所以我不會對他動手的……不過我倒是真的沒有料到，你們之間的感情竟然好到弟弟死掉的話，你也會想尋短的程度。」

「這跟我們之間的感情好不好無關，我那句話的意思也不是說我會就此尋短。」鄭在義邊說邊搖起了頭。

隨後，鄭在義就像想起了什麼般，看向鄭泰義解釋道：「但我不是說我跟我弟的關係不好啦。」

眼看哥哥支支吾吾的模樣，鄭泰義連忙擺了擺手示意自己已經知道了對方的意思。

「最主要是因為……泰義就是我的吉祥天。」

在間隔了一段時間後，鄭在義才補上了後話。而他的語氣中還夾帶著些許的苦澀感。

「吉祥天。」

拉曼再次重複了這個字詞。不過他看上去並不是因為不知道這個詞是什麼意思，所以才再次複誦一遍的模樣。拉曼看向鄭泰義的眼神中沒有絲毫的疑惑。

「雖然我曾經聽聞過你弟會給予你幸運的事，但要是他死掉的話，你也會跟著一起死……？」

「我現在之所以能活著，就是多虧於他給我的幸運。」

在聽完鄭在義的話語後，拉曼陷入了沉默。拉曼看上去似乎有些不快。不過下一秒，鄭泰義猛地發現對方的臉上浮現了一絲微妙的神情。

那個神情跟驚訝有著些許的差異。對方就像突然想起了什麼重要的事，又或者是頓時領悟了些什麼，也或許拉曼就只是冷靜地沉浸在震驚之中也說不定。

鄭泰義就這樣詫異地凝視著對方的表情，「……？」

鄭泰義覺得有點奇怪。

像是頓悟了什麼般，表情瞬時僵掉的阿拉伯人，以及在他面前保持著沉默的鄭在義。兩人就像是說好要向鄭泰義隱瞞些什麼似的。

鄭泰義狐疑地看向了鄭在義。然而對方看上去似乎並不打算解釋些什麼。再這樣下去，好像就沒有人願意打破這陣沉默了。由於現在這微妙的氛圍令鄭泰義感到有些不自在，甚至還湧上了些許苦澀的心情，他在咂了兩次嘴後，便撓了撓頭說：「聽完這些話後，我該說是難為情，還是彆扭……雖然我是很感謝你願意把我講得這麼厲害……」

鄭泰義擺出了尷尬的表情，咕噥道。

吉祥天。鄭在義的吉祥天。他曾經從其他人的口中多次聽見這句話。他在不知道理由、不知道真偽的情況下，從周遭人們的口中記住了這個詞。

然而當他從鄭在義本人的口中聽見這句話的時候，他只覺得既彆扭又尷尬。鄭在義講得好像他真的給了什麼巨大的恩惠似的。

不過鄭泰義話才說到一半，就不知道該怎麼繼續講下去了。

拉曼面無表情地看向鄭泰義。那雙猶如冰冷玻璃般的眼眸掃視了鄭泰義全身上下的每個角落，彷彿下一秒就會直接看穿鄭泰義腦海中的所有想法似的。不過隨後，拉曼直接背過了身。

拉曼一語不發地邁開了步伐。他既沒有跟他們打聲招呼，也沒有看他們一眼，他就這樣踏上階梯，朝著迴廊內大步走去。而原先站在拉曼身後的看守者見狀也跟著一起離開了。

頓時，內院裡就只剩下鄭泰義與鄭在義兩人。

一切就跟拉曼闖進這個地方之前一模一樣。

微風依舊涼爽得令人心情愉悅，頭頂上的湛藍藍天也還是這麼的耀眼。無論是穿梭在樹枝間的鳥群，還是隨著微風襲來時，花朵所散發出來的陣陣花香，一切都跟之前一模一樣。

在這個既寧靜又平靜的地方，兩人就像最初那樣，被遺留在了這裡。

然而有個地方卻變得不同了。圍繞在兩人間的不再是幽靜的氛圍，而是既沉重又窒息的沉默。

鄭泰義默默地垂下眼看向自己的腳邊。他光著腳，沒有穿鞋子。

因為看鄭在義無論是從房間走到迴廊，還是跑到中庭、內院，全都是光著腳在走動，所以鄭泰義見狀也跟著一起光著腳走路。

這間別館裡沒有任何可以傷到他們腳掌的地方。不論是中庭裡那被打磨得既平坦又光滑的石地板、迴廊、鋪上了柔軟地毯的室內，甚至就連內院裡那片長滿了草叢的鬆軟土壤上也沒有半點可能會傷害到他們腳掌的東西。

或許是拉曼周全地連這點小細節都顧慮到了，草叢底下竟然連顆小石子都沒有。

鄭泰義晃動起了自己的腳趾。草叢底下的鬆軟土壤正不停地輕搔著他的腳掌。在感受過土壤的觸感後，鄭泰義緩緩地轉過了身。

鄭在義此刻正坐在剛剛的位置上，再次翻看著手中的書本。

「……」

鄭泰義頓時覺得非常無力。原先環繞在心頭的緊張感也倏地消失，「搞什麼啊，難道剛剛就只有我一個人這麼沉重與窒息嗎。」

嘆了口氣後，鄭泰義直接癱坐了下來。他就這樣一屁股坐在離鄭在義不遠的草叢上，雖然衣服沾上了雜草的汁液，但他卻不在乎。鄭泰義以抱膝的姿勢將一隻手靠在膝蓋上，乏力地看向了鄭在義。

對方就像什麼事都沒發生似的，以同樣的模樣、同樣的姿勢，坐在同樣的位置上。鄭泰義在凝視了哥哥好一會兒後，心情頓時豁然開朗了起來。

或許也正因如此，他才會毫無顧忌地突然開口問道：「我真的是吉祥天嗎？」

而鄭在義的視線也短暫地從書頁移到了鄭泰義的臉上，接著又再次撇開。隨後，鄭在義默默地點起了頭。唰唰，他手中的書本也翻到了下一頁。

「為什麼？」

鄭在義這次沒有看向鄭泰義。鄭在義就像沉浸在書本中的世界，沒聽見鄭泰義所講的話，也沒有對此做出回應。不過鄭泰義仍舊靜靜地等待著對方。因為他知道，只要再過一會兒，哥哥一定就會回答他的問題。

而不久後，鄭在義果然開口了。

「沒有為什麼。」

「……」

然而他等來的就只有一句簡短的答覆。

鄭泰義的肩膀頓時變得無力。他費了好大的力氣才支撐住彷彿下一秒就會直接倒在草地上的身體，低聲嘟噥道：「喂，哥哥……」

眼看鄭在義再次陷入了沉默，鄭泰義有預感無論他這次再怎麼耐心地等下去，他可能都等不到哥哥的回答。於是他只好拿出之前曾經聽過的事來去試探對方。

「是因為小時候，每當我生病，哥哥就會跟著一起生病的緣故嗎？」

「雖然那說得上是一種根據，但並不是理由。」

「那理由到底是什麼？如果是因為我生病，哥哥就會跟著一起生病，因此得出是我給予哥哥好運的這種結論的話，那這未免也太非科學了吧？」

「但科學本來就是從一堆數不清的經驗中，找出其中的共同點啊。」

「……不是，我的意思是……」鄭泰義忍不住咂起了嘴。

哥哥不可能會聽不懂他所想要表達的意思。甚至對方還能從鄭泰義隨口說出的一句話之中，推敲出鄭泰義不想告訴對方的事。

可是……

鄭泰義突然嘆了口氣。

他維持著抱膝的姿勢，抬頭望向了天空。太陽準備要從最高點的位置緩緩地落下。只要再過幾個小時，太陽就會下山，而剩下的今天也將會被黑夜覆蓋。就像每天一樣。

今天既沒有發生什麼多了不起的事，也沒有任何事被改變。對這個世界來說，根本就沒有什麼大不了的問題存在。

無論鄭泰義到底是不是吉祥天，那又如何？反正他招來的又不是霉運，只要能夠為哥哥帶來好運的話，那他何樂不為？從結論來說，這怎麼樣都是一件好事。既然哥哥不想談論這件事的話，那他也不打算強迫對方一定要給出一個答案。畢竟這件事說到底根本就沒那麼重要。

鄭泰義默默地點了點頭。在重重地吐了一口氣之後，他笑了起來。

「你很會察言觀色，從小的時候就是這樣了。不，或許這是因為你的直覺特別準吧。」

霎時，鄭在義突然打破了沉默。鄭在義一邊將書籤夾入書頁之中，一邊蓋上了書。與此同時，他的視線也移到了鄭泰義的身上。

鄭泰義的笑臉稍稍地垮了下來。明明他前一秒才剛說服完自己就算沒有聽到解釋也沒關係。

「而我也是。」

語畢，鄭在義再次安靜了下來。鄭在義就像在看一個陌生人似的，仔仔細細地打量起了鄭泰義。他的目光緩緩地從鄭泰義的頭頂掃視到腳底，彷彿要從裡頭找出一名不認識的人似的。

鄭泰義微微地瞪大了雙眼。隨即，他垂下眼看向自己那隻靠在膝蓋上的手。明明從他出生的那一刻起，這隻手就一直存在於他的身體上，但此刻這隻手看上去卻是這麼的陌生。就跟眼前的鄭在義一樣陌生。

或許看在鄭在義的眼裡，對方也是這麼想的也說不定。

鄭泰義再次看向了鄭在義。然而鄭在義還是鄭在義。對方是鄭泰義一直深愛著的存在。不，鄭泰義甚至都已經認知不到自己其實一直深愛著對方的事實了。

鄭在義就是另外一個鄭泰義。

鄭泰義笑了，「這個理由未免也太薄弱了吧……」

鄭在義也跟著淡淡地笑了起來。

隨後，鄭在義就像已經把該說的話都說完似的，直接起身。鄭泰義看對方以緩慢又輕盈的步伐從自己的面前經過，踏上階梯的模樣後，他也從草地上站了起來，跟在對方的身後。潔白又光滑的石頭沾上了土壤。鄭泰義就這樣一邊跟著那道痕跡，一邊看向距離自己五步之外的鄭在義的背影。

鄭在義的背影總是這麼端正又筆直，就跟對方的性情一樣。

＊＊＊

這個地方完美地與外界隔絕。

四條迴廊的正中間都有一扇宏偉的大門，而迴廊與迴廊間的轉角處則是各有一扇小門。然而總共有八扇門的這間別館，卻仍舊完美地與外界隔離著。

明明那四扇宏偉的大門也不是裝飾，卻被緊緊地鎖上。而這四扇似乎只有好幾名壯丁聯手才能打開的鐵門，其實就算沒有被鎖上，單憑一個人的力氣也絕對無法打開。

位於每條迴廊底端的四個小門各自又可以再細分為：通往室內的門，以及通往室外的門。通往室內的門可以去到像是臥室、書房等，這種與建築物內部相通的地方。至於通往室外的門則是只有一扇是沒有被鎖上的。

而那唯一一扇可以通到室外，又沒有被鎖上的門實際上也無法真正地去到外面。那扇門通到的是內院。雖然內院的四周都被高高的圍牆包圍著，但因為內院裡的空間十分寬廣，所以倒也不至於會感到太過封閉。

至於剩下的三扇門——雖然不知道這些門到底會通往哪裡——，乍看之下應該是可以通到外面的門。不過其中的兩扇門卻被緊緊地鎖上了。然而那兩扇門不單單只是被鎖上，門的縫隙間還被填上了滿滿的灰泥，使得這兩扇門失去了原先的功用。

而最後的一扇門，就是唯一的出入口。只不過那名負責看守鄭在義，順便顧著這扇門的阿拉伯男子會一直守在門的前方。

鄭泰義趴在中庭裡那座四方形池塘——鄭泰義猜不到這個池塘的真正用處。他原本有在想這會不會是座游泳池，但這裡的水深就只有到他的大腿。若要說是澡堂的話，這個水又太冷，況且這裡還位於中庭的正中間。然而他們看上去似乎也不打算在這裡面養魚——的旁邊，一邊將手伸進池塘裡攪動著水花，一邊發出了苦惱的呻吟聲。

好為難。

鄭泰義的腦中就只剩下了這個念頭。他也已經在這個地方度過了好幾天。

這段時間，鄭泰義和鄭在義兩人一起被囚禁在了這間別館裡。不過對鄭在義來說，他早就在這個地方生活了好幾個月，也學會了要怎麼平靜地享受這種生活。

其實鄭泰義也不是說做不到。甚至他自己也很想像鄭在義一樣平靜度日。疲倦不已的他早就想不起來上次讓自己的身心靈徹底放鬆，好好休息是什麼時候的事了。無論是被時間跟各式各樣的情況追著跑的身體，抑或是被折磨到不成樣子的精神，都恨不得馬上擁抱這種平靜又安寧的生活。

可是。

「我真的很怕那傢伙……」

鄭泰義以趴著的姿勢，將頭埋進手臂之中。嘩啦，另外一隻幾乎整隻都浸泡在池塘裡的手臂感覺到了絲絲寒意。

伊萊。伊萊里格勞。

不知道他現在在外面幹嘛。不過我敢打賭他的心情一定超級差。可是那個傢伙最大的問題就在他不會只止於心情很差的程度啊。

由於別館完美地跟外界隔絕開來，所以他什麼消息都無法得知。也正因如此，他才更加的不安。

「……」

鄭泰義的手掌不停地拍打著池塘的水面。而兩片飄在水面上又大又紅的花瓣也跟著一起蕩漾了起來。

「伊萊……」

他靜靜地喊出了對方的名字。這是一道猶如風聲般，細微到快要聽不見的聲音。

或許這是一件好事也說不定。

只要待在這裡的話，他就能逃出伊萊的手掌心了。

外面的人無法動到這間別館。無論是T&R還是UNHRDO的勢力都沒辦法起到任何的作用。要是他們真的作勢要動手，這座豪宅的主人只要趕快將鄭在義移到其他地方，並且裝傻，他們也只能拿他沒輒。因此外面的人是絕對不可能草率地出手。

而跟鄭在義搭上同一艘船的鄭泰義也是一樣。只要待在這裡，那無論是再怎麼執著的追蹤、永無止境的瘋狂，以及威脅，全都可以順利躲避。雖然不能出去外面，多少有種不自由的感覺，但只要能逃離那個令人毛骨悚然的傢伙，這點程度的痛苦根本就不算什麼。

「對啊，仔細一想，這反倒是件好事。我應該要為了因禍得福而開心地享受待在這裡的生活吧……除非我真的罹患了思覺失調症。」

原先已經準備好要抬起的頭，又再次埋回了手臂裡。而鄭泰義的耳垂也開始發燙了起來。

鄭泰義以趴著的姿勢，悄悄地將身體往前推，接著一口氣把自己的頭全都泡進了池塘裡。咕嚕咕嚕，口中吐出的氣泡不停地搔著他的臉頰，並直衝至水面上。

怎麼辦，我也太扯了。好不容易才逃離了（雖然這只是權宜之計）那傢伙的手掌心，我怎麼會想著要再次回去。鄭泰義，你真的徹底瘋了吧。』

轉念一想，說不定對方就只會若無其事地說「那傢伙又逃跑了」。簡單咂個幾次嘴後，就把這件事拋在腦後了也說不定。

…………好吧，完全不可能。

霎時，一個疑惑倏地閃過鄭泰義的腦海。伊萊到底是怎麼解讀他本人對鄭泰義的想法的？

「……呼！」

鄭泰義猛地抬起了頭。他已經無法再繼續憋氣了。

被水沾溼的頭髮不停地滴著水，不過一會兒就把他的脖子跟衣服浸溼。而一邊用手背擦拭著眼角，一邊喘氣的鄭泰義這時才發現有雙腳站在距離他兩步之外的地方。

瞬間湧上一股陌生感的他就這樣直勾勾地盯著自己的腳看。他的腳上什麼都沒穿。而距離他兩步之外的那雙腳看上去卻格外不自然，或許是因為對方此刻正穿著一雙編織皮鞋吧。不知為何，光著的腳與穿上鞋子的腳看上去竟然有著這麼大的差異。

抬起頭後，他看見了一張熟悉的面孔。雖然他對這張面孔很熟悉，但他跟對方可說是完全不熟。那名名叫拉曼阿維德阿紹德的男人露出了每次來到別館時就會出現的溫柔笑容，站在鄭泰義的面前。

「啊……你是從什麼時候開始站在那裡的？」鄭泰義擠著頭髮上多餘的水分，疑惑問道。

「剛剛。」

拉曼簡短地回答完後，就目不轉睛地垂眼盯著他看。

其實鄭泰義知道對方來到了別館。畢竟他剛剛有撞見拉曼經過迴廊，走向書房的模樣。白天的時候，鄭在義基本上就只會待在書房或內院。因此拉曼每次都會先前往比較近的書房裡查看，若是鄭在義不在那裡，他接著就會跑到內院。

拉曼每天都一定會跑到別館來見鄭在義。話雖如此，但他每次都不會停留太久，也不會跟鄭在義講太長的話。拉曼的主要目的就只有一個。

「你今天打算要接受我的提議了嗎？」、「如果你不接受的話，你就無法離開這裡。」、「只要你答應我的提議，我不但會讓你馬上離開這裡，還會提供相對應的報酬。」

對此，鄭在義的答覆每次都一樣。

就鄭泰義的觀察來看，好像自從鄭在義被囚禁在這個地方之後，這個一問一答的景象就不斷地重複上演著。也正因如此，當拉曼聽到鄭在義的答案時，已經不會再為此感到失望，抑或是生氣。他就只是會淡然地接受，並且補上一句：「如果你改變心意的話，歡迎隨時告訴我。」接著離開。

今天也是一樣。走進書房裡的拉曼似乎是發現了鄭在義的身影，他隨即便一字不差地問出了那個每次都會問的問題。而鄭泰義遠遠地聽到了拉曼的聲音後，便將注意力放到其他事情上，躺在了中庭的池塘邊。

想必當鄭泰義一邊打滾，一邊思考著迴廊構造，順便將頭埋進池塘裡時，拉曼也結束了今天的問答。鄭泰義就這樣與不知道究竟在想些什麼，一語不發垂下眼凝視著自己的拉曼對視著，並伸手撥開被水浸溼而黏在臉頰上的頭髮。

是因為我把頭泡在池塘裡，惹他生氣了嗎？該不會這個水池其實有什麼宗教上的含義吧？

鄭泰義故意擺出了笑臉，開口道：「你的表情看上去還真嚇人……該不會當我把頭泡在池塘裡的時候，你正在想著要趁機壓住我的頭，好讓我溺死吧？」

聽見鄭泰義笑著說出口的玩笑話後，拉曼先是挑起眉頭低聲笑了幾聲，接著說：「真不愧是鄭在義的弟弟。直覺很準的這點跟他很像。」

「……」

這是以牙還牙，以眼還眼，以玩笑話還玩笑話嗎？還是這該不會是拉曼的真心話吧？

鄭泰義疑惑地咂著嘴，不滿地看向了對方。然而拉曼似乎並不打算解釋這句話到底是不是玩笑話，直接就帶開了話題，「這個地方怎麼樣？住得還舒適嗎？」

「啊——除了不能得知外界消息的這點令人有點鬱悶之外，其他都還不賴。尤其別館的內部更是宜人。」

「那真是太好了。」拉曼點了點頭，露出了微笑。

單看對方此刻的模樣，實在很難想像眼前的這個人竟然跟不久前面無表情想要殺掉鄭泰義的那個男人是同一個人。在第一次見完面的隔天，拉曼就像什麼事都沒發生過似的，露出溫柔的笑容，恭敬地與鄭泰義打招呼。而鄭泰義見狀則是一邊不情願地回應對方，一邊在心底猜想對方會不會是雙重人格。

不過在經過這幾天短暫的相處後，他很確定對方並沒有罹患這種疾病。與此同時，眼前的這個人也成為了非必要，他絕對不想碰見的人。

這與對方邪不邪惡、卑不卑鄙無關，鄭泰義只是單純覺得拉曼的個性跟自己合不來。其實就算對方既邪惡又卑鄙也沒有什麼大不了的，畢竟鄭泰義早就認識了一名個性糟透了的人。

話雖如此，但他其實也跟那名個性很糟的人合不來。要是有人說「你們的個性很合！』這種話的話，他絕對會想盡辦法撕爛對方的嘴。

每次當鄭泰義跟拉曼待在一起時，他的心底就會湧上一股近似於不快感的負面情緒。不過鄭泰義卻找不出湧上這種感受的原因。或許是因為他從來沒有看過個性這麼奇怪的人吧。其實從客觀層面來看，拉曼是個從各個意義上來說，都令人讚嘆的人。

可是鄭泰義就是覺得跟拉曼待在一起會很彆扭。對，這個感覺就跟不快感非常類似。

我怎麼會這樣？

思索到一半的鄭泰義眼看向他搭話彷彿只是表面上的例行公事，馬上就作勢要轉身離開的拉曼，隨即伸出手抓住了對方，「啊，可是。」

然而當他的手一碰到拉曼的時候，他馬上就後悔了。他下意識地抓住了對方的袖子，而拉曼見狀立刻就用那雙彷彿結冰般的黝黑眼眸瞥了他的手一眼。

鄭泰義連忙鬆開了手。拉曼在默默地甩了甩自己的袖子後，用著依舊溫柔的語氣問道：

「你還有什麼話想說的嗎?」

「我想要離開這裡。」

雖然鄭泰義也知道對方肯定不會答應自己的提議,但他還是開口了。也許這就跟拉曼明知自己一定會被拒絕,卻還是每天都來請求鄭在義替他製造武器是一樣的脈絡吧。

而拉曼在聽完鄭泰義的提議後,陷入了短暫的沉默。他停下了準備要邁開的步伐,默默地垂眼凝視著鄭泰義。

「你想出去?」

「對。因為……我在外面還有事情還沒完成。」

「外面嗎?該不會你那件還沒完成的事,指的是跟T&R的伊萊里格勞,以及凌霍龍的兒子凌心路有關的事吧?」

這次換鄭泰義安靜了下來。微微撇起嘴的他,隨後又馬上恢復成平時的模樣。

仔細一想,對方的確不可能會不知道這件事。畢竟這段時間已經足夠讓拉曼去追溯鄭泰義究竟是透過什麼方式一路來到這間別館的。

鄭泰義直視著對方,猛地笑了起來,「你了解得還真清楚。」

「昨天當我在清真寺與我祖國的朋友們短暫地聊天時,這件事剛好成為了我們的話題。」

鄭泰義挑起了眉。拉曼似笑非笑的微微揚起了自己的嘴角,「我有一位朋友恰巧來這附近的豪宅裡度假，怎料他前幾天早上出門的時候，突然就被伊萊里格勞攻擊了。」

「攻……」

「還說他要找我。」

拉曼嘴角的弧度變得更加明顯了。然而拉曼看上去卻沒有絲毫的愉悅之情——他的表情更接近於厭煩與反感——，他就這樣目不轉睛地看著鄭泰義。

拉曼就像要找出隱藏在鄭泰義臉下的東西，用著一副彷彿在盯著蛇，抑或是爬蟲類等奇怪生物般的眼神在盯著鄭泰義看。

鄭泰義臉上的笑容倏地消失。

雖然他之前時不時就會被這種駭人視線洗禮，進而導致他早就練就了不會為了這點小事而顫抖的能力，但這種毛骨悚然又不祥的感覺——對，那股近似於不快的感受就是不祥——，卻跟鄭泰義這輩子所感受過的各種威脅都不同。

「他要找你……？」

「雖然我當時因為聽聞家裡來了一名不速之客，連忙拋下手中的工作在趕回來的路上，因此不在誰陵給。但我那位可憐的朋友僅僅就只是因為他是一名在這附近有間豪宅的穆斯林，結果就慘遭不幸，不得不再次離開誰陵給。畢竟這附近的醫療設備都不足以應付他的傷勢。」

「……」

「在那之後，我的朋友們也因為害怕那名怪漢會攻擊他們，都變得不太敢出門。不過也因為這件事，我很輕易地就查出了他的身分。」

拉曼緩慢地說道。隨後，他以一種微妙的眼神瞪向鄭泰義，「由於之前時不時就能聽到跟他有關的傳聞，所以我很快就掌握到他的資訊了。T&R裡沒人敢動的流氓，伊萊里格勞。你竟然能跟那位如此知名的人物一起結伴而來，想必你也不像你的外表一樣既寒酸又微不足道嘛。」

拉曼的語氣變了。他稍稍壓低了嗓音，講話的方式也變得更通順了一點。然而那張夾帶著淡淡笑容的臉龐卻沒有任何的變化，不過這反倒令鄭泰義更加的不快。

「你可別誤會了，無論他們的規模再怎麼大，也只不過是個企業。無論他們有多出眾，在我們東方也就只是個在自吹自擂的小家族而已。你該不會認為他們有辦法影響到我吧？別說笑了。就算他們攻擊其他地方，試圖要刺激到我。我只要把鄭在義跟你關在沒有人知道的地下監獄，然後裝傻就沒事了。你該不會覺得當我說出『我已經放他們走了，是他們自己離開的』這句話之後，那些人還有辦法闖入我家翻東西吧？想得美，那種事是絕對不可能發生的。」

那道傳進耳中的低語聲滔滔不絕地從拉曼的口中湧出。

鄭泰義面無表情，目不轉睛地凝視著對方。而拉曼則是站在距離他幾步之外的地方，用著跟鄭泰義一樣，沒有絲毫遲疑的眼神盯著他看。

「你這種傢伙竟然能成為吉祥天……」

霎時，一句冰冷又充滿著蔑視的話語打破了沉默。拉曼冷漠又殘忍的雙眼再次打量起了鄭泰義。那是一道近似於憎恨的視線。

憎恨？我有做什麼會讓他憎恨的事嗎？我們的立場反過來反倒還比較合理吧。

「你跟鄭在義一點都不像。一個破爛不堪又邋裡邋遢的傢伙，竟然能為他帶來福祿？還真是搞笑，天底下會有比這更荒謬的事嗎。」拉曼咬牙切齒地說道。

而下一秒，他猛地以一種奇妙的眼神瞪向鄭泰義低語道：「為什麼偏偏是像你這樣的傢伙……？」

那是一句不打算要得到回應，更接近於自言自語的話。即使鄭泰義也知道自己可以不用回答，但在默默凝視了對方好一會兒後，他還是緩慢地開口了。

「我也不知道為什麼是我。在此之前，我從來不認為我有給過哥哥福祿。雖然在我聽來，我也覺得這是一段既搞笑又荒謬的故事……但我不想從一個囚禁了破爛不堪又邋裡邋遢的傢伙的人口中聽到這些評論。」

拉曼安靜了下來。隨後，他先是瞇起雙眼看向鄭泰義，接著猛地張開了那張似笑非笑的雙唇，再次用著跟之前一樣的語氣，莊重地開口道：「從結論來說，你無法離開這裡。你得等到鄭在義出去的那天，你才能跟著他一起離開。因此，如果你想要盡快離開這裡，那就協助我，一起說服他接受我的提議吧。」

拉曼的語氣中沒有絲毫的遲疑。而鄭泰義在聽完對方那句滔滔不絕的話語後，倏地意識到或許對方打從一開始就只是為了要講這句話而已。

拉曼的眼神還是這麼的冰冷。鄭泰義一邊好奇著究竟有什麼事能讓拉曼的眼神滾燙起來，一邊默默地凝視著對方。

「我相信你也有聽到，我沒有提出什麼太過分的要求。我要的就只是有他名字的武器，僅此而已。老實說，我堅信只要是他親手製作出來的武器，那就一定會非常優秀。不過就算他製造出來的武器跟一般的反戰車榴彈發射器差不多，我也可以接受。」

「……我還真沒料到哥哥的名字竟然成為了知名的武器品牌。難道是因為跟你對立的另一方，有人很討厭鄭在義這個名字嗎？」

在聽見鄭泰義充滿著不快的低語後，拉曼放聲大笑了起來。而拉曼那道即使是大笑著，也一樣冷靜又沉著的視線令鄭泰義感到非常反感。

「看來你掌握情況的能力還不及鄭在義。他在我第一次向他提出製造武器的要求時，就已經掌握了所有的情況——真正重要的是當我打著鄭在義名號的時候，願意因此加入我軍的那些人。舉個最簡單的例子，只要我一講出鄭在義這個名字，肯定馬上就能拉攏到好幾個軍需業者了。」

拉曼愉快笑著的同時，還把自己的身子稍稍往鄭泰義的方向靠了過去。他就這樣把臉靠到鄭泰義的面前，壓低嗓音愉悅地說道。

而鄭泰義則是目不轉睛地盯著拉曼看。

果然，拉曼要的就是武器。一個名為鄭在義的武器。而鄭在義把新的武器設計圖交給拉曼的這件事，同時也代表著他默認了要把自己的名字交給對方。

拉曼仔細地打量著鄭泰義的整張臉。隨後，他再次站直，並且露出了平時的溫柔笑容，「畢竟鄭在義真的是個非常罕見的優秀人才啊。」拉曼的語氣也恢復成了原本的樣子。

……哥哥，我真的好討厭這個傢伙。

鄭泰義堅定地在心底說道。假如鄭在義此刻在他身邊的話，他絕對會直接當著拉曼的面吼出這句話。不過考慮到自己目前正被對方囚禁起來的處境，他會改成用韓文說出這句話。

拉曼後退了一步。他這次似乎是真的打算要離開了。

「我相信你也有聽到，鄭在義只需要幫我製造出一樣武器就可以了。當他履行完承諾的那一刻，我就會馬上讓你跟鄭在義離開這個地方。因此，我希望你能幫我多多說服鄭在義。」

「但我不想強迫哥哥去做他不想做的事。」

拉曼挑起了眉頭。隨後，他先是聳了聳肩，「請隨意。」接著又繼續補充道：「無論如何，在那之前，你都得待在這個地方。如果生活上有什麼不便之處，歡迎隨時告訴我……啊，對了。這段時間得麻煩你減少去巴赫普夜市的頻率了。」

拉曼在淡然地笑著說完後，簡單以一句：「那就先這樣。」作為結語，並轉身離開。

鄭泰義呆站在原地，靜靜看著對方走向位於西側迴廊底端的那扇門。從微微敞開的門縫中可以看見外頭種植著猶如景觀樹般低矮的樹木，以及隱約瞥見樹木與樹木間那道灰色的圍牆。

「……嘖。單憑這點資訊，我根本就猜不到這裡是哪裡嘛。」

等到那扇微微敞開的門再次闔上後，鄭泰義嘆了口氣，跌坐在地板上。

被池水浸溼的頭髮已經不會再滴水了。雖然手還是能夠摸到頭髮上的水氣，但至少不會再像剛剛那樣滴個不停。想必當鄭泰義在跟那個男人對談的過程中，頭髮也漸漸被微風吹乾了。

「我真的好討厭那個傢伙。拉曼——阿維德——阿——紹德。我好討厭他。該死的，厲鬼怎麼還不快來把他抓走啊。」

鄭泰義咬牙切齒地嘟噥著對方的名字。或許是聽見了熟悉的名字，看守者見狀馬上瞥了這個方向一眼。

隨便你啦，你要告狀就去告狀啊。不過前提是你得先聽得懂韓文。

——我有一位朋友恰巧來這附近的豪宅裡度假，怎料他前幾天早上出門的時候，突然就被伊萊里格勞攻擊了。還說他要找我。

「……」

鄭泰義突然停下了動作，撐在地板上的手也忍不住抖了一下。他的指尖用力地抓著石地板。

里格勞在找拉曼……里格勞在找我。

霎時，鄭泰義的心猛地一陣抽痛。

他好像能看見伊萊當時的表情。他好像知道伊萊當時是用什麼樣的表情，抓住了那名不知名的阿拉伯人。

他在找我。

就算鄭泰義早就猜到了這件事，但他的耳朵還是忍不住發燙。

「喔……」

鄭泰義連忙伸出手摸向了自己那發燙的耳垂。然而剛剛才摸過被太陽照得滾燙的石地板的手卻完全幫不上忙。

下一秒，他直接躺在了地板上。接著以躺著的姿勢緩緩移動到位於頭頂處的池塘，並且再次把頭浸泡到池水裡。

我想離開這裡。我想要趕快離開這個地方。

即使鄭泰義泡到都快喘不過氣了，但滾燙的脖子還是無法降溫。一直等到站在遠處盯著鄭泰義看，最後忍不住走過來的看守者拍了拍鄭泰義後，鄭泰義才總算抬起了頭。

究竟要怎麼做才能離開這裡啊。

鄭泰義坐在池塘邊，出神地看著看守者露出一副就像在看瘋子般的眼神打量了自己好一會兒後，再次走回門前的身影，暗自想道。

不過他卻想不到任何的辦法。

究竟該怎麼做，究竟要怎樣才能離開這裡。若是有個辦法可以偷偷離開就好了。

「應該很困難吧。」

沒有思索太久，鄭在義便直接答道。

「喔……果然還是不行嗎？不知道這些伊斯蘭建築會不會有為了預防一些意外而設置的緊急通道……」

「如果是類似於城塞，抑或是有一定規模的建築物，那或許還可以期待一下。不過在這座構造簡單的豪宅裡，有的機率應該很低吧。就算真的有，那個洞也不可能出現在這間別館裡。」鄭在義淡然地繼續補充道：「畢竟這座豪宅的主人可沒有笨到會把人囚禁在有密道的別館裡。」

「好吧。」

鄭泰義失望地咕噥完後，再次拿起手中的毛巾繼續擦起了頭髮。

而打量著鄭泰義表情的鄭在義見狀靜靜地問道：「你想離開這裡嗎？」

在聽見鄭在義低聲的提問後，鄭泰義選擇了沉默。他的確想離開這裡。或許鄭在義在看見鄭泰義沒有馬上開口的反應後，也猜到了鄭泰義沒說出口的那個答案。

鄭泰義想要離開這個地方。雖然他現在已經沒有像第一時間聽到外頭消息時那麼急迫與焦躁，但心底就像泛起了漣漪般，名為焦躁的情感正不停地蕩漾著。

要離開這裡的方法其實也很簡單。就像拉曼說的，只要鄭在義給出一張設計圖就可以了。

即使鄭在義曾經明確表明過他不想再製造武器，但如果是鄭泰義提出這個要求的話，鄭在義最後肯定還是會答應。也正因如此，鄭泰義才不想這麼做。他不想為了自己私人的事，就違反鄭在義的意願，強迫哥哥去做根本就不想做的事。

而鄭在義一定也早就猜到了鄭泰義會這麼想，所以縱使他明知弟弟想要離開這裡，卻還是沒有主動提及製造武器的事。

在發出了不滿的呻吟聲後，鄭泰義就像要把自己的頭髮全都拔光似的用毛巾大力地搓揉著。但頭髮基本上都已經被擦乾了，就算他現在繼續擦，也無法擦出任何的水氣。

鄭泰義瞥了鄭在義一眼。

對方此刻正坐在窗邊的椅子上，默默地聽著音樂。拉曼曾經說過，不管鄭在義需要什麼，他都會想辦法買給鄭在義。而拉曼最後也真的說到做到。不管是鄭在義想聽的唱片，抑或是想看的書，拉曼都會二話不說地幫鄭在義買回來。

對啊，雖然我很想離開這個地方，但對哥哥來說，待在這裡或許比待在外面更幸福也說不定。

鄭泰義把擦完頭髮的毛巾掛在脖子上，用著有些厭煩的眼神環顧起了這間書房。他至今都還記得，當他第一次走進這間書房時有多震驚。

乍看之下，這是一個簡約的書房。除了巨大的書桌、書櫃、特地擺在窗邊的椅子——正是鄭在義現在坐著的那張椅子——、幾樣放在置物架上的裝飾品和開花的小盆栽，以及位於書桌對面的音響之外，就只剩下好幾張多到無法細數的唱片。

鄭泰義曾經在UNHRDO的總管室裡看過同樣的書桌及書櫃。雖然他無法確定這是不是同一款商品，但至少看上去非常類似。而據其他部員們的說法，光是那張書桌及書櫃的價錢，就足以打造出一間多媒體教室了。

至於那張椅子——對，就是鄭在義現在坐的那張椅子——，則是鄭泰義從軍隊裡退伍後沒多久，曾經在一名國外知名藝術家的展覽上看過的作品。當時那張椅子被擺在展覽的最後一個展區，並且還特地用隔板隔開。看了展覽的介紹目錄之後，鄭泰義才赫然發現那張椅子被標上了一個猶如天文數字般的價錢。想必眼前這張椅子和展覽上那張椅子看起來這麼相像，應該不單單只是鄭泰義的錯覺。

這樣推測下來，那些盆栽與裝飾品看上去大概也價值不菲。而當鄭泰義最後看向音響時，他忍不住震驚了。即使稱不上是什麼音響愛好者，但就像其他朋友們很愛研究汽車或摩托車一樣，他對音響也有著極大的興趣。正因如此，他比誰都還清楚這裡光是一個音響的價錢，大概就等同於大都市裡某間小公寓的全租租金。

而那個瞬間，鄭泰義再次意識到了，這座豪宅的主人果然是阿拉伯的皇族。就算對方的繼承順位被排在非常後面，但對方的手中還是握有巨量的石油資金。

腦中閃過拉曼臉龐的鄭泰義忍不住嘖了一聲。其實光是從對方能夠在這個區域蓋一座規模如此龐大的豪宅就已經說明了一切。

「我感覺我快要對那些含著鑽石湯匙出生的人產生偏見了……」

仔細一想，的確就是如此。無論是伊萊那個傢伙，還是心路，抑或是拉曼，他們的個性全都很糟。

「還是因為他們的錢太多，所以個性才會變成這副鬼樣啊……」原本打算要找出更多證據來證明這個偏見的鄭泰義最終還是忍不住搖起了頭。

不行，我不能產生偏見。

由於哥哥正是眾人偏見下的犧牲者，鄭泰義從小便會不停地叮嚀自己不能戴上有色眼鏡。

他那麼聰明，想必他的個性一定很奇怪吧、他那麼聰明，想必他一定很不擅長與人相處吧、他那麼聰明，想必他肯定是個很難搞的人吧。

鄭泰義時不時就能聽到有人在背地裡對鄭在義說三道四。所以他也養成了習慣，不會主動去聽那些充滿著偏見的見解。話雖如此，但只要當他一想起拉曼這個人，他腦海裡的成見便會變得更加嚴重。

鄭泰義看著舒適地坐在快要跟一間房子一樣貴的椅子上，靜靜凝視著窗外的哥哥，猛地嘆了口氣。

算了，不管怎樣，至少拉曼願意提供最好的環境與便利給哥哥。

為了讓鄭在義順利答應提議，因此拉曼絕對不會在環境上，抑或是行動上折磨他們。對鄭在義來說，這種想要什麼就有什麼，想看什麼書就能看什麼書，想研究什麼就可以研究什麼的生活一定是幸福的。

鄭泰義坐在地板，將下巴靠在抱膝的手臂上，默默地凝視著鄭在義。隨後，他猛地開口問道：「要是那個男人等到累了，突然拿刀架在你的脖子上，威脅你說如果不馬上交出設計圖就要殺了你，那要怎麼辦啊？」

鄭泰義回想起了拉曼那雙看不出任何情感流動的眼眸。其實他並不認為對方是個會突然暴跳如雷的人。不過要是對方真的這麼做了，那鄭在義會怎麼抉擇？照理來說，為了保全性命，鄭在義最後應該還是會答應對方的提議吧。

雖然鄭泰義不曾仔細思考過這個問題，但他認識的鄭在義好像不會這麼做。他所認識的鄭在義應該會先露出漫不經心的表情沉思一會兒，接著提出兩全其美的解法才對。

不過……就算拉曼真的作勢要砍哥哥，依照哥哥的運氣，那把刀也會突然斷掉，讓哥哥順利撿回一命吧。

而鄭在義在聽完鄭泰義的問句後，緩緩搖起了頭，「他既不是個會感情用事的人，也不是衝動的人。我想他應該會耐心等待，並且縝密又冷靜地規劃他的計畫吧。為了達到目的，他會拚命壓抑住自己的情感，並且等到成功的那天。所以你大可不用擔心這個問題。」

鄭泰義一邊回想著拉曼這個人，一邊思索著認識拉曼比自己還要久的鄭在義的那番話。霎時，他的腦中閃過了某人的身影，在嘆了口氣後，他像是自言自語般地咕噥道：「拉曼跟某個人完全相反。」

鄭泰義剛好認識一名總是感情用事，只要一生氣，就會毫不猶豫殺掉對方的人物。而想起那個人的瞬間，鄭泰義連忙拿起剛剛擦完頭髮的溼毛巾搓揉起再次滾燙起來的臉頰。

一想到那張肯定會在這座豪宅圍牆外的某處暴跳如雷的臉，鄭泰義就安靜了下來。

其實他也曾經想過乾脆就躲在這裡度日算了。比起待在那個瘋子的身邊，每天都要擔心著自己什麼時候會突然橫死，他還不如在這裡——雖然被囚禁起來，多少有點不自由——度過一段既平靜又清幽的生活。

縱使拉曼曾經威脅過要把他們關進地下監獄裡，但從對方把鄭在義視為貴客般不停花錢招待鄭在義的態度來看，那種事應該是不可能發生了。既然如此，就這樣待在這座小樂園裡跟哥哥一起度過安穩的日子好像也不賴。

「……」

可是鄭泰義還是想離開這裡。

那股再度從心底湧上的焦躁感使鄭泰義下意識地握起了拳頭。而他的指尖也不小心劃過臉頰，令他忍不住發出了小小的呻吟。

一旁的鄭在義在默默凝視了鄭泰義好一會兒後，發問道：「那個跟拉曼完全相反的人是誰啊？」

「嗯？喔……是伊萊……里格勞。」

不知為何，鄭泰義不是很想馬上講出對方的名字。即使鄭在義不可能猜得到——就算對方是個再怎麼厲害的天才都一樣——鄭泰義與那名猶如怪物般的男子間的愛恨情仇，但鄭泰義還是覺得有些難為情，硬是間隔了一段時間，才緩緩地講出了伊萊的名字。

鄭在義點了點頭，「啊，凱爾的弟弟……」

話說到一半，鄭在義再次安靜了下來。在那之後，鄭在義就這樣沉默了好一陣子。而莫名感到尷尬的鄭泰義就只能支支吾吾地僵在原地。

過了好一會兒後，鄭在義才又打破了沉默，「如果是那個人的話，那我也有見過……泰義，你跟那個人很熟嗎？」

在聽見鄭在義小心翼翼提出的疑問後，鄭泰義頓時湧上了非常複雜的情緒。鄭泰義自認他跟伊萊絕對不是眾人眼中很熟的關係會有的相處模式。再者，他也不想讓其他人產生這種誤會。

先不論鄭在義那句話的意思有可能是：你難道不知道伊萊里格勞那個人的個性有多糟嗎？你怎麼會跟他混在一起啊？若鄭在義在明知伊萊的個性有多差的情況下，卻還是朝鄭泰義問出了兩人熟不熟的這種問題的話……

哥哥，你未免也太過分了吧。

猛地對鄭在義的行為感到很不是滋味的鄭泰義隨即又改變了想法。或許鄭在義跟伊萊見面的時間短到令鄭在義還來不及對對方產生壞印象也說不定。例如在凱爾的介紹下，兩人就只有簡單向彼此打過招呼之類的。

「沒有啦，我們沒有那麼熟……不過哥哥是怎麼見到伊萊的？」

「嗯……之前 T&R 製造了一把新的手槍，準備要拿槍枝的樣品進行試射。當時那個人就很好奇我的運氣究竟有多好，朝著我開槍。」

聽完鄭在義淡然說出口的往事後，鄭泰義忍不住露出了震驚的表情看向對方。

雖然他早就知道伊萊里格勞這個人的個性有多糟糕，但他還真沒料到對方竟然會做出這種事。除此之外，泰然說出這段往事的哥哥，以及哥哥那詢問著自己與對方熟不熟的行為都令鄭泰義瞠目結舌。

「不熟，我跟他不熟！我猜伊萊那個傢伙現在應該恨不得殺了我。」鄭泰義擺了擺手。

由於他想不到自己跟伊萊間還有什麼事是可以講給哥哥聽的，所以在沒有說謊的前提下，他簡單帶過了兩人的關係。鄭在義見狀就像想說些什麼般地凝視著鄭泰義，不過直到最後，鄭在義都沒有開口。

頓時，兩人之間只剩下了沉默。鄭泰義先是默默盯著地板上的木紋好一會兒，接著悄悄地問道：「那麼，哥哥討厭那個人嗎？」

語畢，鄭泰義才意識到自己好像說了什麼沒必要的話。就算問出了這個問題，他也改變不了什麼。更何況鄭在義是怎麼想的，實際上也不關他的事。

「可是他真的沒有那麼壞。不對，他的確就是個壞人沒錯。不過單憑他亂開槍的這件事就斷定他這個人是好是壞的話……好像也不是不行。不對，但還是……」鄭泰義低聲咕噥著比起稱讚，更接近於咒罵的話語。

而鄭在義在凝視了鄭泰義好一陣子後，開口道：「在那之後，我就不曾見過那個人了，所以倒也說不上有多討厭他。不過……我想我之後應該會變得有點討厭他吧。」

「哦？為什麼啊？」

鄭泰義詫異地反問。然而鄭在義看上去似乎並不打算回答。

霎時，播放到一半的唱片停了下來。可能是因為這張專輯已經播完了，所以優美的樂聲倏地停止。鄭在義從位置上起身，朝著組合音響的位置走了過去。

在看見對方那俐落的背影後，鄭泰義意識到哥哥應該是不想再繼續聊下去了。

鄭泰義撓了撓頭。雖然他對其他人說那個傢伙是壞人的這件事沒有意見，不過在聽到哥哥沒頭沒尾就說自己之後可能會變得有點討厭對方後，他的心情實在是不怎麼痛快。

「再怎麼說，他多少也是個有優點的人。」

低語完後，鄭泰義猛地打起了精神。因為他意識到自己竟然舉不出對方的任何優點。

看著鄭在義白皙的手滑過擺得密密麻麻的唱片，像是在思索著要抽哪一張出來聽的模樣後，鄭泰義突然想起了那隻深刻烙印在他記憶中的手。

鄭泰義清楚知道著那隻手長什麼樣子、有著什麼樣的觸感、它是用什麼方式滑過自己的肌膚，這些事鄭泰義比誰都還要清楚。

倏地，他很想摸摸看那隻手。那隻每次都被駭人手套遮擋住的白皙、動人的手。還有猶如玻璃般光滑的指甲，以及雖然強而有力，卻一點也不粗魯的動作。

「……」

鄭泰義搖了搖頭。從剛剛開始，他就一直在想一些奇怪的念頭。

他躺在了地板上。涼爽的木地板躺起來就跟外頭那被陽光照射過的石地板一樣令人心情愉悅。他就這樣一邊用後背跟肩膀感受著地板的觸感，一邊回想著那隻白皙的手。

「哇……看來我是真的罹患思覺失調症了吧……」鄭泰義突然自言自語道。

下一秒，他賞了自己一巴掌。由於那個力道比想像中的大，使他的臉頰火辣辣地疼痛著，「啊啊啊！」

鄭泰義淚眼汪汪搓揉著臉頰的同時，還疼得在地板上翻滾了好幾圈。一直等到他察覺到鄭在義再次走回椅子坐下來的動靜後，他才轉過身，面對鄭在義坐了起來。

「你幹嘛突然自虐啊。」鄭在義淡淡地笑著問道。

「沒有啦，就是……」

支支吾吾了一會兒後，鄭泰義直接聳肩帶過這個話題。

如果是自己苦惱許久也思索不出答案的事，那鄭泰義寧願不要去想。反正哪天有機會再次見到面的話，他直接抓起對方的衣領問對方就可以了（雖然在聽到答案之前，那隻抓著對方衣領的手可能就被打斷了也說不定）。

鄭泰義看著鄭在義那雙看上去跟伊萊完全不同的白皙的手。接著猛地伸出自己的手，握住了對方的手。縱使鄭在義見狀驚訝地挑起了眉頭，但他還是乖乖地讓鄭泰義牽著。

即使看在鄭泰義的眼裡，他也覺得一對都已經長大成人的兄弟牽著手的畫面看上去一定很突兀，不過他最後也懶得在意這麼多了。鄭泰義倏地垂下眼，他看見了一雙跟對方的手一樣白皙的腳。明明哥哥才剛去過內院而已，但對方的腳上卻沒有任何土壤或髒污的痕跡。

這麼一看。

「不過哥哥的鞋子跑去哪裡了？你怎麼每天都光著腳走路？」

聽完鄭泰義的問句後，鄭在義露出了詫異的表情。鄭在義似乎是覺得跟自己一樣光著腳走路這麼多天的鄭泰義現在才問這種問題很奇怪似的，微微歪起了頭。隨後，他也看向了自己那雙什麼都沒穿的腳。

要是剛剛沒有撞見拉曼穿著鞋子的模樣，那或許在離開這間別館之前，鄭泰義都不會將這個問題問出口。由於不穿鞋這件事在這間別館裡看上去太正常了，所以他從來都不覺得奇怪。

可是現在回過頭一看，其他人——無論是站在門前的那個男人，還是偶爾會經過迴廊的女人——全都有好好穿著鞋子。

「這個嗎，自從我來到這裡之後，我好像就不曾看過鞋子了。只有偶爾被准許去巴赫普逛逛的時候，他們才會拿鞋子給我穿。但我其實也不是很在意這件事啦。」

鄭泰義皺起了眉頭。即使他無法準確掌握對方不給鄭在義穿鞋的用意是什麼，但他下意識想到的就是監禁。縱使沒穿鞋不代表就不能逃跑，不過只要一想到監禁這個詞，他馬上就聯想到了其他與監禁有關的壞印象。

「……我真的很不喜歡他。」鄭泰義突然咕噥道。

鄭在義就像在思考著鄭泰義那句話的前後脈絡般，微微歪起了頭，「是因為他不讓我穿鞋嗎？」

「倒也不是啦……總之我就是很不喜歡這間房子的主人。」

鄭在義仔細地打量著鄭泰義不悅的臉，「難道他對你說了什麼嗎？」

「比起說了什麼，他的個性跟行動方式都跟我很不合。」

語畢，鄭泰義暗自咂起了嘴。他總覺得自己的語氣就像個小孩子似的。其實他很少會去喜歡，或者是討厭一個人。更不用說直接把這種事講出來的情況更是少之又少。

可是。

對方那轉述著外頭消息時的微妙語氣、似笑非笑的雙眼，以及那道彷彿隨時都在觀察著他的冰冷視線。

「……既然每次都會被拒絕，那他幹嘛還這麼常跑來這裡啊。他看上去也不是個大閒人，你怎麼不勸他少來一點啊？」

「不過這幾天，對，自從你來之後，他就變得比較少來了。」

鄭泰義皺起了眉頭，「他不是每天都來嗎？」

「嗯——但是在此之前，他基本上是住在這裡的程度。」

「……那他都在這裡做什麼啊？」

鄭泰義直勾勾地凝視著鄭在義。之前當拉曼來到這間別館時，鄭泰義只把對方看上去對這個環境很熟悉的態度視為因為這間別館是對方的房子而已。

不過在聽完鄭在義的這番話後，他才意識到對方的舉動的確自然到就像曾經在這個空間裡生活過很長一段時間，所以十分熟悉這裡的環境似的。

「他主要是問我他好奇的問題，就像你之前每次都會問我的那樣。」

聽到這句話之後，鄭泰義立刻就理解了。

既安靜話又少的哥哥不是個會積極向其他人搭話，抑或主動表達自己意見的人。就算有人朝他搭話，他也只會簡短回答對方所需要的答案，僅此而已。

可是鄭在義其實知道著很多的事。而鄭在義知道的不單單只是辭典上的知識。對一個情況的判斷、理解、合理的推論，在所有領域上，鄭在義都表現得極其優秀。

每當鄭泰義碰上需要深思的事情時，他就會把這件事講給哥哥聽。而鄭在義在聽完他的煩惱後，偶爾會主動詢問鄭泰義沒有提及的部分，偶爾也會刪減掉一些不重要的地方，並總結出鄭泰義所需要的結論。

這些需要深思的事包括了跟朋友吵架的原因、怎麼解都解不開的課題，以及生活中，一些一定得做出取捨的重要選擇。而每次跟鄭在義聊完後所得出的結論，往往都不會令鄭泰義失望。

鄭泰義之前還曾經半開玩笑地說：「如果哥哥以後沒有工作做的話——雖然就算全世界的人都失業了，鄭在義也是最不可能失業的那個人就是了——，你還可以去當輔導員。」

「……沒想到你在這裡還真的成為了輔導員。不過那個男人看上去也不像需要被輔導的人，他到底都是問你什麼問題？」

「我們通常都是在聊勢力之爭的變化……可能是因為這種事也不好跟其他人商量吧。」

「啊……」鄭泰義無奈地咕噥著。

或許是因為內心已經對對方產生了成見，所以鄭泰義在聽完後只覺得那個男人活得還真輕鬆。為了強迫別人替他製造武器，拉曼不但直接監禁對方，甚至還每天以輔導為名義讓對方絞盡腦汁替他分析現在的局勢。

「哥哥好可憐喔。」嘟噥完這句話的鄭泰義緩緩倒在了地板上。他一邊用臉頰感受著地板的木紋，一邊闔上了雙眼。

「泰義啊。」

那是一道跟涼爽木地板一樣令人心情愉悅的嗓音。雖然鄭泰義沒有睡著，但因為他想再次聽到對方的嗓音，所以故意不回答。隨後，那道嗓音果真又呼喊了他的名字。鄭泰義沒有直接回答，而是睜開了雙眼。

「你想離開這裡嗎？」

鄭在義靜靜地問道。他沉著的視線就這樣望向了鄭泰義。

只要鄭泰義點頭的話，鄭在義肯定也會跟著點頭答應。只要鄭泰義說自己想離開的話，鄭在義就會為了鄭泰義找尋可以逃離這裡的方法。雖然那個方法實際上也就只有一個。

「……」

鄭泰義沉默了好一陣子後，悄聲說道：「叔叔在找你。對了，凱爾也在找你。」

「我不是為了要把哥哥帶回去才來找你的。只要有跟你見到面，我就已經心滿意足了。

畢竟我們這麼久沒見面，我很想你。」

鄭在義緩緩地點起了頭。不知道是他理解了鄭在義所想表達的意思，還是他也是同樣的心情。

「我自己一個人回去也沒關係的。」鄭泰義說。

只要鄭在義說他想要留在這裡的話，那鄭泰義願意自己先回去。而這句話同時也表明了鄭泰義不想留在這裡的立場。

不過鄭在義這次卻搖起了頭。鄭泰義也馬上就理解了對方的意思。如果讓鄭泰義一個人離開的話，有可能會威脅到拉曼監禁鄭在義的計畫，因此拉曼是絕對不可能同意讓他獨自離開的。

鄭泰義平靜地接受了這個事實。雖然他很想離開，也一定要離開，但他不想藉由違背鄭在義的意願來達到自己的目的。

「……」

伊萊，抱歉。你就先在外面認真地找尋我的下落吧。我想我這陣子得先待在這裡了。而你說不定會感受到的那股焦躁，我現在正深切地感受著，所以你也不要太生氣。還有……之後見到面的話，拜託不要一拳就打死我……

＊＊＊

他在淺眠的狀態下醒過來了。

他好像聽見了遠處傳來某個人的嗓音。然而當他睜開雙眼時，他的眼前卻是空無一人。

「——萊……？」

鄭泰義喊出了不久前好像在呼喚他的人的名字。他很確定剛剛聽見對方在叫自己。可是醒過來之後，這個地方卻只有他一個人。隨後，他才意識到原來他剛剛是在做夢。而深夜裡做的夢，最終往往都會消失在記憶裡。他就這樣坐在床上，感受著夢境在大腦中消失的感覺。

夢以飛快的速度模糊了起來。可能再過個幾分鐘，他就會徹底忘記自己剛剛是喊著某個人的名字起床的。

鄭泰義垂眼看向自己的手。黑暗中，他隱約看見了自己的手攤在柔軟又好摸的棉被上。為了不要讓陽光直接照射進來，所以窗戶的位置離床鋪有段距離。此刻，窗邊灑進了明亮的月色。

現在大概是凌晨一、兩點。最早頂多是才剛過午夜的程度。此時，他正身處於深夜的某一刻。

每次突然在深夜裡清醒時，他的身體很神奇地總是能感知到現在的時間。雖然只能猜到個大概，但大部分都能猜得很準。

不知道是不是因為昨晚太早睡的緣故，才導致他在大半夜的時候突然就醒過來了。

「唉……」

鄭泰義靜靜地嘆了口氣。在這個彷彿所有事物都停止般的寂靜之中，他的呼吸聲聽上去格外明顯。要是他現在再次躺回床上，試圖入睡的話，應該馬上就能睡著了。可是當他看見窗外潔白的月色後，他不禁覺得有點惋惜。於是，他直接從床上起身。

不知道其他人是不是都睡著了。這個時間點，通常大部分的人都已經入睡，除了偶爾會來別館裡巡視的幾名警衛所發出的聲響之外，別館基本上全被一片寧靜籠罩著。

離開床上之後，鄭泰義走向了窗邊。

他無法看清月亮。由於月亮升到了頭頂的位置，剛好被窗戶遮擋住，一直等到他將頭靠在窗邊，拚命地抬高，那道散發著寒氣的月色才總算灑在了他的臉上。

然而映入他眼簾的不是月亮，而是比月亮更加耀眼的繁星。

一條厚實又彎曲著的白色光線此刻正位於夜空中。那是銀河。誰陵給這座島上有著比其他地方都還要動人的星空。鄭泰義見狀再次靜靜地嘆了口氣。

下一秒，他背過身，朝著外頭走去。一想到自己躺在中庭裡仰望著這片星空的畫面，就令他回想起了一段兒時的回憶。那是發生在很小的時候的事。然而那段記憶至今仍舊以片段的形式遺留在他的腦海裡。

那天是個降下流星雨的日子。

打從預測到會降下流星雨的前幾天，鄭泰義就一直期待著那天的到來。而當天晚上，父母帶著兩兄弟進到了一座深山裡。現在回想，鄭泰義只記得一路上非常無聊，他們好像開了好幾個小時才到達目的地。不過小時候的記憶總是會放大自己的感受，所以那座山實際上可能沒有這麼遠也說不定。

當車子開進漆黑一片的山中後，他的父母將車子停在了山腳處。後來，他們又花了好一段時間在爬山。

鄭泰義記得當時的自己就像要去郊遊似的，非常開心。帶了一堆零食，以興奮的心情出發的兩兄弟，最終是走到快要發脾氣時，才抵達了位於半山腰的一個凹陷進去的開闊空地。

那個地方位於一片樹林的正中央，然而那片空地上卻沒有長出任何的樹木，僅僅只有低矮的草叢在腳邊晃動著。

當他們抵達時，那個地方已經有好幾個人在附近徘徊著了。想必那些人也是來看流星雨的。

雖然出門前特地換上了厚重的衣服，但或許是夜深了，外加是深山的緣故，鄭泰義當時一邊發抖，一邊不停地追問著：「星星什麼時候才會落下來啊？」

與此同時，一旁的鄭在義就只是默默地凝視著天空而已。又繼續追問了幾次後，鄭泰義也跟著一起安靜了下來。

布滿天空的星光。以及雖然模糊，但依舊區分得出來的銀河。

鄭泰義隱隱約約感受到了一股膽怯。要是那些星星全都落下來的話，該怎麼辦？不過轉念間，他內心的一角又暗自希望著這件事能成真。

要是星星全都落下的話，那該有多美。要是能被那些看上去既冷冽又銳利的星星籠罩的話……

鄭泰義還記得，當他看見夜空被無數顆星辰占據時，他的心底湧上了一股炙熱又有些沉悶的情感。如果是現在的話，那他或許會用感動或激動來形容那份情感，不過那個當下所感受到的情緒實際上遠比任何詞語都還要強烈與濃厚。

「……結果我竟然因為睡著而沒看到流星雨。」鄭泰義笑著咕噥道。

他原本以為自己只是小睡一下，殊不知當他再次睜開雙眼時，他已經坐在了準備要開回家的車上。而當他賭氣地質問家人們怎麼不叫醒自己時，家人們異口同聲地說：「我們有叫你，是你自己怎麼叫都叫不醒的。」

在看到滿心期待要看見流星雨，最終卻無法如願的鄭泰義後，全程目睹流星雨的鄭在義靜靜地對他說：「只要繼續等下去，你就能看見跟今天一樣的流星雨了。」

「不過那個地方在哪裡啊？」

鄭泰義一邊嘟噥，一邊回想。他只記得他們當時開了好久的車，才總算抵達目的地。

不知道那個地方現在還在不在。距離當時，已經過去二十幾年了。或許那個地方早就被開發，沒有遺留下任何痕跡也說不定。話雖如此，但他還是很想去找找看那個突然被他想起的場所。

「或許哥哥知道那個地方在哪。」鄭泰義一邊嘟噥，一邊朝著中庭走去，「那我明天早上起床再去問他好了。不過我明天還會記得這件事嗎……」

而走到迴廊上的鄭泰義，倏地停下了腳步。

漆黑的別館裡，月色正微弱地照亮著中庭。中庭內，所有東西都像被按下了暫停鍵似的，就連孤零零飄在池塘上方的花瓣都停在了原地。

然而池塘的旁邊卻出現了一個人的背影。

那名坐在池塘旁，像是出神般抬頭望著星空的人正是鄭在義。鄭泰義見狀先是停在迴廊的陰影處默默地凝視著對方。看來哥哥還沒睡啊。

隨後，他才又再次邁開步伐。踢躂，踩在石地板上的腳發出了細微的聲響。鄭在義肯定也聽見了那個腳步聲，可是對方卻依舊沒有轉過身。鄭泰義最終停在了距離鄭在義幾步遠的身後，就這樣坐了下來。

「我小時候曾經去看過流星雨……」

就在鄭泰義坐下的剎那，鄭在義靜靜地開口了。鄭泰義聽完忍不住愣了一下，抬頭望向對方。他湧上了一股奇妙的感覺。

鄭在義現在提到的這件事，說不定正是鄭泰義不久前突然想起的那段往事。不對，在鄭泰義的印象中，他們小時候就只有去看過一次流星雨而已，所以兩人想的應該就是同一件事沒錯。

一想到自己跟哥哥竟然在看見同個事物的當下，湧上了相同的想法，鄭泰義的嘴角就忍不住地揚了起來。下一秒，鄭在義再次開了口。

「雖然流星雨本身很美，但因為那片夜空充滿著太多的星星了，所以比起流星雨，我反倒對那片星空更有印象。」

鄭泰義再次愣了一下。

鄭在義不是個會自言自語的人——而鄭泰義則是偶爾會不禁懷疑自己是不是罹患心理疾病的程度，時不時就在自言自語——，也不會夢遊。可是無論他怎麼看，哥哥的那段話都不像講給他聽的。

「……這樣啊……」

在猶豫了一會兒後，鄭泰義含糊地答道。

鄭在義的肩膀先是微微地抖了一下，接著露出詫異的表情轉過了頭，「原來是泰義啊。」

「嗯。」

「這個時間你怎麼還醒著？」

「因為突然就醒過來了。不過哥哥剛剛是跟其他人在一起嗎？」

「嗯？沒有啊。」

鄭在義以一種聽不懂對方在說些什麼的表情看向了鄭泰義。而鄭泰義見狀也露出了同樣困惑的表情歪起了頭，「我看你剛剛好像在跟其他人聊天？」

「嗯？啊，我以為是拉曼。因為他偶爾會在晚上的時候跑來這裡。據他說，這裡是整座豪宅中地勢最高的地方，所以這個中庭同時也是最靠近天空的地方。不知道是不是因為這樣，他還說過這裡看星空好像特別近。」

「海拔也才差個幾公尺而已，距離數千數萬光年外的星星是能多近啊。」

在聽見鄭泰義不滿的嘟噥聲後，鄭在義靜靜地笑了起來。

隨後，鄭泰義直接躺在了地板上。白天的時候，石地板因為被陽光照射，一直維持在一個宜人的溫度。然而現在卻冷到令人不禁打起了冷顫。

而鄭泰義躺下去後，鄭在義也跟著一起躺在了地板上。他們的頭靠在一起，呈現出直角的形狀各自躺在各自的位置上，一語不發地望著天空。

霎時，鄭泰義笑了起來。可能是聽見鄭泰義的動靜，鄭在義微微地轉過頭看向了他。

「哥哥剛剛不是提到了流星雨嗎。」

「啊……」

「而我當時不是睡著，所以沒看見嗎？」

「嗯，雖然我們有叫你，但你怎麼叫都叫不醒。」

「對啊，話說前年不是也有一場流星雨？我當時跟小隊的那些傢伙們特地熬夜在軍隊裡看了那場流星雨，真的很美……可是我在那個當下卻想起了小時候的流星雨。我總覺得小時候看的星空好像更美一點。」鄭泰義露出溫暖的笑容咕噥道。

所謂情感的共鳴就像這樣，能夠溫暖地輕撫著心底的深處。可以跟某個人有著同樣的經驗、體會到同樣的情感，這種記憶往往能成為生活中的小小養分。或許認識多年的好友之所以珍貴，就是因為這個原因也說不定。

鄭泰義知道，鄭在義肯定也湧上了類似的想法。心情大好的他輕笑著說：「……這麼一看，這片天空乍看之下就跟我們當時看到的那片天空一模一樣。」

「怎麼可能……韓國在北半球，泰義啊。」

「……」

鄭泰義不小心就忘記了。他的哥哥偶爾會用那張平靜又淡然的臉，講出破壞氣氛的話。就像現在這樣，使原本動人的氛圍頓時蕩然無存。

我難得深陷在感動的情緒裡。

鄭泰義不悅地看著鄭在義，咂起了嘴。而依舊盯著夜空看的鄭在義在默默笑了一會兒後，突然像自言自語般地低語道：「江原道。」

「什麼？」

「那個地方在洪川……我們之後再一起去看看吧。」

鄭泰義直勾勾地凝視著對方。在凝視了說出之後要一起去洪川看看的鄭在義好一陣子後，鄭泰義笑了起來，「好啊。」嘟噥完的他再次將視線移往空中。

天空中充滿著星星。看著在自己眼前蕩漾著的銀河，鄭泰義突然想起了某個瞬間的鄭在義。那是個天空由深黑色逐漸轉為青紫色的清晨，鄭在義默默地坐在冷冽的空氣中，靜靜聽著一般人所聽不見的某種聲音。

現在的情形就跟那個時候很像。此刻的鄭在義就像在仔細聆聽著什麼聲響似的。那是一道鄭泰義聽不見，可是只要將意識集中於遠處的星空，他好像就能聽見那些發著光的石頭們在自己的耳邊低語著。

「哥哥才是……」

霎時，鄭泰義倏地開了口。在沉默了一段時間後，他才又繼續講了下去，「你有時候很不像人。」

「……我嗎？」

「要是真的可以為別人帶來幸運……要是那種神奇的人真的存在的話，比起我，哥哥應該更適合吧。」

一陣寂靜在兩人之間擴散了開來。

或許真的是這樣沒錯。仔細一想，自從跟鄭在義分開之後，鄭泰義就不停地碰上苦難。他先是認識了一名誰都拿他沒轍的瘋子、被對方追殺、後來又被對方逮個正著，甚至現在還一邊思考著自己是不是罹患了心理疾病，一邊被別人囚禁著。

「我覺得哥哥才是給我福祿的那個人。」鄭泰義低語道。而他的嗓音中還參雜著微微的感激之情。

其實無論鄭在義實際上到底有沒有給過鄭泰義福祿，鄭泰義都從鄭在義那裡獲得了許多。就像現在，光是鄭在義待在他的身邊，就令他感到了無比的平靜。

不知道究竟過了多久，這陣沉默就這樣持續了好一段時間。乍看之下，這陣沉默就猶如遠處那無數的繁星般，會一直蔓延下去似的。然而某個剎那，一道低沉的嗓音猛地打破了沉默。

「泰義啊。」

鄭泰義躺在冰冷的石地板上，看著眼前那片彷彿隨時會落下的星空，感受著睡意從遠處悄悄地朝自己襲來。與此同時，他也靜靜聽著哥哥那道平靜的嗓音。

「沒有你的話，我早就死了。」

「……你幹嘛老是說這種奇怪的話，這我聽了也不會比較開心啊。」

鄭泰義聽見了鄭在義的輕笑聲。

「每次要發生什麼事之前，你總是會先跑來找我。無論是被人誘拐，還是被綁架的時候，就連差點發生車禍時也是如此。你每次都會先跑來找我。明明我們的班級不同，彼此的交友圈也不同，我們平常就只有晚上在家的時候才會待在一起。明明平時在學校，又或者是放學的時候，我們總是只跟自己的朋友們玩在一起。可是有些時候，你卻會突然嘟噥著『只是好想見哥哥一面』就跑到我的教室來，探頭一笑就離開了。而每當你突然跑來找我的那一天，就一定會發生什麼事。」

「……但我沒有什麼印象。」鄭泰義皺起眉頭嘟噥道。

其實就像鄭在義說的那樣，兄弟倆是在國、高中後才養成了會坐在一起認真談天的習慣。在此之前，因為兩人的興趣都不一樣，外加鄭在義那個時候的智商就已經不能被稱作是一般的小朋友了，所以兄弟倆常常都是各自跟各自的朋友們玩在一起。只有晚上的時候，他們才會坐在一起看書，又或者是對彼此開開玩笑。

偶爾跟朋友們在走廊上玩耍到一半，鄭泰義就會突然想起哥哥，並且跑到對方的教室去看對方一眼。要是哥哥不在教室的話，他就會跑去廁所、教務處，又或者是其他班級找尋哥哥的身影。而每當他親眼見過哥哥後，他就會像放下心中的大石般笑著跑走。

可是他沒有印象在那些日子裡，哥哥有發生過什麼事。

「每次當你生病的時候，我不是也會跟著一起生病嗎。不過每次當我先生病時，最後往往就只有我一個人會難受而已。」鄭在義接著說道。

鄭泰義試著回想了一下，然而那件事發生的時候他還很小，所以他沒有任何的印象，不過由於他曾經聽母親這麼說過，因此他最終還是點了點頭，「你覺得很委屈嗎？」

「倒也沒有。可是在我小的時候，對，在我自己也沒有什麼印象的小時候，我就曾經想過了，你跟我之間應該存在著某種連結。雖然我不知道那個東西究竟是什麼，但我可以感覺到有一條線正在連結著我們兩人……在我還沒那麼成熟的時候，我甚至有想過你會不會是我的瘟神。因為每次當你生病的時候，我就會跟著生病，而每次當你毫無理由地跑來找我時，我那天就一定會發生什麼不好的事。」

「……既吉祥天之後，現在是瘟神嗎……這個改變未免也太突然了吧。」鄭泰義苦澀地咂起嘴，接著撓了撓自己的脖子。

對於有人說他能為哥哥帶來幸運的這件事，他只覺得難以置信；然而若是有人說他會為哥哥帶來厄運的話，那他則是不願意相信。

「後來，大概是十二歲左右的事吧。你當時不是為了採學校後山柿樹上的柿子，而不小心跌了下來，導致腿被摔斷，甚至還因此住院嗎？」

「啊……」鄭泰義低聲咕噥著。他對這件事還有印象。在鄭泰義懂事之後，他就很少感冒或者是生病了。不過取而代之的是，他很常跟朋友們玩到一半，就玩到受傷。這也導致他的身上每天都會多出一個新的瘀青。

至於摔斷腿的那件事，他至今仍舊印象深刻。由於在發生那件事之前，他曾經因為傷得很重而被送上手術檯，結果產生了嚴重的排斥反應。因此在摔斷腿被送去醫院的時候，他整路上都在擔心著這件事。他深怕自己一不小心就會命喪黃泉。不過值得慶幸的是，他的骨頭斷得很乾淨，所以固定好就沒事了。

而他之所以會對這件事特別有印象，並不是因為當時的傷口有多疼，而是當他還躺在醫院裡的時候，鄭在義又再次被綁架了。那個時候的鄭在義照樣憑藉著一股駭人的運氣，毫髮無傷地平安歸來。只不過在那之後，鄭在義就不曾再被綁架抑或是誘拐了。

「不知道你還記不記得……當時為了照顧你而一起住在醫院裡的媽媽在早上突然打電話回家，她說泰義吵著一定要見我一面。雖然媽媽當時拚命地勸你，但你還是希望我在去學校之前，先來醫院一趟。可是我當天是值日生，沒有多餘的時間可以繞去醫院看你。外加你也沒有傷得很嚴重，就只是腿摔斷而已，因此父母認為我下午再去也沒關係。」

「……我完全沒有印象。」

「嗯，在那之後，我曾經問過你這件事。你當時也說你不記得了。」

在聽完鄭在義的話後，鄭泰義再次尷尬地咂起了嘴。雖然躺在他身邊的男人連小時候第一次學走路時的記憶都有印象，但那只是因為對方太奇怪了，不記得一些瑣事的他才是正常的。不過依照鄭在義剛剛的說法……

「該不會那天就是你被綁架的那一天吧？」

「嗯，我是在準備要去醫院看你的途中被綁架的。」

「可是你當時就算沒有見到我，不是一樣很幸運地平安歸來了嗎？」

鄭在義沉默了好一陣子。他就像在思索著其他事情般，安靜了一會兒，接著才又開了口。

「雖然我那天因為是值日生所以才沒時間去看你，不過當我接起媽媽打來的電話時，我其實是非常害怕的。因為我當時還在懷疑你會不會是我的瘟神。畢竟每次只要突然跟你見完面，我就一定會發生不好的事。所以當你突然吵著說要見我的時候，我馬上就意識到又有什麼事要發生了，因此我才沒有去找你。殊不知在從學校回來的路上……我就被抓走了。」

「……」

鄭在義再次安靜了下來。而鄭泰義則是回想起了當時的事。

當時，在他住院後的某一天，他得知了鄭在義又被綁架的事。由於這種事實在是太常發生，外加鄭在義每次總是能憑藉著好運奇蹟般地歸來，所以家人們在擔心的同時，其實也稍稍放下了心中的大石。而那天果然也像平常一樣，大約是傍晚的時候，鄭在義以一副什麼事都沒發生過的表情回來了。

或許就是那一天吧。

當鄭泰義睡醒時，鄭在義突然就出現在他的身邊。母親跟父親都不在，整個病房裡就只剩下他跟鄭在義兩人。

鄭在義坐在床邊，直勾勾地垂眼凝視著他。鄭在義什麼話都沒說，就這樣默默地盯著他看。當時，鄭泰義不知為何也沒有開口，他就只是在半夢半醒間與鄭在義對望著。

而兩人在靜靜對視了好一陣子後，鄭在義走出了病房。鄭泰義最終也再次睡著了。

「我當時回到家後就意識到了，是你抵消了我的厄運。」

「……我還是搞不太清楚。」鄭泰義低語道。

而鄭在義在間隔了好幾秒後，輕輕地笑了起來，「這不是能用言語來形容的。不管是那件事，又或者是當你快要退伍前，因為受傷動手術而差點命危的時候，我在家裡也跟著一起失去意識的這件事，其實不單單只是因為這些數也數不清的例子。雖然我無法用言語形容那個東西，但它的確是確實存在著的。」

「哥哥……你這樣說也太籠統了吧。我從來都不覺得我有這麼神祕，又或者是厲害。你難道就沒有其他可以說服我的例子嗎？」鄭泰義嘆了口氣，「不管我怎麼看，我都覺得你應該是看錯人了。」

越是聽下去，鄭泰義的心情就變得越微妙。這就像在看靈異節目，又或者是聽人分享超自然體驗時的心情，他感覺不到任何的真實感。

鄭在義陷入了沉默。而鄭泰義也在那陣沉默中，認知到了鄭在義其實有什麼事正隱瞞著他。不過眼看對方在隔了好一會兒後還是不打算開口的模樣，鄭泰義知道對方今天應該是不打算再繼續說下去了。他只好輕輕地嘆了口氣。

可是，如果鄭在義說的是真的的話。如果這一切不是偶然，而是鄭泰義本人真的影響到了鄭在義的話。

那這個緣份該有多嚇人，又有多令人恐懼與沉重？

倏地，鄭泰義的胸口就像被人壓住似的。一股與疼痛完全不同的壓迫感正重重地壓在他的胸口上。

「不過也就只有這樣而已。再來就——沒有了。其實你根本就不需要知道這些事。」鄭在義就像要準備收尾般地低語道。與此同時，他的語氣中也參雜著些許不想讓鄭泰義知道的氛圍。

要是鄭泰義當初沒有從叔叔，又或者是其他人口中得知吉祥天的事，那鄭在義這輩子可能都不會主動提及這件事了。

「你可以不用去在意那條既沉重又不自然，同時還連結著我們的線。」鄭在義自言自語道。

而對方那帶著惋惜的語氣令鄭泰義頓時安靜了下來。倏地，一個隱隱約約的念頭閃過他的腦中。

「……我不這麼認為。」

「……？」

「雖然我還是無法理解，也無法接受我就是吉祥天的事，但就算我真的是吉祥天好了，我也不覺得這會很沉重又或者是不自然。我怎麼可能因為一件事就認為你很沉重、很不自然，甚至還因此遠離你啊。我反倒為我們之間有著比其他人更堅固的緣分而感到開心。」鄭泰義不滿地嘟噥著，「搞什麼啊，難道哥哥一直以來都是這樣看我的嗎？可惡！難道一直以來都是我在單戀你嗎？」

語畢，他忍不住撇起了嘴。而在開玩笑假裝抱怨的同時，他也意識到了原來哥哥一直以來都是以這種視線在看待他們之間的關係。其實這與鄭在義喜不喜歡鄭泰義無關，況且鄭泰義也不覺得對方討厭自己。他有多愛對方，對方大概就有多愛他。

可是這個既定印象與對方到底愛不愛他無關，鄭在義就是認為他們之間的關係很沉重又令人感到疲倦。

然而看在鄭泰義的眼裡，無論他們是以什麼樣的方式連結在一起，就算他有可能為當下的情況感到沉重，但他也絕對不會認為這段關係是沉重的。

「該死……這到底是怎樣啊？這很令人火大！哥哥趕快把你剪斷的那條線重新接回去啦！你幹嘛隨隨便便就剪斷那條線，然後還離家出走啊。搞到最後，害我們兩個都被囚禁在了這裡。」

鄭泰義語音剛落，他連忙從地板上坐了起來。隨後，他轉過頭看向露出微妙表情盯著自己看的鄭在義。而鄭在義在眨了眨眼，凝視了鄭泰義好一會兒後，看著自己的手掌嘟噥：

「但我怎麼覺得……我其實沒有剪得很乾淨啊。不過這的確也不是說剪就能剪斷的。」

「那是因為被剪斷的不是我們的緣分，而是哥哥的想法吧。」鄭泰義不滿地說道。當他板著臉抓過鄭在義的手時，鄭在義再次露出了微妙的表情看向他。

「把你的手給我，我要再次綁上去。等一下，不過是綁在小拇指上嗎？」

「什麼？啊，對啊……可是那不能重新綁上去了。」

鄭在義維持著手被鄭泰義緊抓著的姿勢，緩緩地坐了起來。與此同時，他也一直用著微妙的表情在盯著鄭泰義看。

鄭泰義挑起了眉頭，「當然綁不上去啊。看不見的線是要怎麼綁上去？不過若你當時可以剪斷的話，那就代表我可以再次綁回去。我們趕快綁回去吧。」

「我不是那個意思……算了，應該沒差吧……」

鄭在義原本似乎還想說些什麼，但在思索了一會兒後，他又像是自言自語般地嘟噥道。

當他在空無一物的地方比出拿起一根線的姿勢時，他的腦中短暫地閃過了「我現在到底在幹嘛？」的念頭，不過隨後他又打消了那個念頭。這是一種象徵。

鄭泰義見狀先是狐疑地瞥了對方一眼，接著摸向自己的小拇指。

——畢竟象徵就代表著相信。

霎時，他想起了一句曾經聽過的話。對，這是伊萊曾經說過的話。當時的伊萊一邊這麼說著，一邊強調他想擁有鄭泰義。或許當時的伊萊抱持著跟此刻的鄭泰義同樣的想法也說不定。

伊萊在認為鄭泰義歸他所有的同時，可能就像鄭泰義現在準備要做的一樣，把對方拉到自己的身邊，作勢要綁住對方。

「……」

鄭泰義抓著鄭在義手的動作瞬間停了下來。

倏地，鄭泰義想起了伊萊的嗓音、表情、動作，以及那雙手的觸感。

——你現在知道了吧，你是屬於我的。

那道低沉又炙熱的嗓音。

——泰一，你記好了。從今天開始……從現在開始的每一天，你只屬於我一個人。

那炙熱到彷彿會燙傷人的氣息、動作、體溫，就這樣貼近了他的身體。

「泰義啊？」

一旁的鄭在義狐疑地喊著他的名字。

鄭泰義覺得頭頂上的星空實在是太過明亮，要是天上的星星有一半可以暗下來就好了。這樣他漲紅的臉就可以不被發現了。

「沒事，我沒事。」

鄭泰義一邊嘟噥，一邊用手背碰了碰自己滾燙的臉頰。他就這樣垂下頭，沉默了好一會兒。

就在這個時候。

突然察覺到一股不協調感的他猛地抬起了頭。西側迴廊的底端，那扇木門正敞開著。而木門前方的陰影處，還出現了一個人的身影。

在黑暗之中，這座豪宅的主人猶如夜行性的猛獸般站在那裡。對方此刻正用著那雙跟冰塊一樣冰冷的眼眸，直勾勾地看往這個方向。

霎時，鄭泰義的心裡倏地一涼。

他不知道對方是從什麼時候開始站在那裡的。那名男子沒有發出任何的聲響，一動也不動地站在那裡。

……啊，對了。哥哥剛剛好像有說過，對方偶爾會為了看這片夜空而在晚上的時候跑到這個地方來。看來那個人今天也來看了。

鄭泰義的視線與男子那雙冷清的眼眸交織在一起。然而還沒等鄭泰義做出反應，對方就背過身，直接朝著門外走去。

「……？」

鄭泰義詫異地凝視著男子離開的方向，微微歪起了頭。隨後，他與剛好背對著西側迴廊的鄭在義四目相交。鄭在義此刻正直直地盯著他看。

「泰義，怎麼了嗎？」

「什麼？啊，剛剛……沒事，應該是我看錯了吧。」鄭泰義撓了撓頭答道。下一秒，他先是疑惑地歪起頭思索了好一陣子，接著再次躺在地板上，「唉，算了，我不管了。」

他可以感覺到鄭在義無聲的視線。轉過頭後，他與對方相互對望著。而鄭在義在默默凝視了好幾秒後，也跟著一起躺在了地板上。

兩人再次頭靠著頭躺了下來，一語不發地望著眼前的星空。

明明剛剛看著同樣的事物時，兩人湧上了相同的念頭，可是鄭泰義現在卻猜不到哥哥在想些什麼。他唯一能確定的是，兩人此刻思索著的一定不是同一件事。一想到這，鄭泰義不免覺得有些惋惜。

* * *

——你是我的。

他又想起了那段無謂的回憶。

自從早上睜開雙眼的那一刻起，鄭泰義就不停地嘆著氣。

「我不是伊萊的。」他試著小聲地說道。他想要藉由這種方式抵銷掉對方那句話。可能是因為怕被其他人聽到，所以他只用了猶如螞蟻在爬的聲音說出口的緣故，他並不覺得這有起到任何的作用。對方的那句話依舊在他的腦海裡迴盪著。

「不是，我是我自己的。」

鄭泰義以一種快要哭出來的心情將臉埋進了手臂裡。

其實他自己也很清楚，沒有人可以成為另外一個人的所有物。除非當事人自己願意成為另一個人的所有物，並且主動待在那個人的身邊，要不然沒有人可以強迫另外一個人成為自己的所有物。

他是他自己的。無論是他的身體、他的心，抑或是他的心靈都是如此。也正因為這些全都是他自己的，所以他必須為這一切負責。

「我得負起責任，好好打起精神才行……」

鄭泰義搖了搖頭。與此同時，他也不禁好奇起，不知道外界現在發展到哪個地步了。

聽說自從鄭泰義被囚禁在這個地方後，伊萊就把某個阿拉伯人打成了重傷。當時的拉曼用著好像沒有很生氣，也不是很在意的語氣將這件事轉述給鄭泰義聽。而在那之後，拉曼就不曾提過外界的事了。

後來到底發生了什麼事。該不會伊萊把每個看上去像阿拉伯人的人都打成重傷了吧？

要是事情真的發展到這個地步，那伊萊極有可能會一躍成為阿拉伯世界的公敵。而一手拿著《古蘭經》的阿拉伯人，也許會用另外一隻手舉起刀，直接攻擊那個傢伙也說不定。

「哇……這未免也太糟糕了吧。」

好險我已經不是那個傢伙的校尉了。鄭泰義在暗自慶幸的同時，也默默祈禱著若這場戰爭真的爆發的話，拜託請在他還不在伊萊身邊的時候趕快結束。

不過鄭泰義倒也是真的很好奇對方在做什麼。想必伊萊早就猜到鄭泰義被囚禁在這個地方了。畢竟綜合各種情況來看，也就只能得出這個結論而已。

然而就算伊萊清楚知道著這個事實，對方肯定也束手無策。畢竟這就跟當初他們明知鄭在義被囚禁在拉曼的豪宅裡，卻仍舊想不出任何辦法可以營救出鄭在義一樣。可是伊萊……或許對方的態度會稍稍轉變也說不定。

在來到誰陵給的途中，不對，其實在更早之前，伊萊都是一副有沒有找到鄭在義都沒差的態度。就算鄭在義對T&R跟UNHRDO來說都是相當重要的人物，但伊萊還是一樣很不積極。如果當初鄭泰義沒有堅持要來這個地方的話，那或許伊萊到死都不會在乎鄭在義究竟被關在了哪裡。

不知道他現在有沒有稍微花點心思來找我跟哥哥了……可是若他為了要搶快，而見一個阿拉伯人就打一個，這也是很嚴重的問題。

再這樣下去，說不定圍牆外的無數個阿拉伯人已經聚集在一起，準備好要起義消滅掉伊萊這個公敵了。

「……」

若是有什麼辦法可以聯絡到外界就好了。就算只有一下子也好，有沒有什麼方法可以聯絡到外面。

趴在中庭池塘旁的鄭泰義稍稍抬起了頭。迴廊底端那唯一一扇時不時就會被人打開的木門前，有名看守者正守在那裡。對方的腰際上掛著一把令人不禁懷疑到底抽不抽得出來的長刀，坐在門前的木椅上打著呵欠。

……要是我打倒那個男人逃出門外的話。

鄭泰義的腦中剛閃過這個念頭，馬上又搖了搖頭作罷。就算他真的逃到了門外，他也無法順利逃出這座豪宅。在豪宅那道高聳圍牆的裡頭，有著好幾棟的別館，而這裡只不過是其中一間罷了。因此就算他真的逃到了別館外，他最終也有很高的機率會在豪宅內迷路。

要是這棟別館剛好距離豪宅大門很近的話，那他或許還可以先躲在某個地方，等到大門敞開時再找機會跑出去。不過這個可能性應該是低到不能再低。

況且在他走出別館的瞬間，整座豪宅大概就會進入戒備狀態。更不用說若是這間別館位處整座豪宅最內部的話，那他逃出去的機率更是趨近於零。

「仔細一想，哥哥好像說過這間別館位於整座豪宅地勢最高的地方……」

鄭泰義回想起了不久前曾經聽過的內容。與此同時，他也想起了那張猶如小孩用腳畫出來的區域地圖。

這附近的豪宅全都圍繞著東南部的海岸線建造。雖然鄭泰義不知道這座豪宅位處地圖上的哪一處，但考慮到地形的話，坐落於整座豪宅裡地勢最高的別館一定跟豪宅正門有著一定的距離，並且還位於豪宅的最深處。

換句話說，這間別館肯定是距離大門最遠的一棟別館。

「看來他因為怕人質逃跑，所以特地挑了間位處豪宅最深處的房子。真是的……如果是我就算了，但在義哥哪是會逃跑的人啊。他才不會做這種辛苦的事。」

鄭泰義一邊咕噥，一邊惋惜地瞥了西側迴廊底端的那扇小門一眼。就算他有辦法打倒看守者逃出去，他最後也肯定會在抵達豪宅大門前被抓到。

更何況最重要的是，他沒有信心打贏那名阿拉伯男子。

早在第一眼看見對方的瞬間，鄭泰義就認知到了。不對，更準確地說，是在他一撞見對方，連躲都還來不及躲，胸口就被對方重擊到的剎那。他立刻就認知到了那名男子的動作究竟有多精準。

即使對方早就發現鄭泰義跟在後頭，但那人竟然可以在鄭泰義出現的當下，隨即就精準地瞄準鄭泰義的胸口，並且以剛好足以打暈他的力道攻擊他。這乍看之下好像很容易，不過實際執行起來卻非常困難。

也正因如此，鄭泰義才會在被攻擊的瞬間，馬上就意識到對方是個高手。而他的這個想法也沒有在這幾天一邊快樂度日，一邊觀察著對方時有所改變。

男子看上去就像會出現在中東市場某條巷弄裡的普通大叔，又矮又胖的。然而可以順利打贏對方的人應該是少之又少。

況且。

「除了那個大叔之外，我看看……二、三、四……五？不知道，但應該還有四、五個人在吧。」鄭泰義扳起手指開始數數。

只要鄭泰義一做出什麼可疑的舉動，抑或是引起騷亂的話——而且單憑那名又矮又胖的大叔也無法招架的話——，馬上就會有好幾名陌生的面孔衝進這間別館裡。因此從結論來看，他是絕對無法單靠武力就逃脫出去。

然而他同樣也無法指望外部的人來營救他。這個道理就跟他們當初即使猜到了鄭在義被囚禁在拉曼的豪宅裡，卻還是束手無策一樣。

「就算不能馬上逃出去也罷，若是有什麼手段可以聯絡到外界就好了。」鄭泰義撓了撓頭。

這座豪宅的主人明確地禁止別館裡的他們與外界接觸。不要說寫信了，他甚至連電話都找不到。

不過在鄭泰義來到這間別館之前，鄭在義至少還能在每個禮拜五獲得拉曼的同意後——雖然鄭在義不但得穿上罩袍，戴上面紗，甚至後頭還會跟著一名看守者就是了——，短暫地去夜市裡逛逛。想必拉曼也認知到了鄭在義並不是個會逃跑的人。

可是現在那唯一的自由時間也被禁止了。不僅是鄭在義不能外出，鄭泰義自然也是如此。

鄭泰義再次瞥了看守者一眼。不知道有禮貌地向對方借一下手機，那名阿拉伯男子會不會答應。然而鄭泰義思索到一半，不禁就為認真思考起這件事的自己感到可笑。

實際上，為了監視鄭在義的一舉一動，那些人也落得不得不一起被困在這間別館裡的處境。因此他們的手上一定有可以聯絡到外界的手段。這不單單是為了他們自己，也是為了預防一些有可能發生的意外。

「……」

要試一次看看嗎？鄭泰義的腦中閃過了一個危險的念頭。

當他還在UNHRDO的時候，他曾經從阿爾塔那裡學到一招。某個週末，當阿爾塔去香港一趟的時候，被一名不知天高地厚的扒手盯上。鄭泰義清楚地記得，阿爾塔當時還笑著炫耀說，他當下因為太不爽所以馬上就反過來搶了那名扒手身上的財物。與此同時，阿爾塔還一邊抓著正在一旁喝著啤酒的鄭泰義，一邊示範了好幾次從別人身上偷東西的方法。

而旁邊的卡洛和其他部員們見狀紛紛表示：「他都已經這麼會耍花招了，你還教他這些招數。不要再教了啦！」試圖要阻止阿爾塔。然而喝得酒酣耳熱的阿爾塔根本連聽都聽不進去。

當時的鄭泰義雖然不打算學這種招式，但在阿爾塔的堅持下，他最終還是學會了要怎麼當一名扒手……

鄭泰義看向自己的雙手。其實在學完的當下，他因為覺得很有趣，所以實際運用過幾次。不過後來又因為失去了興趣，而不曾再使用那招式。因此他也不知道此刻的自己還能不能恢復到當時的水準。

他又瞥了那名阿拉伯男子一眼。或許是覺得鄭泰義的視線很反常，原先冷冷盯著前方看的男子倏地轉過頭看向了鄭泰義。那道淡然又銳利的視線此時正直勾勾地凝視著鄭泰義。

……啊，果然沒辦法。這個男人絕對沒辦法。這要是一不小心的話，我很有可能會直接死在他的手下。

鄭泰義笑著晃了晃自己的手。男子見狀先是露出不悅的表情，接著簡單點了個頭後，便迅速撇過了頭。

正當鄭泰義苦惱著究竟有什麼方法可以聯絡到外界時，男子倏地從椅子上起身。隨後，男子朝迴廊裡喊了幾句話。沒過多久，一名年輕的青年便從迴廊裡跑了出來。

那名阿拉伯男子在這裡雖然只是一名看守者，但在外頭似乎是一位有著身分地位的對象，青年看上去應該是負責伺候那名阿拉伯男子的。而年輕的青年一抵達，男子簡單朝對方說了幾句話後就離開了門前。

「看來他要去上廁所啊。」

這麼嘟噥著的鄭泰義猛地瞪大了雙眼。下一秒，他打量起了那位代替阿拉伯男子崗位的青年。

……如果是這種程度的話，那或許。

鄭泰義連忙從地板上站了起來。在確認完阿拉伯男子朝著迴廊裡走去後，他便以小碎步跑到了青年的面前。而守在門前的青年一看見鄭泰義朝自己走近，馬上就狐疑地挑起了眉頭。

「可以讓我出去嗎？」鄭泰義指著門的方向，笑著說道。

青年雖然聽不懂鄭泰義講的韓文，但對方可能是從鄭泰義手指指向門的動作中大致上猜到了他的意思，青年隨即搖起了頭。

「哎唷，不要這樣啦，你就讓我出去一下嘛。嗯？」

鄭泰義微微皺起了眉頭，但臉上卻依舊掛著厚臉皮的笑容。隨後，他甚至還打算直接強行握住門把。

青年看著好幾個月——雖然鄭泰義待在這裡的時間明顯要短上許多——都不曾想過要逃跑的人質，今天竟然突然吵著說要出去的模樣，似乎是覺得有些慌張，霎時變得不知所措。

不過在幾秒後，青年馬上又像湧上了使命感般，一把抓住鄭泰義的手腕。

鄭泰義在看到對方那生澀的動作後，默默在心底發笑，接著輕易地甩開了對方的手。青年一看到自己的手這麼簡單就被甩開，似乎是覺得尷尬又憤怒，大聲朝著鄭泰義吼了些什麼——感覺應該是「我故意讓你，你還這麼囂張啊？」之類的意思——，接著以交叉的方式抓住了鄭泰義的衣領。下一秒，青年就這樣俐落地將鄭泰義甩了出去。

啊，看來他也有學過一、兩招嘛。

鄭泰義飛在半空中的同時，忍不住在心底想道。而正因為他忙著想這些有的沒的，錯過了使用受身的時機。他一屁股跌坐在了石地板上。

「哎呀！」

鄭泰義發出了簡短的慘叫聲。因為怕自己的叫聲會傳到遠處的廁所去，所以他連忙壓低聲音。站在他身後的青年好像又嘟噥了些什麼，隨後板起一張臉，擺出一副死都不會讓開的模樣坐在椅子上。

哎唷，摔在石地板上真的很痛。要不是還有屁股肉緩衝，我真的會痛死吧。

鄭泰義揉了揉屁股，緩緩地站了起來。由於其中一邊的屁股不停地抽痛，他只能跛著腳，一拐一拐地朝著臥室走去。當他故作埋怨地瞥向青年的方向時，青年正露出一副富有使命感的表情死命地瞪著他。

真不愧是年輕人啊。鄭泰義暗自在心底感嘆道。

穿過通往臥室的小門後，他直接走向了內院。與此同時，他也不忘祈禱著那名去廁所的阿拉伯男子不要這麼快回來。

不過一會兒，鄭泰義緩慢的步伐變得越來越快。當他繞到內院底部，靠近書房的外側迴廊時，他甚至還跑了起來。

鄭泰義偷偷瞥了自己的身後一眼，看樣子似乎還沒有人追過來。不過他並沒有因此放慢腳步。下一秒，他將手從口袋裡抽了出來，他的手中握著一支手機。

「好險我還寶刀未老。因為太久沒有嘗試了，我還以為會失敗。」鄭泰義忍不住嘟噥了起來，「不過那個傢伙倒是真的很遲鈍。」

如果剛剛是原本那名守在門前，身上還掛著一把長刀的阿拉伯男子的話，他應該就無法這麼輕易地成功了。

鄭泰義先是做出無聲的吹口哨動作，接著打開了手中的翻蓋手機。

他的心瘋狂地跳動著。他不知道那名青年什麼時候會追上來。或許那名青年此刻已經發現自己懷中的手機消失，正在追來的路上也說不定。

哪個地方可以輕鬆甩掉追過來的人啊？除此之外，那個地方還得適合自己一個人待著才行——廁所。

然而廁所實際上也不是最佳的地點。雖然廁所可以自己一個人獨處，但若是要逃跑的話，很容易會落得無路可逃的下場。

思來想去，最佳的地點果然還是得選機動性高的地方。就算真的有人追了上來，他也可以一邊逃跑一邊通話的地方。他必須找到一個即使通話的途中手機被搶走，他也能想辦法拖延時間繼續通話的環境。

他熟練地按下了那串被他牢牢記著的數字。然而鄭泰義這輩子其實從來不曾打過這隻電話。在他擔任對方校尉的途中，為了要告訴其他人那人的聯絡方式，所以他自然而然就記住了這串號碼。

伊萊。

這是鄭泰義第一次這麼感謝UNHRDO選了那個瘋子擔任教官。如果不是因為教官號碼無論去到哪個國家都能自動漫遊，他現在真的不知道該打給誰。

……但誰陵給這座小島應該沒有偏僻到無法通話吧。

不對，不可能。如果沒辦法通話的話，青年也不會隨身帶著手機。

霎時，他的心臟再次瘋狂地跳動了起來。他想不起來自己有多久沒有見到對方了，他也不知道該跟對方說些什麼。不過首先，為了避免誤會，他得先向對方表明：我沒有逃跑。

雖然從伊萊特地針對阿拉伯人攻擊的這個行為來看，對方應該是不會認為鄭泰義逃跑才對，但為了以防萬一，鄭泰義認為還是得先向對方解釋才行。霎時，伊萊那道殺氣騰騰說著「你敢再次逃跑，你最好就抱著必死的覺悟」的嗓音猛地閃過他的腦海。

解釋完自己不是逃跑的之後，他再來就要講出這裡的位置。

一想到這，鄭泰義忍不住咂起了嘴。他也不知道自己現在在哪裡。他唯一知道的就只有這裡是拉曼的豪宅，然而究竟是豪宅裡的哪一間別館，他也沒有頭緒。畢竟他從來不曾離開過這間別館。

若是地勢最高的地方的話，那應該離大門最遠吧……不過講這些又有什麼用，他總不可能又帶著反戰車榴彈發射器闖進來吧。

要是伊萊真的對阿拉伯皇族做出這種事，那凱爾的軍需事業肯定會受到很大的阻撓。

鄭泰義光是想到伊萊騎著改造過後的雷瓦克，肩上背著反戰車榴彈發射器闖進這座豪宅裡的模樣，他就下意識打起了冷顫，接著搖了搖頭。再這樣搞下去，那群一手拿著《古蘭經》的阿拉伯人肯定會……

不過在那之後還要說些什麼啊。

鄭泰義總覺得他好像還有什麼話想對對方說。那似乎是一件很重要的事，可是他現在卻想不起來。他好像是想向對方確認些什麼。

而正當鄭泰義焦躁地思索著自己究竟要說什麼的時候，手機聽筒裡傳出的通話提示音也不停地響著。在聽見提示音響了十幾聲後，鄭泰義不禁咂起了嘴。

他還得考慮到伊萊沒辦法接電話的可能性。對方有可能去上廁所、睡著，抑或是手機沒電了。

接啊，快接電話啊！

鄭泰義轉過頭看向了沒有任何聲響的身後。就算不是這支手機的主人，要是被其他人撞見他打電話的模樣，並且大吼的話，他就完蛋了。

然而越是焦躁的時候，事情就越不會照著他所希望的方向發展。

提示音響了好幾次，不過話筒的另一端卻依舊沒有要接電話的打算。最終，直到進入語音信箱為止，那串號碼的主人都沒有接起電話。

鄭泰義咂著嘴蓋上了翻蓋手機。隨後，即使他很清楚剛剛沒接到電話的人，就算現在打過去肯定也有很高的機率不會接電話，但他還是再次撥打了那串號碼。提示音再次響起。

鄭泰義一邊思索著有哪個地方是既不顯眼，又不是死路的最佳躲藏地點，一邊從迴廊走到臥室，在從臥室走到書房，接著又再次回到了內院裡。他就這樣不停地移動著自己的位置。

與此同時，聽筒裡的提示音仍舊不停地響著。第九次、第十次，眼看這次似乎也會轉到語音信箱，鄭泰義忍不住吼道：「……該死，快點接電話啊，你這個瘋子！」然而因為怕被其他人聽見，所以他拚命壓低了嗓音。

不過他的低吼聲卻清楚地傳到了剛好接起電話的人的耳裡，「……泰一？」

那是一道低沉又慢條斯理的嗓音。

鄭泰義下意識地握緊了手中的手機，一股焦躁的情緒倏地從他的心底湧上。這是一道他再熟悉不過的嗓音。就算十幾年過去了，他也有把握能馬上想起這道嗓音。

鄭泰義用力咬著自己的雙唇，不由自主地吼道：「你現在在哪！」

語畢，鄭泰義馬上就意識到這不是他原本打算要說出口的話。不過轉念一想，這樣也罷，至少他順利起了個頭。

「泰一……你在哪？」

聽筒另一端的嗓音改變了。那道低沉又慢條斯理的嗓音瞬間轉換成了猶如猛獸般的凶狠咆哮聲，「你在哪，泰一。你現在到底在哪……泰一！」

對方不停地喊著鄭泰義的名字。而鄭泰義見狀卻突然不知道該怎麼回應。

「呃……」

該怎麼辦？鄭泰義焦躁地握緊了拳頭，他的腦袋頓時變得一片空白。他已經有好一陣子沒有聽到這個嗓音了。他既不知道聽筒另一端的人有沒有發生什麼事，也不知道對方現在在搜索著哪個區域，是不是陷入了瓶頸。

只要一想到對方茫然尋找著自己下落的畫面成為了現實，他的耳根子就漸漸地泛紅。

鄭泰義毫無理由地焦躁了起來。這股焦躁感跟擔心著會不會有人追過來時的焦躁不同。而這突然湧上的微妙感覺也使他的大腦一陣發白。

我好像有什麼話想說，也有什麼事想確認。

在來到這個地方之前，他好像有什麼話想要問伊萊。可是因為他害怕問出這個問題，也怕聽到預想中的答案，所以他當時一直在苦惱著到底要不要問出口。

不過我要問的究竟是什麼啊？

由於掌心開始冒汗，因此鄭泰義只能換用另外一隻手拿手機。他焦躁地將掌心上的汗水抹在褲子上。

所以說，那個問題——

「泰一，快點回答！……該死，你沒有受傷吧？你要是敢隨便受傷的話，你就死定了……快點回答啊！泰一，鄭泰一……鄭泰義！」

啊，又來了。有時候這個傢伙的發音真的很好……難道他有請家教去糾正他的發音嗎？腦中突然閃過這個念頭的鄭泰義在聽見對方那句輕搔著他耳畔的話語後，還沒等他反應過來自己準備要說什麼之前，他就已經說出口了。

「喂，我該不會是喜歡你吧？」

語音剛落，鄭泰義馬上就意識到自己失誤了。不過往好處想，至少他總算將這句話問了出口。

等等，我剛剛說了什麼？我好像是在思覺失調症快要發作的當下，連想都沒想就直接說出一些奇怪的話？

鄭泰義焦躁地用指尖碰了碰自己的嘴唇。而聽筒另一端的說話聲也倏地消失，鄭泰義聽不見任何的聲響。

「喂？喂！伊萊！」

他該不會掛斷電話了吧？在這種情況下掛斷電話，我很尷尬。鄭泰義慌張地又喊了對方的名字兩、三次。

就在這個時候，或許是聽見了鄭泰義的說話聲，又或者只是剛好經過，迴廊的底端出現了其他人的動靜。沒過多久，那個動靜便化作腳步聲漸漸朝鄭泰義的方向靠近。

「欸，你怎麼可以掛斷電話。我不知道我什麼時候還可以再打給你……伊萊！」

「——我還在。你趕快說你現在在哪。」

「哦，這裡嗎？這裡是拉曼的豪宅。我在豪宅的某一棟別館裡，但因為我無法離開這棟別館，所以我也不知道這裡的確切位置。我只知道這裡是豪宅裡地勢最高的地方。」

「豪宅裡地勢最高的地方……」

鄭泰義咂起了嘴，出現在他身後的動靜怎麼看都不像剛好經過的模樣。對方此刻正徑直地朝著鄭泰義前進的方向走來。而漸漸加快速度的鄭泰義已經無法隱藏住自己的腳步聲了。

最後，開始跑起來的鄭泰義快速地瞥了身後一眼。他看見有個人影繞進了迴廊裡。而那人正是這隻手機主人。

青年在看見鄭泰義後，漲紅著臉朝鄭泰義大吼了些什麼，接著奮力地衝了過來。為了不要被對方抓到，鄭泰義只好再次加快了步伐。

「該死，我不能講太久。總之，我很難從這裡面逃出去。拉曼那個傢伙逼哥哥替他製造武器，否則他就不會讓我們離開。話雖如此，不過要是外面的人強硬地闖進來，他就會把我們關在地下監獄裡，然後裝作什麼事都沒發生……總而言之，即使我們短時間內無法見到面，但我不是逃跑喔！之後有機會再見面的話，你可別誤會我！」

「……該死，我很難從外面把你弄出來。」

聽筒裡傳來了似乎有些焦躁，但乍聽之下卻跟平時沒什麼兩樣的嗓音。對方那道低沉的嗓音或許是生氣的徵兆也說不定。

鄭泰義猛地安靜了下來。

其實他早就預料到這個結果了。要是外面的人可以輕易地把裡頭的人帶走，鄭在義當初也不會被囚禁在這裡這麼久。即使是像伊萊里格勞這種做事不會考慮到後果的人，也不敢貿然地闖進這座豪宅。畢竟一不小心惹到中東皇族的話，事情會瞬間變得比現在還要複雜上好幾倍。

「我知道，我也知道。就算得花上一段時間──」

「泰一，你想離開那裡嗎？」

還沒等鄭泰義把話說完，伊萊就打斷了他。鄭泰義默默地咂著嘴，「若是可以離開的話，那當然是……」

鄭泰義再次陷入了沉默。追在他身後的人不知不覺已經增加成兩個人。而雪上加霜的是，他的眼前也突然冒出了一個人。看來這通電話也漸漸到盡頭了。

「……好，我知道了。」

伊萊就像在思索著什麼般，先是安靜了好一會兒，接著才凝重地開口。下一秒，一道緩慢卻堅定的嗓音繼續說道：「泰一，但是你要牢牢記住。我為此付出了多少代價，將來你就必須全數奉還給我。」

「什麼──」鄭泰義頓時不知道該怎麼回應對方。

他猛地湧上了一股毛骨悚然的感覺。他隱隱約約察覺到自己好像做錯了什麼決定。這個感覺就像是越過一條無法回頭的河似的。

「喔……喔。」

與此同時，他已經快要喘不過氣了。追在他身後的人距離他越來越近。雖然他對跑步這件事很有信心，但一次被三個人追趕，無論他再怎麼厲害最後也是束手無策。

下一秒，有個人突然抓住了他的肩膀。

「該死。」

簡短咒罵著的鄭泰義直接一拳打在了對方的臉上。而被他揍的那個人剛好就是這支手機的主人。鄭泰義見狀不免覺得有些愧疚。

「泰一？你在幹嘛！」

「為了打這通電話，我現在落得被人追著跑的下場。啊，該死，我好像馬上就要被抓到了。」鄭泰義氣喘吁吁地答道。

一下要逃跑、一下要甩開抓住自己的人，一下還得講電話，鄭泰義只怕再這樣下去會因為喘不過氣而窒息身亡。

眼看自己就快要被身後的人抓到，鄭泰義連忙躲進不遠處的廁所。比起馬上被抓住，他還寧願先躲在廁所的隔間裡為自己多爭取個幾秒通話的機會。

哐——！

用力地打開門並躲進去後，鄭泰義毫不留情地關上了門。然而在門快要闔上的那一刻，有個人猛地用自己的身體撞門，導致鄭泰義沒辦法順利地鎖上門鎖。

「泰一！……該死……你不准給我隨意受傷！」

「受傷的話，是我會痛還是你會痛啊……喂啊啊啊啊——！」

為了把門闔上，鄭泰義的手指不小心被門縫夾住了。他瞬間痛到飆出了淚水。一想到自己只為了打一通電話，竟然就落得這種下場，鄭泰義眼中的淚水不停地打轉著。

我還能再撐幾秒？等一下掛斷電話後，我應該就無法再用同樣的方式偷打電話了吧。那麼這很有可能是我離開這個地方之前的最後一通電話。

鄭泰義總覺得他好像還有什麼話想說，那是一句非說不可的話。然而毫無頭緒的他就只能焦躁地拚命回想著。

「你憑什麼讓我的東西受傷！該死，你當初為什麼要自己冒失地追上去啊……！」

正準備要說些什麼的鄭泰義隨即就被聽筒另一端的吼叫聲嚇到抖了一下。而下一秒，他瞪大了雙眼。

雖然他時不時就能看見伊萊生氣的模樣，也曾經看過伊萊陷入彷彿要活活把人打死的狀態之中。照理來說，他已經很少被對方殺氣騰騰的一面嚇到了。

可是他今天卻是第一次看見對方一邊吼著完全不像話的話語，一邊生氣的模樣。

「……」

霎時，鄭泰義想起來他要向對方說些什麼了。他有件事想確認。然而鄭泰義隨即又猶豫了起來。若是可以，他很想在面對面的情況下問出這個問題。因為他很好奇對方會露出什麼樣的表情……不對，要是當面問的話，或許伊萊會像怪物般齜牙咧嘴地作勢要攻擊他也說不定。

這樣看下來，好像還是隔著電話問會比較好……可是用電話問的話，實在是有點……

還沒等鄭泰義猶豫太久，那扇被他死命擋著的門最終還是不敵三名男子的力量打開了。而那個瞬間，由於過於心急，鄭泰義直接就問出了他心中的疑問。

「伊萊，你……你難道喜歡我嗎？」

語畢，鄭泰義忍不住咂起了嘴。這跟他想像的不太一樣。

雖然他的確是要問這個問題沒錯，但也可以用比較委婉的方式詢問對方。殊不知剛剛因為太過著急，他不小心就脫口而出了。

然而聽筒另一端卻是一片寂靜。或許是鄭泰義沒有聽到對方的回答吧。聽筒的另一端，伊萊就像沒有料到鄭泰義會問出這個問題似的，陷入了短暫的沉默之中。

不過還沒等伊萊結束那陣沉默，剛剛被鄭泰義猛揍一拳的青年立刻就搶走鄭泰義手中的手機並掛斷了電話。

「喂！我們正聊到重要的話題，你怎麼可以隨便亂掛電話啦！」鄭泰義被三名男子壓制的途中，還不忘大吼道。

然而就算鄭泰義再怎麼喊，他們也聽不懂他說的話。再者，那名青年其實是手機被偷走的受害者。也許正是如此，那名青年看上去才這麼火大。想必在此之前，青年就已經被原先那名看守的阿拉伯男子痛罵了一頓。

青年一邊不停地咒罵著——值得慶幸的是，鄭泰義聽不懂對方在罵什麼——，一邊憤怒地朝鄭泰義揮拳。

* * *

鄭泰義看著鏡中的自己，忍不住嘆了口氣。

他的右側太陽穴上有著一個明顯的瘀青，雙眼也腫得不像話。被打到破皮的嘴唇上還留有結痂的傷口。

「我根本就沒有資格罵別人的個性不像人……此刻在這個世界上，還有人的臉可以比我更不像人的嗎？」鄭泰義輕輕揉著自己的臉，嘟噥道。

因為揉太大力會痛——其實有些傷口光是碰到就會痛了——，所以他只能盡量以最輕的力道，小心翼翼地搓揉著那些傷口。

雖然他有向男子們提出給點藥膏來擦的要求，但那些人直接裝作沒有聽到。最終，他是趁穿著白衣的少女經過時，在對方面前拚命地裝可憐，少女才偷偷拿了條藥膏給他。

為了遵守阿拉伯世界那不能隨便向女生搭話的準則，鄭泰義先是蜷縮著身子坐在中庭的池塘旁，等到有名少女經過時，他才故意在對方面前裝出痛苦不堪的模樣。而值得慶幸的是，少女立刻就暗中拿了條小藥膏放在他的床頭櫃上。

鄭在義在得知了這件事後，既欽佩又認真地提議道：「你乾脆拿韓國的水梨來這裡賣算了。」鄭泰義先是嚴肅地思考了好一陣子，最終還是忍痛拒絕。畢竟他的手邊沒有現成的水梨可以拿來賣。

縱使他的臉看上去傷得很嚴重，不過他並沒有傷到什麼要害。那名青年原本似乎是打算要直接打死鄭泰義，然而在打了幾拳後，站在對方身後的看守者便阻止了青年。即使鄭泰義和哥哥的真實身分是被囚禁起來的受害者，但名目上還是貴客。因此看守者也不能放任青年就這樣把貴客打死。

而鄭泰義在看到看守者的反應後，立刻就意識到那名阿拉伯男子絕對不是泛泛之輩。男子阻止青年的時機可說是恰到好處。畢竟當時的鄭泰義已經漸漸湧上了「我被打成這樣應該夠了吧？還要繼續挨打嗎？」的念頭。

「不過往好處想，至少那個男人沒有親自動手……哎唷。」鄭泰義一邊擦藥，一邊發出了呻吟聲。明明已經過去了好幾天，但他的傷口卻還是很痛。

被打完之後，其實他有好一陣子都放任傷口不管。畢竟直到昨天晚上，鄭泰義才在自己的臥室裡發現了藥膏，並且在睡前擦了第一次的藥。而剛剛起床洗完臉後，他先去吃了早餐，現在才又跑來擦第二次的藥。

實際上，被痛毆的當天，這些傷口都還看不太出來。然而隨著時間越拉越長，傷口就變得越來越明顯。這也導致此刻的鄭泰義看上去完全不成人樣。

而幾天前，在鄭泰義被打完的隔天，當他蓬頭垢面地走去飯廳吃飯時，比較早抵達的鄭在義一看見鄭泰義的臉，立刻就瞪大雙眼放下了手中的湯匙。

鄭泰義雖然覺得哥哥有點太大驚小怪，但他還是像理解般地點了點頭。看來在睡過一覺之後，自己的臉又變得更腫了吧。

「我的臉很腫嗎？」

睡醒後，鄭泰義簡單洗完臉就跑來了飯廳，所以他還沒有機會看到鏡中的自己，「但我怎麼覺得沒什麼感覺啊。」

而鄭在義在聽完鄭泰義若無其事的提問後，點了點頭靜靜地說，「泰義啊，你之前休假的時候，不是曾經跟一個叫金少尉的同事打過架嗎？」

「什麼？啊，對啊。」

沒想到一大清早就被迫得回想起這段不怎麼愉快的往事，鄭泰義忍不住皺起了眉頭。不過轉念一想，就算現在聽到了這個名字，他也只覺得很可愛。畢竟金少尉跟其他人比起來明顯人性了許多。

「你現在腫得比當時還要嚴重。」

「……被你這樣一說，你害我不敢照鏡子了。」

鄭泰義一邊輕輕搓揉著自己的臉，一邊吃著早餐。而吃完飯回到房間後的他，這時才知道自己的臉究竟有多精彩。

就這樣又過了好幾天，他臉上的深色瘀青也漸漸轉變為紫色與淡黃色。精彩的程度有增無減。縱使傷口已經不像前幾天那麼痛了，不過一碰到還是會陣陣地抽痛。

「要打人的話，就是要打到外表雖然看不出來，但實際上卻打中了很多要害才對啊。結果他竟然把我打到外表看起來這麼慘，身體卻沒受什麼嚴重的傷……難怪我會這麼喜歡年輕人。」

如果當時是那名看守者出手的話，對方肯定會拳拳打中鄭泰義的要害。又或者若是那名青年的手法再高超一點，不會讓鄭泰義的外表留下這麼多的傷口，想必那名看守者也不會這麼快就出手阻止。

鄭泰義在擦完藥膏後，再次看向了鏡中。隨即，鏡子裡便出現了一張看起來相當駭人的臉龐。

鄭泰義惋惜地把玩著容量本來就不多，簡單擦個兩次就用完的藥膏，接著把藥膏丟進了垃圾桶裡。他突然很想念路德最愛的那罐虎標萬金油。

嘆了口氣後，鄭泰義走出了房間。他打算要去書房裡看書。然而走到一半的他卻猛地停下了腳步。因為他遠遠地看見了有個人的背影繞進書房裡。

而那人正是拉曼。

再次將頭伸進房內確認過現在的時間後，鄭泰義這時才意識到已經到了對方來訪的時刻。他忍不住微微地皺起了眉頭。在猶豫了一下後，他轉身走向了內院。

只要坐在內院最深處的那棵橡膠樹旁，就可以透過窗戶斜斜地看見書房內的景象。他打算先待在內院裡查看拉曼的動靜，等到對方離開後，再走進書房。

拉曼每天都會來這間別館。

雖然根據鄭在義的說法，拉曼在鄭泰義來到這間別館之前其實來得更頻繁，現在這樣已經算很少來了。不過對鄭泰義來說，一天一次也很多。

更何況拉曼來這裡也不是為了要傳達什麼緊急的事。他每次講的都是一樣的內容：那你現在願意替我製造武器了嗎？而對此，鄭在義每一次的回答也都一樣。默默地搖了搖頭，僅此而已。

「我好像能一字不漏地背起他們的對話。」鄭泰義坐在橡膠樹下，抬頭看著頭頂上的樹葉嘟囔道。

隨後，他瞥了窗戶一眼。如他所料，他果然看見了鄭在義搖頭的模樣。而拉曼見狀先是安靜了好一會兒，接著才又再次開口發問。

「一直待在這裡不能出門，你難道不會覺得很煩悶嗎？」

今天的對話產生了些許的改變。按照原本的流程，拉曼要說的應該是：如果你不答應我的提議，我就不會讓你離開。

「沒關係的。多虧了你細心的照顧，我沒有什麼不便的地方。」鄭在義靜靜地答道。

而鄭泰義見狀則是忍不住笑了起來。照理來說，拉曼在問完那個問題後，應該會接著說出：只要你答應我的提議，我就可以讓你直接離開，不用再忍受這種煩悶的生活。這樣才對。然而鄭在義的答案卻徹底打亂了拉曼的計畫。

拉曼就這樣沉默了好一陣子。

一想到對方此刻說不定露出了難堪的表情，鄭泰義不禁再次低聲發笑。

然而在試想了一下男子那總是——雖然偶爾會有些例外——帶著溫柔笑容，眼睛卻沒有絲毫笑意的冰冷臉龐瞬間轉變為難堪的表情後，鄭泰義這時才發現他想像不出來那個畫面。

可是……

「至少他目前都還表現得這麼彬彬有禮。」鄭泰義小聲地嘟囔道。

拉曼已經連續被拒絕了好幾個月。自從把鄭在義帶來——抓來——這間別館後，拉曼就為鄭在義提供了各種舒適的環境。除了外出的要求之外，無論鄭在義想要什麼，拉曼都會竭盡所能地滿足對方。然而拉曼自己的要求卻始終沒有被滿足。

只要是個正常人，忍耐值就一定會有個極限。更何況鄭在義從來沒有給出一個一定會答應的期限，因此就算拉曼突然威脅起鄭在義，抑或是使用一些粗暴的手法逼迫鄭在義替他製造武器也不算太奇怪。

可是拉曼卻一直維持著彬彬有禮的態度，善待著鄭在義。

雖然鄭泰義很不喜歡拉曼這個人，但單就對方對哥哥很好的這一點來看，他倒是還滿感謝對方的（不過轉念一想，他又不禁覺得自己為什麼要去感謝一名監禁綁架犯）。

可是武器開發這件事難道不急嗎？

就算不急著馬上就開發完成，但拉曼也不可能永無止境地一直等下去吧。然而從拉曼每天跑到別館裡詢問鄭在義意見的模樣來看，鄭泰義卻看不出對方臉上有絲毫的焦躁神情。

「……如果你改變心意的話，歡迎隨時告訴我。在那之前，請好好地享受待在這裡的時光。對了，你還需要什麼東西嗎？」

書房裡再次傳出熟悉的對話內容。看來今天的談話也快要畫下句點了。

「啊，那你可以幫我買幾本書跟唱片嗎？我把清單都寫在了這張紙上。除此之外，因為我的頭髮長長了，不知道能不能請你再次叫理髮師過來？為了避免得一直請對方過來，我這次想要盡量剪短一點。」

鄭泰義不禁覺得自己的哥哥真的很厲害。

由於對方看上去總是一副心不在焉又安靜的模樣，所以只有見過鄭在義幾次面的人往往會誤以為鄭在義是個內向又細膩的人。即使鄭在義的確有著內向與細膩的一面，但那個方向卻跟大眾認知的不太一樣。

而鄭在義雖然跟鄭泰義一樣都是被監禁起來的身分，不過鄭在義並不是在莫名其妙的情況下一起被抓來的附屬品，他是「貴客」。因此每當鄭在義偶爾想要什麼，並且毫無顧忌地提出要求的話，過沒幾天，拉曼就會滿足鄭在義的要求。

一想到這，鄭泰義忍不住摸了摸自己的臉頰，苦澀地咂起了嘴。

在他剛被關進這間別館的前幾天裡，鄭在義曾經在書房裡一邊把玩著裝上彈簧的嚇人箱，一邊陷入了沉思之中。殊不知下一秒，鄭在義不小心就被突然跳出來的彈簧打中，導致臉頰出現了瘀青。

隔天，像往常一樣跑來找鄭在義的拉曼見狀立刻就收起臉上的笑容，凶狠地皺起眉頭，把看守者與一名穿著白衣的少女——她是負責服侍鄭在義的少女——痛罵了一頓。

縱使鄭泰義聽不懂拉曼在罵些什麼，但當他看見少女鐵青著臉，顫抖著身子趕快拿藥膏給鄭在義擦，並且還跪在對方腳邊求饒的模樣後，不禁就對這個畫面感到相當震驚。

後來，他跑去問了當下雖然有露出難堪的表情，可是卻沒有出聲阻止的鄭在義這件事後，鄭在義才解釋說之前就曾經發生過類似的事。當時鄭在義不小心在刮鬍子的途中刮傷了自己，即使這是鄭在義本人的失誤，不過隔天負責服侍鄭在義的少女卻依舊換了個人。

鄭在義也曾經不悅地抱怨過這件事，然而拉曼聽完就只是搖著頭說：「如果她當初拿了一把好的刮鬍刀，那這種事就不會發生了。我可不能以這麼隨便的態度來接待貴客啊。」

「在那之後，我就很小心不會讓自己受傷了。」

當時的鄭在義看著露出震驚的表情，默默聽著這段往事的鄭泰義這麼解釋道。

「我真的無法理解那個國家的思維方式……」

縱使沒有什麼能比鄭在義被拉曼當作貴客以禮相待還要更值得慶幸的事，但鄭泰義還是忍不住搓揉自己那張慘不忍睹的臉，苦澀地咂起了嘴。

就算我只是個附屬品，不過他的態度未免也差太多了吧？

其實當鄭泰義聽到鄭在義要找理髮師來的時候，他是相當開心的。由於前陣子一直找不到空閒時間，所以他也有好一陣子沒有修剪過頭髮了，他打算趁這個機會也順便一起剪頭髮。

這樣看下來，以後只要鄭泰義需要什麼東西的話，似乎就可以請身為「貴客」的哥哥幫忙提出要求。

我到時候要先叫哥哥幫我要一條藥膏。除此之外，我還需要……不知道哥哥可不可以要到一臺電話……不對，就算是哥哥開口，拉曼也不可能答應這種要求吧。

一想到這，鄭泰義不禁嘆了口氣。他只不過是打了一通不到一、兩分鐘的電話，結果竟然就被揍成了這副慘狀。

可是。

「……」

霎時，鄭泰義有些尷尬地撓起了自己的脖子。

那天晚上，當他揉著自己傷痕累累的臉，再次思考起白天所發生的事情時，他也覺得自己講太多奇怪的話了。而且更糟糕的是，他連對方的回答都沒聽到。

——你難道喜歡我嗎？

仔細一想，這簡直就是自我意識過剩的患者會說出口的話。要是對方剛好喜歡自己就算了，但若是對方根本就沒有這種念頭的話，那鄭泰義絕對會羞愧到立刻撕爛自己的那張臭嘴。

與此同時，鄭泰義也很好奇伊萊當時究竟露出了什麼表情。

其實他多少還是覺得有點可惜，他很想親眼看看對方的表情。或許他能從對方的表情中得知更多的線索也說不定。

「不，不對。沒有聽到他的回答反倒是件好事。等等，不，是我錯了。打從一開始，我就不該問出那個問題。不管伊萊答出了哪種答案，肯定都沒有什麼好結果。」

鄭泰義抓起了自己的頭髮。

這就是他之前明明也曾經湧上過這個疑問，卻一直沒有問出口的理由。要是對方說不是的話，那他就會成為一名自我意識過剩的人；然而要是對方說是的話……那眼下的情況將會發展成更加恐怖的局面。

鄭泰義一邊抓著自己的頭髮，一邊嘆了口氣。反正距離他離開這間別館的日子還遙遙無期，他也不用急著去思考這個問題。他有的是時間可以慢慢思考。更何況若他最後真的被困在這裡長達十年的話，那伊萊的答案自然也就變得沒那麼重要了。

我究竟還要在這裡待多久啊。

陷入沉思中的鄭泰義瞥了書房一眼。書房裡，存在著兩把可以讓他離開這間別館的關鍵鑰匙。然而只要其中一方不打算交出自己手中的那把鑰匙，那他將永遠無法打開這裡的大門。

「他現在也差不多該走了吧……」

平時的對話基本上都已經講完了，拉曼也是時候該離開了。照理來說，拉曼在收下鄭在義遞來寫有需要物品的紙條後，簡單講個幾句問候的話就會離開。

「……你難道不想離開這裡嗎？」

在沉默了一會兒後，拉曼開口道。這是拉曼剛剛就問過的問題。

而鄭泰義在聽見對方的問句後，忍不住挑起了眉頭。在此之前，拉曼不曾在同一天裡詢問相同的問題兩次。該不會是拉曼的情況變緊急了，所以才又問了一次吧？可是從拉曼的神情來看，鄭泰義卻看不出任何的異狀。

「託你的福，我在這裡過得很舒適，所以沒關係的。」鄭在義也答出了跟剛剛類似的答案。

「是嗎？」拉曼在間隔了一段時間後，才又再次開口道：「的確，自從你的弟弟來了之後，你應該就不會無聊了。畢竟你們的感情這麼好。」

「是……這也是託你的福。」

哥哥，你這樣的回答不太對吧。我們既不是「託對方的福」感情才這麼好的，而「託對方的福」把我關在了這個地方，讓你不會感到無聊的這種說法也很不合理啊？

鄭泰義聽完後不禁覺得全身無力。

而拉曼先是沉默了一會兒，接著簡單打了個招呼便離開了書房。鄭泰義見狀也緩緩地起身，準備朝書房走去。

然而當他踏上內院的階梯時，他忍不住後悔起自己剛剛為什麼要動作這麼快。從書房走出來的拉曼停在了迴廊上，對方似乎是陷入了沉思之中。

在察覺到鄭泰義朝這個方向靠近的動靜後，拉曼倏地瞥了他一眼。而鄭泰義一看見對方的反應，忍不住就抖了一下，並且撇起嘴放慢腳步。

他不想靠近對方。這不單單只是心情所致。

拉曼看向鄭泰義的視線猶如冰塊般冰冷。乍看之下，彷彿只要鄭泰義再前進一步，對方就會直接拔刀砍向他似的。可是若是突然停在了原地，好像也很尷尬。因此鄭泰義只能盡量地放慢步伐，緩緩朝拉曼走去。

「聽說你打給了里格勞啊。」

拉曼開口道。而對方的話令鄭泰義瞬間停下腳步。

其實他早就猜到拉曼會知道這件事了。畢竟試圖要聯絡外界的這種突發行為，看守者們一定會報告給對方知道。不過在聽到里格勞這個名字時，鄭泰義還是不禁露出了疑惑的表情。然而他隨即便又自己想通了。既然手機上還留有號碼，那拉曼要追查到號碼的主人是誰自然也不是件難事。

「我記得我上次就有跟你說過，就算你向外界請求救援也沒用。你這次還真的是做了件多餘的事啊。」

「……畢竟……光是久違地聽見朋友的嗓音，就能令我打起精神啊。」鄭泰義明知自己的話語中充滿著多少不合理的地方，但他還是泰然地笑著將這句話說了出口。

他的「朋友」伊萊能「激勵」他的士氣。

而拉曼見狀立刻挑起了眉頭。隨後，拉曼故作思考般地開口道：「朋友嗎？這樣啊。話說伊萊里格勞跟凌心路不是跟你一起來到了誰陵給嗎？」

「……」

「他們現在已經不在誰陵給了。」拉曼淡淡地說。

而拉曼語音剛落，鄭泰義臉上的表情頓時消失了好幾秒。他忍不住懷疑起自己剛剛是不是沒有聽懂對方講的英文。拉曼說了，他們不在誰陵給。

鄭泰義微微地皺起了眉頭。由於他無法立刻理解過來對方那句話的意思，於是他只能歪起頭沉思好一陣子。

他緩緩地扳起指頭開始算日子。他想不太起來上次跟伊萊通話是幾天前的事，只不過在他的印象裡，那並沒有過很久。由於每天都是沒有什麼變化又單調的日子，所以他很難準確地計算出究竟過了多久。

是三天，還是四天？他只知道一定沒有超過一個禮拜。

「如果他們不在誰陵給的話……」

鄭泰義才剛開口，馬上又安靜了下來。他狐疑地抬起頭看著眼前那名露出冰冷視線，彷佛在打量著他表情的男子。

拉曼看上去……不像在說謊。既然如此的話。

「難道這是你做的嗎？」

「我？怎麼可能。他們是自己離開的。凌心路在你來到這間別館的幾天後就離開了，所以他已經離開很久了。而里格勞則是在三天前離開的。啊，是不是還有個名叫尤里蓋博的男人？是他帶著凌心路離開誰陵給的。由於凌心路當時陷入了無法正常活動的狀態，所以需要一個負責攙扶著他的人。」

「什麼？——你剛剛說什麼？」

鄭泰義木然地眨著眼，看向了對方。而若無其事講出這番話的拉曼臉上霎時閃過一絲笑意。在看見拉曼那毛骨悚然的笑容後，鄭泰義的心底猛地打起了冷顫。

「凌心路跟里格勞曾經發生過衝突。雖然我不知道他們起衝突的原因，但聽說凌心路傷得很嚴重，甚至還到了命危的程度……我是看在反正你會有好一陣子都無法見到對方，怕你聽到朋友受傷的消息會難過，所以才故意不告訴你的。」

以微妙的語氣講完這段話的拉曼似乎還知道些什麼內幕，可是卻不打算講出來。

「等一下，那個……」

鄭泰義不知所措地盯著拉曼的嘴唇看。鄭泰義張開了嘴巴，像是想說些什麼似的，然而直到最後他還是講不出話來。他腦中的思緒全都交纏在一起，使他想不起任何的單字。

——他們現在已經不在誰陵給了。

——聽說凌心路傷得很嚴重，甚至還到了命危的程度。

鄭泰義上次和伊萊通話只不過是幾天前的事。而當時，距離凌心路受傷應該已經有好一陣子了，可是伊萊卻完全沒有提到這件事。

不對，其實鄭泰義多少可以理解伊萊為什麼會這麼做。畢竟對方本來就不是個會故意講出「我跟凌心路起過衝突，所以他受傷了」的人。而鄭泰義也多少能猜到那兩人起衝突的理由。打從一開始，那兩人的關係就不是很好，因此不管是再怎麼瑣碎的事，都有可能成為使兩人打起來的導火線。甚至鄭泰義現在就可以立刻想出好幾百個讓那兩人吵起來的理由。

可是。

心路究竟傷得有多嚴重？而伊萊又為什麼要突然做出這種事？

拉曼那句突如其來的話使他的大腦頓時反應不過來。鄭泰義就這樣茫然地盯著拉曼看。而拉曼在看到鄭泰義的表情後，微微地笑了起來。

直到這一刻，鄭泰義才意識到拉曼就是為了要看到他露出這種表情，才會故意提及這件事的。

拉曼很討厭鄭泰義。或許，拉曼對鄭泰義的情感已經到了憎恨的程度。可是鄭泰義卻對對方為什麼會湧上這種情緒毫無頭緒。

不過此時此刻，無論對方對他抱有著什麼樣的想法都無所謂了。

「我——得離開這裡才行。」鄭泰義出神地嘟噥道。

而拉曼在默默打量完鄭泰義面無表情的臉龐後，像是很滿足般地瞇起了雙眼，從容地說：「還真是遺憾，我無法答應你的這個要求。」

＊＊＊

仔細一想，現在早就來不及了。而他的反應也多少有點太大驚小怪。

距離鄭泰義來到這間別館，大概也過了快一個多月的時間。如果心路是在他來到這間別館後的沒多久就受傷的話，那現在也差不多該有個結論了。心路不是順利地康復，要不然就是雖然現在還無法靈活地活動，但至少已經恢復成可以自己行走的程度。就算是最糟糕的情況，現在也一定得出了結論。一個即使鄭泰義此刻離開這間別館，也改變不了的結論。

可是即使如此。

鄭泰義的其中一隻手蓋住了嘴巴與下巴，他就這樣默默地搓揉著。雖然他也發現了自己的動作夾帶著明顯的焦躁感，但他卻無能為力。

命危的程度，究竟是傷得多重？那心路現在？他沒事了嗎？還是仍舊身受著重傷？

拉曼說伊萊也離開了誰陵給。甚至還是在跟鄭泰義通完電話後沒多久就離開了這座島。那伊萊離開誰陵給，到底是去了哪裡？

「……」

無論鄭泰義怎麼思考，他都得不出任何的結論。而這些不停冒出的盲目猜測反倒令他的內心變得更加混亂。他渙散的精神顯現在了他的指尖上。那根不停搓揉著雙唇的手指漸漸變得越來越用力。

我想離開這裡。我想要立刻離開這個地方。

然而被囚禁在這裡的身分，卻使他能夠離開這間別館的日子變得遙遙無期。

其實他還可以再忍一下。若是再繼續待個幾天，幾天後就能離開的話，那他現在還可以再忍一下。他的理性不停地告訴著他，就算現在去到了外面，他也無法改變任何事。

可是不知道究竟還要被關多久的事實，卻令他心急如焚，內心全都被名為焦躁的情緒燻黑。

……應該不會發生什麼嚴重的事吧。雖然從心路被蓋博攙扶著離開這座島的消息來看，心路八成傷得不輕，但有蓋博在的話，應該是不會發生什麼太嚴重的事。畢竟蓋博肯定會在局面變得難以挽回之前，出手阻止才對。

……拜託蓋博一定要阻止啊。

猛地感受到一股疼痛的鄭泰義皺起了眉頭。看來他剛剛不小心太出神了。等他再次回過神時，他已經在咬自己食指的第二個指節了。上頭的皮被稍稍咬破，傷口不但腫了起來，還不停地刺痛著。

鄭泰義咂起了嘴，「鄭泰義，你冷靜一點。你自己不是也很清楚嗎，繼續動搖下去也不會有任何的幫助。」

隨後，鄭泰義拍了拍自己的胸口。他使勁地打了心臟上方的位置。然而就算他這麼做，他焦躁的心也還是冷靜不下來。鄭泰義只好從位置上起身。

或許是因為他一直坐在昏暗的臥室裡，所以才變得這麼焦躁。他打算前往中庭，利用將頭泡在池塘裡直到喘不過氣的方式，來讓自己冷靜下來。

在深吸了一口氣後，鄭泰義走到了房間外。然而當他的腳踏上迴廊的瞬間，他不禁嚇了一跳。在不知不覺間，太陽已經準備要下山了。鄭泰義有些困惑地看著眼前日落的太陽。

沒想到時間竟然過得這麼快。原來他今天就這樣一直呆坐在房間裡，任由時間不停地流逝。

「鄭泰義……拜託好好打起精神，讓焦躁的心冷靜下來吧。」鄭泰義咂起嘴自言自語道。

他很清楚，出神地苦惱著一個無法解決的問題，究竟會對自己的精神帶來多大的負面影響。再這樣下去，他極有可能會在還來不及察覺並意識到的瞬間，使自己的心靈生病。

鄭泰義用著比剛剛還要再更用力一點的力道，再次捶打起心臟附近的位置。隨後，他倏地在中庭裡發現了一個熟悉的背影。

那名端正地坐在池塘旁，抬頭望著天空的人正是鄭在義。日落時分的天空，有數十隻的鳥群正在上頭翱翔著。而鄭在義此刻正不停地凝視著那些鳥群。

鳥群們看上去應該是被人豢養著。可能是生活在這間別館附近的某個人，花了很長一段時間定時地餵那些野生的鳥群們飼料，並且馴服了牠們。而習慣了在這個時間點就有飼料吃的鳥群們每到日落時分，就會去到那名豢養者的屋頂吃飼料。隨著那人揮舞起細長的長杆，鳥群們便會開始在天空中盤旋著。

而每當鳥群們在空中畫出一個大圈時，鄭泰義就能隱約聽見遠處有人在訓練著這些鳥群的聲響。倏地，鳥群們飛過了這座中庭的正上方。兩人的頭頂上霎時充斥著鳥群們的展翅聲。

鄭在義很喜歡這個畫面。雖然鄭泰義也很喜歡，但跟他比起來，鄭在義似乎更加喜歡鳥群們翱翔在空中的場景。每天只要一到這個時間點，鄭在義就會坐在中庭裡，等待著鳥群們從頭頂上飛過、等待著鳥群們的展翅聲經過。

就算得一輩子困在這裡，鄭在義八成也不會有任何怨言。畢竟即使是在這種地方，鄭在義也能依照自己想要的方式活下去。

鄭泰義默默地看著鄭在義。

隨後，他以緩慢的步伐朝著中庭走去。明明鄭在義肯定也聽見了他的腳步聲，可是對方並沒有因此轉頭。在這段不算長的時間裡，在這段說不定鄭在義的內心也跟著鳥群們一起在天空中徘徊著的時間裡，鄭在義就這樣沉浸在了這個氛圍之中。

鄭泰義坐在距離對方只有幾步遠的位置上。下一秒，鄭泰義也靜下心來聆聽起了出現在頭頂上的展翅聲。那道猶如數千數萬張紙張在擺動著的宏偉聲響，就這樣輕快地從兩人的頭頂上經過。

一次，過了好一會兒後又再出現了一次。鄭泰義能聽見夕陽的另一端時不時就傳來動人的展翅聲。

沒過多久，太陽正式下山了。當那顆變得跟指甲一樣大的太陽快速地落下時，天空瞬間暗了下來。隨著別館圍牆另一端的那人進到了屋內，空中的鳥群們也四散了開來。

霎時，被染上青紫色的天空漸漸轉變為深藍色。最終，天空中就只剩下了一片黑暗。

「哥哥的頭髮看上去並不長。雖然的確比平時還要長了一點，但也不算亂啊……不過如果真的要叫理髮師來的話，也得拜託他順便幫我剪一下才行。」鄭泰義歪著頭，默默凝視了鄭在義好一會兒後，猛地開口道。

鄭在義此刻仍舊盯著頭頂上那片早已空無一物的天空。隨後，鄭在義才又轉過頭看向了鄭泰義。

仔細一想，自從早上吃完早餐之後，鄭泰義就不曾看過鄭在義了。畢竟他今天一整天都待在自己的臥室裡。在這座不算非常寬敞的別館裡，就算白天沒有打算要故意待在一起，兩人也會不小心偶遇彼此好幾次。

話雖如此，但即使一整天都沒有遇到對方，這也算不上是什麼太奇怪的事。因為鄭在義只要集中於某件事情上，就會連續好幾天都待在房間裡不出來。而關於這一點，鄭泰義其實也差不多。

「理髮師嗎……」鄭在義就像把心思放在其他地方般地嘟噥道。

在意識到對方好像不知道自己在講哪件事後，鄭泰義連忙補充：「我早上本來要去書房，可是因為那個男人先進去了，我就在內院裡等他離開。哥哥早上不是有說要叫理髮師來嗎？而且還說了要請對方幫你把頭髮剪短一點。」

「嗯，是啊……雖然我也不知道這樣是不是多此一舉就是了。」鄭在義靜靜地咕噥著。

在目不轉睛地打量了對方好一會兒後，鄭泰義聳了聳肩說：「你突然不想剪了嗎？沒關係，那個人還可以剪我的頭髮啊。我正好覺得瀏海太長了。」

「我不是那個意思……」

鄭在義話才說到一半，又倏地安靜了下來。鄭在義就這樣默默地凝視了鄭泰義好一陣子。在這漸漸變昏暗的空氣之中，鄭在義的表情也平靜地沉了下來。

鄭在義就像陷入了長久的沉思般，此刻正一邊深陷在思考之中，一邊盯著鄭泰義看。

「……？」

鄭泰義露出狐疑的神情看向了對方，他認得對方的這個表情。鄭在義看上去就像想說些什麼，可是因為還沒整理好思緒，所以無法輕易開口。不對，或許鄭在義已經整理好了思緒，可是卻不知道該用什麼方法開口罷了。

「……幹嘛，你就直接說啊。」

「泰義啊，我們要不要離開這裡？」

鄭泰義擺了擺頭，率先打破了沉默後，鄭在義也不再猶豫，靜靜地開口道。

然而這次卻換鄭泰義安靜了下來。不，更準確地說，是他頓時不知道該說些什麼。他一語不發地凝視著鄭在義，收起了臉上的笑容。

為什麼哥哥要突然提這件事？

有些不知所措的鄭泰義在思索了一會兒後，馬上就想通了。想必鄭在義也聽見了拉曼跟鄭泰義的對話內容。仔細一想，這是一件再正常不過的事。別館本身就是一個被打通的空間，就算有門跟最外層的防風門，可是門的作用也就只是為了要隔出不同的空間而已。

「……你想離開嗎？」思考了好一陣子，依舊得不出答案的鄭泰義反問道。

「這個嗎……」鄭在義嘟噥著，「雖然我不曾想過要離開這個地方，但我也不打算要一直待在這裡。」

「好……那我們離開吧。」

「只要你想離開的話，那就離開吧。」

鄭在義的回答非常簡潔。鄭泰義在凝視了對方好幾秒後，微微地皺著眉，撓了撓頭問道：「能夠離開這裡自然是很好，但我們要怎麼離開啊？」

「嗯……總是會有辦法的。」

鄭在義看上去沒有絲毫苦惱的模樣。而出神地盯著對方看的鄭泰義見狀忍不住笑了起來。

在他的印象之中，他從來不曾看鄭在義露出過苦惱的表情。無論擺在鄭在義面前的選擇是什麼，鄭在義最多就只會陷入沉思，不會為此而產生「苦惱」的情緒。

仔細一想，的確就是如此。鄭泰義所認識的鄭在義根本就不需要去苦惱任何的事。無論鄭在義想要什麼，對方都能透過各式各樣的方式，來達到想要的目的。看在其他人眼裡，會被視為奇蹟般的事，看在鄭在義眼中也只不過是日常罷了。

因此，要是鄭在義此刻想要離開這裡的話，那即使這附近突然發生了地震，把這座豪宅裡的圍牆全都震壞，使兩人可以毫不費力地離開這個地方，鄭泰義也絲毫不會覺得奇怪。

而他唯一感到不解的就只有，哥哥那驚人的運氣竟然是他給予對方的。

「……」

笑著嘆了口氣後，鄭泰義看向了鄭在義。

然而鄭在義的幸運從來都不是他自己想要，結果就毫無理由降臨在他身上的奇蹟。每當鄭在義想要實現什麼事的時候，他會先去試想達成那個目的的方法。而使那件事進行得異常順利，這才是發生在鄭在義日常生活中的好運。

也正是如此，鄭泰義馬上就意識到了對方之所以會這麼說的理由。

「哥哥，難道你要製作武器嗎？」

鄭泰義靜靜地發問。不過鄭在義並沒有回答，鄭在義就只是目不轉睛地盯著他看而已。

鄭泰義淡淡地笑了起來，而他的氣息中還參雜著一絲細微的嘆息，「如果哥哥是因為我，才強迫自己去做不想做的事的話，那你大可不用這樣逼自己。」

其實鄭泰義是真的很想離開這裡。若可以馬上離開這個地方的話，那自然是再好不過了。可是他不想為此而去強迫鄭在義做對方不想做的事。

鄭在義有好一陣子都沒有答話。比起開口回答，鄭在義選擇將自己那令人摸不著頭緒的視線移到鄭泰義的身上。

由於實在是猜不透對方視線中所代表的含義，鄭泰義微微地撇起了嘴。而下一秒，鄭在義無聲地嘆了口氣。

「你好像誤會了些什麼。我不是一個意志堅定的人，更不是一個充滿道德的人。只要你不介意我製造武器，那就算其他人要我製造武器，我也沒差。若是你不討厭我做這件事，而我也剛好很喜歡的話，那不管他們要我做多少武器都可以。然而正因為事實並非如此，所以我才不想繼續做下去。」

鄭泰義露出了奇妙的表情看向鄭在義。他就這樣一語不發，木然地眨著眼凝視著對方。

其實他多少能夠理解並接受鄭在義所想傳達的意思。如同鄭在義剛剛說的那樣，對方的確就是這樣的人。鄭在義只不過是沒有學壞罷了，但這並不代表鄭在義就是個堅定、正直的人。甚至有些時候，鄭泰義還能在鄭在義身上找到道德倫理界線有些模糊的一面。

而被鄭泰義以微妙表情凝視了好一會兒的鄭在義靜靜地補充道：「若你想離開，可是卻因為我而強迫自己留在這裡的話，那我自然也想為了你離開這個地方。」

「……可是你不是不喜歡製造武器嗎。」

「只要你不介意的話，我其實都沒差。當初是因為你討厭我做這件事，我才不想做罷了。」

「……嗯……我的確不喜歡哥哥去製造武器，可是……」

鄭泰義皺起了眉頭。他一邊用指尖輕揉著緊皺起來的眉間，一邊無力地咕噥：「哥哥好像也誤會了些什麼。我的確是不樂見看到哥哥製造武器，甚至也曾想過一見到你的話，就要用力地捏你的臉頰。可是……這並不代表我會因此而討厭你。這是兩件不相干的事。」

鄭在義見狀沉默了好一陣子。他就這樣微微地瞪大了雙眼，看向鄭泰義。

而鄭泰義則是苦澀地笑了起來，「搞什麼啊，你是真的不知道嗎？」聽完這句話之後，鄭在義才跟著一起笑了起來。

下一秒，鄭泰義倏地陷入了沉默。而他的心臟也瑟縮了一下。他突然想起了一段某個人曾經說過的話。

——鄭在一似乎比你還要更容易感受到不安以及苦惱。至少在這個方面，他比你更有人性。

對，伊萊曾經這麼說過。

或許伊萊站在外人的角度，看見了在鄭泰義這個位置上所看不見的一面也說不定。每個人都有他自己的位置。在那個位置上，有只有他才可以看見的一面，也有不管怎麼樣都無法看見的一面。

而鄭泰義……

「……」

鄭泰義可能是覺得有點可惜吧。一想到自己無法看見鄭在義的某一個面向，他就覺得很可惜。他唯一可以確定的是，鄭在義的那個面向一定也是既美麗又令人留戀的一面。

然而有些面向是他人無論如何都無法觸碰到，只有本人才可以接納的一面。而對此，鄭泰義難免會覺得有點惋惜。

不過。

光是現在的這個位置，鄭泰義就已經很滿足了。因為他現在所處的這個位置，對鄭在義來說也是個剛剛好的距離。

鄭泰義很喜歡這種位置。無論是別人之於他，抑或是他之於別人，他從來都不曾奢求過最接近的位置。他想要的就只有剛好的距離，僅此而已。

「如果是你的話。」

鄭在義倏地開口。他的視線停留在鄭泰義的身上，就這樣靜靜地發問：「如果今天換作是你站在這個位置的話，你會為了離開這裡而製造武器嗎？」

鄭泰義沒有答話，陷入了短暫的沉思之中。其實他只花了幾秒就得出了結論。可是已經思索出答案的他，卻不打算開口。因為他不想讓鄭在義照著自己的想法去做決定。

然而無論是鄭在義，抑或是鄭泰義自己，他們都明白這陣沉默已經代表著答案了。

* * *

——泰義啊，我們要不要離開這裡？

「喔……嗯……」

回答完後，鄭泰義這時才發現原來這個地方就只有他自己一個人。而他現在正在臥室裡。

「喔……？」鄭泰義再次木然地嘟囔道。

「喔？」

隨著第三次嘟囔出同樣的語助詞後，鄭泰義開始環顧起四周。

房內空無一人。明明他不久前才聽見有人在他的耳邊朝他搭話而已，可是轉眼間，他便獨自一人躺在這間臥室裡。隨後，他才總算意識過來自己剛剛是在做夢。快要睡醒前夢到的夢境總是這麼的清晰。

「啊……」

在發出一聲不知道是嘆息還是伸懶腰時的呻吟聲後，鄭泰義從床上坐了起來。他一邊用手將雜亂的頭髮往後梳，一邊半瞇著仍舊留有睡意的雙眼，接著摸向了一旁。隨後，他拿起了被他擺在床頭櫃上的玻璃瓶。

將雙唇靠在玻璃瓶的瓶口後，他開始喝起了裡頭的白開水。與此同時，他的腦中還默默冒出了「要是不小心被麗塔撞見的話，我一定會被她碎念到死」的念頭。

而隨著腦袋漸漸變得清晰，在意識到麗塔根本就不在這個地方之後，他懸著的一顆心才又放了下來。

當瓶中的白開水緩緩地流進喉頭，他總算打起了精神。而他也回想起了剛剛在夢中聽見的那句話，並不單單只是個夢境。

泰義啊，我們要不要離開這裡？

鄭在義當時一字不差地朝著鄭泰義說出了這一句話。

「……」

然而他們最終並沒有得出一個結論。不，更準確地說，是他們故意不得出任何的結論，任由彼此沉浸在天色漸漸暗下來的氛圍裡。

兩人不停地聊著天，一直聊到頭頂上再次被滿天的繁星照亮。而他們聊的也盡是一些毫不相干，又沒什麼意義的話題。就像之前一樣。

那是一段令鄭泰義有些懷念，又異常平靜的時光。

鄭泰義撓了撓自己的頭。在將手中的玻璃瓶再次放回床頭櫃後，他先是呆坐在床上好一會兒，一直等到察覺到外頭的動靜，他才又從床舖上起身。

他今天起得比平時還要再更早一點。此時的空氣中仍舊留有清晨時的霧氣。話雖如此，但現在已經算不上是清晨，而早晨那特有的清爽空氣也漸漸地取代掉原先的霧氣。

從臥室裡走出來的鄭泰義就這樣站在迴廊上，一邊呼吸著清晨混雜著早晨的空氣，一邊凝視著中庭。位於中庭中央的池塘裡沒有半點波瀾，只有一朵朵又黃又紅的花朵猶如蓮花般地飄在水面上而已。看樣子應該是剛剛才被人特地放上去的。

在這間別館裡工作的人們總是在鄭泰義起床前的清晨就把一朵朵鮮艷的花朵放在池塘的水面上、換掉原先花瓶裡的花束，以及擦拭除了臥室外的其他地方。只要沒有發生什麼特別的事，鄭泰義基本上都不會太晚起床，可是每次當他起床時，這間別館裡的所有人就都起床了。

然而在這間別館裡工作的人，實際上也就只有負責看守的阿拉伯男子與跟在他身邊的青年，以及負責整理別館環境，可是卻很少出現在兄弟倆面前，只有偶爾才會穿梭於迴廊上的兩名身穿白衣的少女而已。

的確，要是不夠勤奮的話，應該很難在那個人的手底下工作吧。

鄭泰義穿過迴廊，看著迴廊上那明顯就是剛剛才被換過的花瓶，忍不住想道。

或許是因為不久前才在夢境裡聽見鄭在義嗓音的緣故，他下意識地朝著對方的臥室前進。即使他沒有什麼話想對對方說，但他還是想為昨天的話題總結出一個明確的結論。

「在義哥，我要進去囉。」

抵達鄭在義臥室的鄭泰義站在防風門前喊道。隨後，他打開了臥室的門。與此同時，他也和站在迴廊底端，看往這個方向的阿拉伯男子四目相交。

「早安。」鄭泰義用著對方肯定聽不見的嗓音嘟噥完後，微微地揮了揮手。雖然那名阿拉伯男子見狀沒有露出什麼反應，但對方或許還是理解了鄭泰義的意思，簡單點了個頭示意。

露出笑容的鄭泰義隨即便走進了臥室裡。看來那名看上去有些呆板的大叔也不全然是個壞人。即使那人負責看守著兩兄弟，不過對方至少沒有像他的老闆一樣惹人厭。

想必等一下吃完早餐，沒有什麼意外的話，拉曼又會跑到這間別館來遊說鄭在義替他製造武器了。

「他說好聽點是很有毅力，說難聽點就是太過黏人……」自言自語著的鄭泰義在踏入臥室後，忍不住停下了步伐。

臥室裡的床鋪上空無一人。

「喔？」鄭泰義歪起了頭。隨後，他轉過頭看向了迴廊的內側。然而那裡也看不見他在找的人。

總是比鄭泰義還要早起的鄭在義幾乎每天都會在清晨時分坐在迴廊的池塘旁，等待著天色由黑轉白。可是剛剛當鄭泰義從自己的臥室裡走出來時，他並沒有在迴廊上看見對方的身影，所以他下意識地就認為對方一定在房間裡。殊不知鄭在義也不在這裡。

「……」

鄭泰義用食指敲了敲自己的臉頰後，直勾勾地凝視著眼前那空無一人的床鋪。下一秒，他一邊歪著頭，一邊邁開了步伐。

想必鄭在義今天的行程安排跟平時不太一樣。不過這其實也不算太奇怪。畢竟鄭在義不是每天都一定會按照原先的安排做事，對方偶爾也會做出一些意料之外的舉動。

反正無論對方跑去了哪裡，最終都一定在這間別館裡。既然鄭在義不在迴廊跟臥室的話，那就只剩下內院、書房跟浴室了。因為還不到早餐時間，所以鄭在義應該是不會在飯廳。

隨後，鄭泰義便朝著書房走去。走到一半，他還不忘將頭探出小門，查看了一下內院。然而裡頭也是空無一人。既然如此，那鄭在義就只可能出現在書房或浴室裡了。

此刻的鄭泰義就像在享受著早晨的散步般，用著悠哉的步伐抵達了書房。而他也在那個地方發現了鄭在義的身影。

「原來你在這裡啊。」

在看見坐在書桌前的鄭在義後，鄭泰義笑著朝對方走去。正在書寫著什麼的鄭在義見狀也瞥了鄭泰義一眼，「嗯，你起床了啊？」語畢，鄭在義再次將視線移回書桌上。

鄭在義的嗓音聽上去比平時還要再低沉一點。其實除了嗓音之外，鄭在義的表情看起來也有些乏力。

鄭泰義歪起頭打量了對方的神情好一會兒後，微微地撇起了嘴，「你該不會整晚沒睡吧？」

「嗯……」

鄭在義有些敷衍地咕噥。而鄭泰義見狀則是狐疑地朝對方走去。

實際上，鄭在義之前就時不時會通宵。每次只要當鄭在義過於集中在某件事情上，就很容易廢寢忘食。無論是為了看一本書，還是陷入於沉思之中，鄭在義常常會為了達到目的而徹夜未眠。

因此有時候當鄭泰義半夜突然睡醒，準備要去廁所時，若是他發現哥哥房間的燈還亮著的話，他便會睡眼惺忪地問對方說：「你還沒睡啊？」

可是自從來到這間別館後，鄭在義就很少熬夜了。

在這座與世隔絕的小樂園裡，鄭在義總是過著既平穩又規律的生活。即使通宵這件事本身並沒有什麼好大驚小怪的，但是……

「哥哥怎麼會整晚沒睡？有什麼事是需要你突然埋頭去完成的嗎？」

鄭泰義走到鄭在義的身後，輕輕拍了拍對方的肩膀。隨後，他看向了被擺在書桌上的紙張。雖然令鄭在義花了整晚去構思的內容，鄭泰義看了可能也無法理解，但他還是很喜歡觀察鄭在義苦惱過的痕跡。

然而當他看見被攤在書桌上的幾十張紙張後，他卻陷入了沉默。

紙張上那些既難懂又抽象的圖畫乍看之下就像是三、四歲小孩筆下的作品。不過隨著紙張漸漸地增加，那些圖畫所想傳達的內容也變得越來越清晰。

而每張紙張上都能看見的公式和符號，同樣也隨著紙張的增加，逐漸被細分化。複雜的部分開始變得越來越複雜，而簡單的部分則是變得更加簡化。紙張上的留白也被這些內容填滿。

「這是……」

即使鄭泰義不太能理解自己的哥哥究竟在研究些什麼，可是他還是馬上就認出了這些文字與圖畫所代表的含義。畢竟早在之前，他就曾經看過好幾次類似的內容。雖然那個時候的他完全沒料到這些東西竟然真的會被拿去買賣就是了。

「你昨天之所以會熬夜，就是為了這個嗎？」鄭泰義拿起了其中畫得最精細的一張紙張，嘟囔問道。

縱使圖案看上去有些草率與幼稚，但還是足以令人看出對方究竟是在畫些什麼。而那個基本框架畫得格外清晰的物品，正是反戰車榴彈發射器。

不過鄭泰義看到一半卻忍不住微微地歪起了頭。

不，或許這不是反戰車榴彈發射器也說不定。因為圖上的那樣物品跟鄭泰義認知的反戰車榴彈發射器長得不太一樣。

圖上的炮管異常的纖細與短小。即使鄭泰義猜不到這個武器究竟具備多大的殺傷力，然而考慮到炮管的大小，這個武器的威力應該也大不到哪裡去。縱使這種設計可以使武器減輕重量，也變得更好攜帶，可是這樣就跟武器最基本的條件背道而馳了。

不對，這不是問題所在。最重要的是……

「嗯……我再細修一下就結束了，你先等我一下。我想要趕在吃早餐前完成它。」

由於鄭泰義不知道該擺出什麼樣的表情，所以他就只能面無表情地看著淡然說出這段話的鄭在義。不管怎麼說，這都太扯了。鄭在義竟然只花了一個晚上，就研發出一個武器的基本設計圖。

「在義哥……原來你真的是天才啊……」

暫時失了神的鄭泰義隨即又打起了精神。

雖然這種事始終無法習慣，但仔細一想，鄭在義之前的確時不時就會完成令人難以置信的事。不過鄭泰義倒是真的沒有想過鄭在義竟然還能做到這種程度。

而鄭在義在聽見鄭泰義那有些失魂落魄的嗓音後，倏地瞥了對方一眼。隨後，他就像是有些尷尬地微微皺起了眉，並且再次將視線移回書桌上。他一邊移動著自己的手，一邊解釋道：「不是的，我之前就已經想好了。我現在只不過是把事前想好的東西畫下來，再稍微細修一下而已。我沒有你想的那麼厲害。」

「……」

鄭泰義先是晃了晃手中的紙張，接著再次把紙張放回書桌上。下一秒，他走到窗邊的椅子上坐了下來，並且直勾勾地盯著鄭在義看。

——泰義啊，我們要不要離開這裡？

霎時，他想起了鄭在義昨天在中庭裡說出的那句話。

大概在鄭在義將那句話講出口的瞬間，就已經想好了要這麼做吧。只要鄭泰義沒有說出「我不想離開這裡」，那鄭在義無論如何——即使得推翻他之前曾經做過的承諾——，都會想盡辦法離開這個地方。

鄭泰義默默地伸出左手，按壓著彷彿下一秒就會立刻衝上前抓住對方肩膀的右手。他的右手很想就這樣抓住哥哥的肩膀，向對方說：夠了，沒關係的。

——若你想離開，可是卻因為我而強迫自己留在這裡的話，那我自然也想為了你離開這個地方。

這句話肯定是出自於鄭在義的真心。既然如此，如果鄭泰義硬是出手阻止對方的話，那反倒才是違背了對方的意思。

其實他多少也能理解對方的想法。畢竟今天要是換作是鄭泰義身處這個位置上，他肯定也會做出同樣的決定。

鄭泰義緩緩地垂下了頭，他看著被自己的左手緊緊按壓住的右手。隨後，他緩慢地鬆開了左手。雖然右手見狀頓時猶豫了一下，但最終還是選擇放棄。

「……那個外型還真特別又帥氣……不過，那是真的可以拿來用的武器嗎？」鄭泰義看著鄭在義的背影輕柔地問道。想必此刻的鄭在義仍舊很在意鄭泰義的一舉一動。

隨後，鄭在義先是稍微停下了手中的動作，接著又再次動了起來。他沒有選擇馬上回應鄭泰義的問題，而是繼續寫了幾十秒後，才終於放下手中的筆，並且轉過頭看向了鄭泰義。

在打量了鄭泰義好一會兒後，鄭在義有些乏力地微微笑了起來。而鄭泰義這時才從對方的表情中看出，原來哥哥剛剛一直在擔心著自己。

鄭在義拿起了不久前剛做完筆記的紙張，瞥了上頭一眼後解釋道：「這可以實際拿來運用。而且它還比同等級的大砲們更容易使用。雖然在威力方面，它沒有什麼過人的地方，但我是故意設計成方便攜帶的連發槍砲。我想這個東西應該會還滿實用的吧。」

「什麼？」

鄭泰義皺起了眉頭。下一秒，他從位置上起身，大步地朝著哥哥的方向走去。他就這樣仔細端詳著被鄭在義拿在手中的那張設計圖。

「這是連發的反戰車榴彈發射器？那你的炮彈要裝在哪裡？這種程度的炮管應該無法裝下太多的炮彈吧？」

鄭泰義再次打量起了鄭在義畫的那張草率的設計圖。該不會是因為圖案畫得太簡陋，所以他才沒有看出來吧？

然而當他歪起頭再次打量了一次之後，他還是看不出來圖上的這個構造為什麼可以成為連發槍砲。

「嗯，所以這個武器需要它專用的炮彈。由於我之前就已經寫好了專用炮彈的設計公式，所以他們直接用那個公式下去研發就可以了。那個彈頭大概這麼大，可以連續射擊三次，不過若是稍微減少一點它的威力，那最多可以增加到五次……哎唷，胃好痛……我們先去吃早餐吧。反正我也快要結束了。」

鄭在義邊說邊用手比劃出了炮彈的大小。隨後，他揉了揉自己的肚子並從位置上站了起來。與此同時，他還不忘拿起快要完成的設計圖與一隻筆準備前往飯廳。

鄭泰義木然地看著對方的背影好一陣子後，忍不住搖起了頭，默默地跟在對方的身後。

看來他還是太小看了鄭在義這個人。縱使他也知道自己的哥哥是時代的寵兒，不過因為對方老是在寫一些鄭泰義看也看不懂的內容，所以他一直沒辦法確切地認知到自己的哥哥究竟有多了不起。

沒想到對方竟然能在一個晚上——就算對方之前就已經率先構思過了——，就設計出一個武器。而且從對方淡然的態度中可以看出，鄭在義似乎並不覺得這件事有多厲害。

「果然……難怪機構的人會這麼拚命要找到哥哥的下落。如果是我的話，我也想綁架與監禁他來替我做事。」鄭泰義嘆氣嘟噥道。

那個早上，鄭在義就這樣用著依舊淡然的表情在飯廳裡吃著飯，偶爾想到了什麼，還會突然打量起手中的紙張，並且在上頭刪減或增加一些內容。等到鄭在義差不多快吃完早餐的時候，對方一邊說著：「完成了。」一邊將筆蓋蓋回了原子筆上。

鄭泰義見狀不禁露出詫異的表情笑了起來。他直直地盯著雖然不把通宵當一回事，但臉上還是難免寫著疲勞兩字的鄭在義看。隨後，在低頭吃完了最後一口飯菜後，他也結束了今天的早餐。

依照鄭在義平時的通宵習慣，在吃完早餐後，對方就會去補眠了。可是此刻的鄭在義卻再次朝著書房的方向走去。而跟在對方身後的鄭泰義見狀忍不住狐疑地問道：「你怎麼不先去睡啊，你難道不累嗎？」

「嗯，我現在的確是有點累，不過還在可以忍受的範圍。等一下等拉曼來了之後，我們把這張設計圖交給他，就馬上離開吧。為此，我得先整理好行李才行。雖然我當初沒帶什麼東西來，現在也沒有什麼東西可以帶走的就是了。」

鄭泰義微微地放慢了步伐。下一秒，他不禁皺起眉頭發問：「馬上離開？你打算在今天上午就離開這裡嗎？」

在聽完鄭泰義的問句後，鄭在義露出了不解的神情看向自己的弟弟，「你不是有想見的人嗎？那快點離開這裡去找他不是更好嗎？既然都已經決定要離開了，何必再繼續拖下去。」

平靜說完這段話的鄭在義在走進了書房後，便開始整理起房內的環境。

將分散在各處的紙張全都收集在一起之後，他只挑出了需要的幾張紙張，而剩下的則是捆在一起丟進了垃圾桶裡。隨後，他也把一些雜亂的物品放回原位，最後甚至還開始整理起了椅子上的坐墊。

眼看對方將曾經留下過的痕跡收拾得這麼乾淨，鄭泰義也跟著做起了將書本放回原位這種簡單的工作。

雖然他沒有忘記，但或許是很久沒有這麼近距離地看見對方做出這種決定了吧，所以他難免覺得有些詫異。不過這實際上並不是一件出乎他意料之外的事。

鄭在義是個總是用著淡然與平靜的態度，將自己的一切交給時間與空間的人。然而每次當他做出一個決定後，他便會毫不猶豫地開始行動。比起急著想要趕快把事情做完，他更像是不想浪費時間。

縱使鄭泰義不曾想過對方的行動力竟然會這麼高，不過從以前開始，鄭在義的確就是個在做出決定之後，便會速戰速決的人。

鄭泰義默默地嘆了口氣，接著把放在其他位置上的最後一本書放回了書櫃裡。與此同時，鄭在義也把書櫃上的最後一隻筆收進了抽屜，並將抽屜闔上。

隨著書房裡傳出抽屜被闔上的聲響，兩人的整理也告了一段落。霎時，書房裡只剩下一片寂靜。

這個地方不再留有鄭在義的任何痕跡。或許是因為打從一開始，這個空間裡就沒有一樣東西是屬於他的吧。又或者是因為，他並不隸屬於這個地方。

這裡沒有一樣物品是鄭在義的，也沒有一樣物品是他所熱愛的。這間書房裡的一切，只不過是鄭在義「借來的」罷了。無論是他拜託拉曼買來的書本、唱片，抑或是其他物品，這些全都不是他的。而他也不覺得那些東西是自己的。

鄭泰義環顧了一會兒沒有主人的書房後，發問道：「那房間……臥室裡？還有其他需要帶走的物品嗎？」

鄭在義搖了搖頭，「那裡也沒有我的東西。」

仔細一想，鄭在義當初是被突然綁來這個地方的。這裡又怎麼可能會留下屬於鄭在義的物品。

「好吧，我也是。那我們直接離開就可以了。」

鄭泰義點了點頭說道。他的護照跟現金都還留在背包客棧裡，到時候直接回去拿應該就可以了。

霎時，他的心情變得輕快了起來。

他已經在這裡住了好一段時間。這是一個他很滿意，甚至說得上很喜歡的空間。他不知道自己今後還能不能有機會住在如此靜謐又平穩的空間裡。

這是一個猶如樂園般的地方。

一想到今天就得離開這裡，他不禁覺得有些惋惜。可是他並不覺得難過。畢竟打從一開始，這裡就不是屬於他們兩個的空間。

「好，那麼……等一下，不過你的護照？」突然想起這個問題的鄭泰義連忙問道。

然而鄭在義並沒有答話。對方就像現在才意識到這個問題般，瞪大雙眼默默地盯著鄭泰義看。

「……對，我沒有護照。」

「那你的護照在哪？」

「在瓦拉納西的時候，護照都還在我的身上。不過當我在那個地方暈過去，醒來卻發現自己出現在這間別館裡後，我就把護照的事拋在了腦後。」鄭在義繼續嘟噥，「畢竟我也沒機會離開這個地方，所以我便徹底忘記了護照的事。」

鄭泰義見狀忍不住翻了個白眼。隨後，他先是嘆了口氣，接著聳了聳肩說：「這種程度的小事，拉曼應該會幫忙吧。他之前不是說過，只要你幫他製造武器的話，他就會提供相對應的報酬嗎？」

既然對方敢誇下海口說出「相對應的報酬」，那麼那個回報一定很驚人。因此，幫忙處理護照這種小事，拉曼應該沒有理由拒絕。

就在鄭泰義思考著自己還有沒有什麼東西忘記帶走時，一旁的鄭在義漫不經心地自言自語道：「相對應的報酬嗎……但我不需要這種東西。要是他又送我油田之類的禮物，那就真的很麻煩了。」

原先默默點著頭的鄭泰義瞬間停下了動作。他緊皺著眉，疑惑地歪起了頭。他總覺得他剛剛好像聽到了什麼奇怪的話。

「你說他送你什麼？」

「油田。我之前曾經從他那裡收到過一個油田……啊，不過油田竟然也有所有權證明書……泰義想要油田嗎？你要的話，我可以給你。」

鄭泰義目不轉睛地凝視著先是思考了一會兒，接著又像是有些不耐煩般，淡然說出這段話的鄭在義。

油田？這裡的油田指的應該是中東的黑金吧？

「……哥哥竟然收到了油田嗎？那你是從誰的手中拿到的？」

「拉曼。雖然規模沒有很大，但他說那個油田還不錯。」

鄭泰義不知道該怎麼答話，他就只是直勾勾地盯著鄭在義看。他甚至連鄭在義後來說出口的：「如果你之後想要的話再跟我說，反正我不需要那個東西。」都沒有聽進去。

就是因為這樣，我才會對含著鑽石湯匙出生的人產生偏見啊……

鄭泰義用力地撓了撓自己的頭。既然要把鄭在義囚禁在這間別館裡，那拉曼何必送鄭在義根本就用不到也看不到的油田當作禮物？鄭泰義實在是想不透對方那張冷漠的臉龐下究竟在想些什麼。

「看來他是真的很想討你的歡心吧。難道他就這麼需要這個武器嗎……然而你不但沒有幫他製造武器，甚至還每天都若無其事地玩耍。沒想到他竟然能夠忍到現在都沒有發火。」

在聽見鄭泰義撇起嘴嘟噥著的話語後，鄭在義默默地笑了起來，「所以我現在不是替他製造出來了嗎。」語畢，鄭在義還不忘輕輕敲了敲被擺在書桌上的紙張。

鄭泰義嘆了口氣。無論如何，至少他們現在可以離開這個地方了。

離開這裡之後，他可以去見該見的人，也可以去見想見的人。倏地，他覺得自己的指尖微微顫抖了起來。而他的腦中也閃過了一個人的身影。

那人大概是他在離開這個地方之後，第一個會聯絡的人吧。

「……沒想到我還沒治好我的思覺失調症，就要離開這裡了……」鄭泰義自言自語道。話雖如此，但他的心情並不算差。他的嘴角也揚起了一個明顯的弧度。

就在這個時候。

迴廊的底端有個腳步聲正朝著書房的方向前進著。那是一個雖然沉重卻又俐落的腳步聲。鄭泰義隨即看向了聲音的方向。沒過多久，一道人影伴隨著腳步聲一起踏進了書房裡。

「早安。」

一進門就開始打起招呼的人正是拉曼。對方就跟平時一樣，在同樣的時間點來到了別館。

而走進書房裡的拉曼在看到鄭泰義後，微微地挑起了眉頭。想必對方應該是沒有料到鄭泰義會出現在這裡。畢竟按照平常的習慣，就算鄭泰義有事想要來書房一趟，他也會盡量避開拉曼來的時間點，等到對方離開後再來書房。

「看來你們兄弟倆正在親密地聊著天啊。」拉曼沒有表露出什麼情緒，溫柔地笑著說道。

如果是平時的話，鄭泰義肯定會很看不慣對方的笑容。不過一想到這是最後一次看到這個笑容，拉曼的笑臉也頓時變得沒有那麼礙眼了。

「總感覺今天應該能聽見好消息。」

語畢，拉曼朝鄭在義的方向靠近了一步。而鄭泰義在聽見對方那跟平時一樣的和藹嗓音後，不禁覺得有些氣憤。

只要一想到拉曼最終還是得到了由哥哥設計出來的武器，鄭泰義就覺得很惆悵。拉曼想要的不僅僅是武器。比起武器本身，拉曼更想要鄭在義的名字。

光是想到哥哥的名字會被那個男人拿來利用，就算鄭在義本人已經默許了這件事，但鄭泰義還是覺得有些苦澀。縱使他現在也已經來不及挽回任何事情了。

鄭泰義的表情就這樣微微地沉了下來。

然而身為名字會被利用的當事人，鄭在義看上去卻是一副若無其事的模樣。或許打從一開始，鄭在義就不曾把這件事放在心上吧。

而且此刻的鄭在義看起來反倒還很開心。對於總算能報答一直無償提供安逸環境給自己的男子，鄭在義可能也終於放下了心中的大石。鄭在義笑了起來。這不再是平時那種淡淡的微笑，而是發自內心的笑容。

一看見這個笑容，拉曼倏地愣了一下。而他臉上的笑容也消失了。

鄭在義拿起擺在書桌上的好幾張紙張，遞給對方看，「這是我按照你之前說的條件設計出來的成品。你是不是曾經說過，你想要反戰車榴彈發射器？我想你們應該不需要修改，就可以馬上生產了。首先，第一張的這個部分是彈頭的構造……」

鄭在義翻閱著手上的紙張，開始進行了粗略的說明，「我已經把需要講解的部分都寫在了一旁，我想只要是熟悉武器構造的人，大概一眼就可以看懂了。」

鄭在義就像要在拉曼的面前進行確認似的，一張一張地翻給對方看。然而拉曼的視線卻始終沒有移到設計圖上。

拉曼的臉上沒有了往日的笑容。他就這樣面無表情，用著看上去有些駭人的臉龐直勾勾地凝視著鄭在義。

「……？」

而一旁，坐在窗邊椅子上打量著拉曼的鄭泰義見狀猛地皺起了眉頭。他原本還以為拉曼在拿到設計圖後，會開心到令他感到很火大。不過此刻的拉曼看起來卻沒有一絲愉悅的神情。

或許是因為連續被拒絕了好一段時間，像這樣突然得到了正面的答覆，才使拉曼來不及反應過來吧。

在解釋完手中那大約六、七張的設計圖後，鄭在義這時才發現拉曼那不帶任何情緒的視線，抬起頭看向了對方。鄭在義先是狐疑地凝視了拉曼好一會兒，接著微微地歪起頭繼續說道：「雖然這些內容寫得很粗略，但重要的部分我都有特別記下來，我想專家們看到應該是不會產生任何的疑問。不過若是有一些寫得不夠詳細，又或者是寫得不足的地方，都歡迎再聯絡我。離開這裡之後，我應該會馬上回家，你直接打來我家就可以了。」

鄭在義說完後，便把手中的紙張遞給了對方。而目不轉睛盯著鄭在義看的拉曼這個時候才緩緩地看向了那些紙張。

「我記得你昨天也拒絕了我的提議……難道你在短短的一天內，就完成了這個設計圖嗎？」拉曼靜靜地發問。他那雙緩慢翻閱著設計圖的手沒有夾帶著絲毫的情感。與此同時，那冷冷打量著圖上內容的雙眼也沒有任何的情緒。而拉曼的臉上連平時禮貌性的笑容都消失了。

「啊，因為我之前就已經先想好了。這次只是稍微細修與整理而已……難道你不滿意這個設計嗎？」看著拉曼沉下來的表情，鄭在義疑惑地發問。

而拉曼在看完最後一張設計圖後，再次翻回了第一頁，並且將視線移到鄭在義的身上，「沒有，身為一個門外漢，我光是這樣看就覺得很了不起了。這個設計非常完美。」

拉曼用著不能被稱作是場面話的語氣說道。畢竟這個成品實在是完美到無法簡單用一、兩句場面話來帶過。

鄭在義見狀笑著點了點頭，「太好了，很高興能夠幫助到你。」

語畢，鄭在義露出了發自內心的開心表情。而鄭泰義一看見鄭在義的這個表情，不禁在想或許待在這裡的這段期間，鄭在義的內心其實根本就不好受也說不定。

雖然拉曼總是盡心盡力地在完成鄭在義的所有要求，但俗話說：「免費的最貴。」鄭在義肯定多多少少覺得這種生活很有壓力。

從椅子上起身後，鄭泰義朝著兩人的方向——更準確地說，是兩人身後書房門的方向——前進了一步。

「在義哥，那我們也差不多該走了吧——這段時間謝謝你的照顧。」

鄭泰義從鄭在義與拉曼的中間穿過。隨後，他轉過頭看向了兩人。在與拉曼對視到的瞬間，他也不忘恭敬地點了個頭向對方道謝。

縱使他並不打算再次見到對方，不過拉曼實際上也沒有為他帶來太多的損害。況且即使對方名義上是囚禁著他，可是生活在這裡的這段期間，他也沒有感覺到絲毫的不便之處。

在真誠地向對方道完謝之後，鄭泰義走到了門前，靜靜地等鄭在義走過來。

而鄭在義在一語不發地凝視了拉曼好一會兒後，與一隻手拿著他遞過去的設計圖，面無表情垂下眼盯著他看的拉曼四目相交，接著微微地點了點頭，「託你的福，這段期間我過得很舒適。希望在下次見到面之前，你都能一直這麼健康。」

然而，就在他準備要踏出步伐的那一刻。

「你們現在就要離開了嗎？可以不用這麼趕啊。」拉曼稍稍地擋住了鄭在義的去路。

雖然拉曼只是稍微後退了一步，靠著傾斜著的身子擋住了路，但鄭在義見狀還是不得不停下了腳步。

「被我招待了這麼久的貴客，竟然還為我送上了如此完美的禮物，如果我就這樣讓你們離開的話，未免也太沒面子了。」拉曼搖著頭，低語道。

站在門前等待著鄭在義到來的鄭泰義不禁皺起了眉頭。在不知不覺間，拉曼的臉上已經再次掛上了平時那個溫柔的笑容。而對方的笑容，令鄭泰義感到異常地反感。

「謝謝你願意這麼說，但我們還有事要忙。況且這些日子以來，你已經展現出了滿滿的好意，這樣就足夠了。」鄭在義也搖起了頭。隨後，正當鄭在義稍微往旁邊側身，準備要再次邁開步伐時。拉曼這次又後退了一步，斜著身子擋住了鄭在義的去路。

鄭泰義的眉頭皺得更深了。而鄭在義的表情也微微地沉了下來。

如果只是一次的話，那或許還可以打哈哈帶過；但同樣的行為重複了兩次，那對方的意圖就很明顯了。

鄭泰義先是背過身看向了兩人，接著朝背對著自己的拉曼說道：「我怎麼覺得你是故意在擋路啊……」

「哦？有這回事嗎？」拉曼撇過頭，輕輕瞥了鄭泰義一眼。

對方的視線就跟平時一樣。雖然嘴角是上揚的，但眼神卻是冰冷無比。下一秒，拉曼緩緩地將視線移回鄭在義的身上。而鄭泰義也看向了表情變得有些僵硬的鄭在義。

霎時，拉曼揚起了滿是笑意的微笑，「看來是我錯估了。沒想到你竟然可以這麼輕易地就製造出這種程度的武器。」

「錯估的意思是指……？」鄭在義靜靜地反問道。然而從鄭在義微微皺起的眉間就可以看出，其實他早就猜到了對方的答案。

「換句話說，我不打算就這樣讓你們離開。考慮到其他人也能這麼輕易就拿到不亞於這種程度的武器，我總得在事情真的發生之前，提前阻擋這個可能性吧？」拉曼的低語聲在這間寂靜的書房裡清晰地響起。

有好一段時間，在場的每一個人都沒有開口說任何一句話。而其中，嘴角帶著爽快笑容的人就只有拉曼而已。

「你也太過分了吧……這跟你當初說好的不一樣啊？」鄭泰義嘆了口氣說道。

他才在想事情怎麼會進展得這麼順利，明明他這陣子的運氣奇差無比。他原本還以為只要跟運氣好的哥哥待在一起，這股厄運就能被相抵了……沒想到自己的厄運竟然這麼頑強，鄭泰義不免覺得有些難過。

然而即使聽到了鄭泰義那不滿又無力的抗議，拉曼也無動於衷。拉曼就像沒有聽到鄭泰義的話似的，背對著鄭泰義，直勾勾地盯著鄭在義看。拉曼就這樣等待著鄭在義的回答。

而鄭在義先是沉默了好一會兒，垂下眼凝視著拉曼的胸口好幾秒後，接著才又抬起頭望向了拉曼。

「我不打算再製造武器了。現在遞給你的那張設計圖，大概會是我這輩子設計的最後一個武器。因此就算有其他人像你這樣對我提出要求，我也不會答應他們。」

拉曼低聲笑了起來。隨後，他緩慢地搖了搖頭，「你要我怎麼相信別人所說的話？就連原先已經說好不會再製造武器的你，最終還是將新武器的設計圖交給了我。」

還沒等拉曼把話講完，鄭泰義就忍不住大嘆了一口氣，「依照你這個說法的話，那我們不就沒有任何的選擇了嗎？哥哥不是堅持自己的諾言，死都不製造武器，然後被關在這裡一輩子；要不然就是違反一次自己的諾言，結果卻因為之後也有可能替別人製造武器，所以還是得繼續被你關在這裡。」說到一半，鄭泰義忍不住用韓文罵出了：「你這傢伙到底想要我們怎麼做啊！」

然而拉曼依舊不打算讓步，他就只是默默地搖著頭。而沉默了好一會兒的鄭在義這時才總算開了口。

「拉曼，你當初不是已經跟我約定好了嗎？只要我按照你說的條件替你設計武器的話，你就會立刻讓我離開這個地方，並且給予我相對應的報酬。我不需要那些報酬，畢竟在這裡的這段時間，我已經收得夠多了。我只希望你能夠遵守你的第一項諾言就好了。」

「對此，我得向你道歉。是我不小心錯估了情勢。」拉曼泰然地違背著自己的承諾，搖了搖頭答道。

鄭泰義見狀拚命地壓抑著心中的怒火，連忙背過身。他深怕自己要是繼續看著那個男人的臉，就會氣到生出病來。

他從沒料到會發生這種事，也從沒想過事情會發展到這個地步。他原本還以為拉曼會向原先說的那樣，只要他們交出對方想要的東西，對方就會立刻讓他們離開這裡。殊不知現在卻迎來了這麼荒謬的局面。

「喂，身為皇族，你難道不需要好好遵守你的諾言嗎？」鄭泰義拍打著鬱悶的胸口，不滿地嘟噥道。雖然他可以感覺到一道猶如冰塊般的視線凝視著自己的後腦杓，但他依舊沒有選擇背過身去。

「對於我竟然會親手打破自己做出的承諾，我也感到很遺憾。不過若是有什麼比威信還要更重要的事，那就算得損失自己的威信，我也會硬著頭皮去執行。」

一聽見拉曼那泰然到有些厚臉皮的嗓音從身後傳來，鄭泰義可以明顯感覺到心中的怒火又再次湧上。

就是因為這樣，我才不想跟含著鑽石湯匙的人打交道！

鄭泰義一邊在心底念叨著無法被改觀的偏見，一邊試圖壓抑下心底的怒火。因為深知無論自己說些什麼，對方都不可能當一回事，於是他只能繼續背對著拉曼，用力拍了拍沉重的胸口。

「……那我要怎麼做，你才願意讓我們離開？」思考了一陣子後，鄭在義問道。

拉曼先是微微挑起了眉頭，接著低聲笑了起來，「你果然很英明，要我提出其他的方案嗎……」

拉曼就像在思考著什麼似的，瞇起了雙眼，直直地凝視著鄭在義。而鄭在義則是一語不發地等待著拉曼的回答。

在隔了一段時間後，拉曼緩慢地開了口。然而他的口中說出的卻是令兄弟倆感到失望的答案。

「遺憾的是，我目前沒有任何的對策。在我想到滿意的點子之前，就麻煩你們繼續待在這個地方了……跟之前一樣，待在這裡的這段期間，我不會讓你們感到任何不便的。對此，我可以拿我與我家門的名譽來擔保。」

語畢，拉曼似乎是不打算再繼續聽其他的意見，直接邁開了步伐，「那就請兩位好好地待在這裡休息了。」留下這麼一句話後，拉曼經過了站在門前的鄭泰義的身旁。

要是我趁現在環抱住他的脖子，並且把刀抵在上頭威脅他的話……

腦中短暫閃過這個念頭的鄭泰義馬上就意識到這個方法肯定對拉曼無效，於是他隨即便又打消了這個念頭。

下一秒，鄭泰義瞥了從身邊經過的拉曼一眼。對方的臉上沒有任何的表情。而這也令鄭泰義猜不透對方現在究竟在想些什麼。

拉曼沒有回頭，就這樣徑直地穿過中庭，走向了西側迴廊的底端。隨著對方的身影消失在門後，那扇敞開的門也被緊緊地闔上，這間寂靜的別館又再一次地與外界隔離開了。

鄭泰義緩緩地嘆了口氣。他一邊撓著自己的頭，一邊背過了身。鄭在義依舊站在原地。

「……他說他不打算讓我們離開。」

苦惱了一會兒要怎麼開口的鄭泰義，最終再次道出了兩人都已經知道的事實，並無奈地聳了聳肩。

想必鄭在義也沒料到會發生這種情況。對方的表情中參雜著一絲困惑。

「就是說啊……該怎麼辦。」比起尋求鄭泰義的意見，這句話更近似於鄭在義的自言自語。

鄭泰義一屁股坐在了地上。他就這樣癱坐在門前的地板上，再次撓起了自己的頭。而默默沉思了好一陣子的鄭在義突然看向了鄭泰義。在看見鄭泰義那有些憂鬱地坐在地板上的模樣後，鄭在義先是靜靜嘆了口氣，接著用著跟嘆息一樣安靜的嗓音開口道。

「沒事的，我們一定能出去的。」

鄭泰義將視線移到了鄭在義的身上。鄭在義的語氣聽上去不像是在安慰他，反倒更像是在淡然地說出一個既定的事實。

或許鄭在義已經想到了什麼好辦法。對，說不定就是這樣。畢竟現在在鄭泰義面前的是令所有人都眼饞的天才啊。

一想到這，鄭泰義原先既沉重又憂鬱的心情頓時變得開朗。而在與鄭在義相視了好一會兒後，鄭泰義倏地笑了起來。

「如果你有什麼好點子的話，那就告訴我啊。」

「雖然我還想不到任何的方法……但我們一定能出去的。」鄭在義搖了搖頭，平靜地說道。

而鄭泰義見狀就只是直勾勾地盯著對方看。他的腦中猛地湧上了一個有些朦朧的想法。既然對方可以毫無理由地就這麼主張的話……

「……怎麼說。」

「因為你想要離開這裡，而我也想要離開了。」鄭在義用著若無其事的語氣輕描淡寫道。

然而鄭泰義比誰都還要清楚對方的話語中不但沒有半點的吹噓之意，這也不是源自於鄭在義毫無根據的自信心。

就是這種時候。

每當這種時候，鄭泰義就會頓時很羨慕哥哥。下一秒，他笑了起來。他就這樣放聲大笑了好一陣子，而原先的鬱悶與憂鬱也都消失了。

其實什麼問題都沒有被解決。他們不但依舊被困在這個小樂園裡，甚至連唯一可以順利離開這個地方的方法都沒了。可是他還是用著「就算束手無策，但我們也一定能找到其他辦法」的表情，看著向來不曾擔心過生活中任何難題的鄭在義，默默地笑了起來。

他不是不相信鄭在義那駭人的運氣。撇除掉那個運氣跟自己的關係，他已經多次見證了鄭在義運用好運來逃離險境的實例。

鄭泰義用著仍舊帶有笑容的臉龐，看著鄭在義。即使鄭泰義已經接受了鄭在義有多幸運的事實，但他還是沒有樂觀到可以去期待對方的運氣。畢竟運氣這種東西，就算成功的例子再怎麼多，它始終還是虛無縹緲的存在。

然而縱使鄭泰義無法堅信自己一定能離開這個地方，但他的心情還是輕鬆了許多。

或許他現在之所以可以處在這種狀態，就是鄭在義帶給他的幸運吧。

那天晚上，在午夜的五分鐘前。

沙烏地阿拉伯首都的利雅德在同一時間發生了多起恐怖襲擊。嫌犯鎖定了好幾位政經界的重要人物，在他們的住家發起了無差別的小規模轟炸。

然而，尚未等到眾人釐清嫌犯目的，天色便亮了起來。

即使利雅德位處中東衝突地區，相較之下仍被視為相對安全的城市，卻在一夜之間就發生了天翻地覆的變化。

20

逃跑

睜開眼的瞬間，鄭泰義馬上就意識到好像發生了什麼事。

當他因為吵雜的聲響而張開雙眼時，外頭依舊是一片漆黑。他原本還以為是自己聽錯，所以在眨了眨眼後，他便準備要再次闔上依舊帶有睡意的雙眼。可是下一秒，他卻清楚地聽見了聲響。

那是一道從遠處傳來的聲響。有一群人在距離別館很遙遠的地方，鬧哄哄地移動著。

鄭泰義瞪大雙眼。他摸了摸自己的枕邊，拿起了時鐘。現在只不過才剛過了凌晨三點而已，可是外頭卻異常的吵雜。他隨即便從床上起身，走到了房外。

別館裡的迴廊非常安靜。無論是中庭、內院，抑或是別館裡的任何一間房間全都是鴉雀無聲，聽不見任何的聲響。

吵雜的就只有位於別館圍牆外的其他建築物而已。

偶爾，鄭泰義還能從身旁的圍牆聽見外頭有人急急忙忙跑過去的聲響，並且還吼著他聽不懂的語言。而那些聲響就像是要把他們喚醒般，一路從遠處傳到了這裡。

依舊處在寂靜環境中的地方似乎就只有這間別館而已。就跟平時一樣，別館僅僅只靠著一扇門便隔絕開了外面的世界與裡面的世界。鄭泰義感覺此刻的他就像生活在另外一個空間似的。

「……現在這個時間點怎麼會……」鄭泰義將自己雜亂的頭髮往後梳，疑惑地嘟噥道。

他原本還懷疑是不是自己看錯時間，但再一次確認過之後，時間也只是比剛剛還要晚了幾分鐘而已。

外頭的聲響很不對勁。

在這個時間點，圍牆外的許多人們——或許是豪宅裡的所有人——竟然都已經起床，並且還鬧哄哄地四處移動著。乍看之下，這就像是大家在準備著要一起前往某個地方一樣。

鄭泰義呆站在中庭前，倏地將視線移到依舊被黑暗吞噬的迴廊。位於西側迴廊底端的那扇門，如果是平時的話，即使是這個時間點也一定會有個人守在那裡，可是現在卻是空無一人。

鄭泰義瞪大了雙眼，大步地朝著門的方向走去。他試著用力地推了推那扇門，不過卻忍不住咂起了嘴。門外被什麼東西緊緊地鎖上了。

「搞什麼啊。要是外面失火，那我們肯定會死在這裡吧。」鄭泰義不滿地嘟噥著。

沒想到就算沒有人守在這裡，他還是逃不出去。他既沒有辦法打開外頭的門閂，而這扇門也沒有那麼容易就被破壞。

不過，到底是發生了什麼事啊。

能夠在這個時間點喚醒這麼多人一起行動，想必這一定不是一件小事。

鄭泰義先是揉了揉下巴，接著轉身看向了自己的身後。在這間寂靜的別館裡，所有的事物都靜止不動。這種感覺就好像整間別館，就只剩下了鄭泰義似的。

霎時，覺得自己好像真的被所有人拋下的鄭泰義連忙朝著鄭在義臥室的方向跑了過去。不過還沒等他以對角線穿過中庭抵達鄭在義的臥室，鄭在義就從房間裡走了出來。

對方就像是剛剛才睡醒似的，衣衫不整地走到了中庭。然而鄭在義的表情中卻看不出絲毫的睏意，對方就只是默默地聽著外頭吵雜的聲響。

「……泰義，你是什麼時候跑出來的。」

「我也是剛剛才被吵醒的。這陣騷動應該才剛開始沒多久吧。」鄭泰義聳了聳肩嘟囔道。

兩人就這樣沉默了下來，一起聆聽著外頭的聲音。不過隨著時間流逝，那些聲響不但沒有比較平息，反倒還越來越大聲了。

「難道是失火了嗎？」

看著眼前那漆黑的天空，即使鄭泰義也知道這個可能性很低，但他還是忍不住咕噥出心中的疑惑。

而鄭在義則是像陷入沉思般，一語不發地站在原地。

這種情況非常少見，鄭泰義就只能想到幾種可能性而已。不是突然有貴賓——從眾人的吵雜聲來看，這應該不是一般的貴賓——在大半夜來到了這座豪宅，要不然就是有群強匪闖進了豪宅裡，又或者是發生了什麼不得不使大部分的人都起床的緊急事故。

鄭泰義再次看向了迴廊。

在這間與外頭呈現鮮明對比的寂靜別館裡，唯一有在移動的好像就只有他們而已。所有的一切就像是靜止似的，無論是時間、聲音、空間，好像都被按下了暫停鍵。

就在這個時候。

有一小部分的喧囂聲好像離開了原本的位置，漸漸地朝這個方向靠近著。圍牆外的腳步聲，以及好幾個人的低語聲就這樣越來越接近別館。

最終，那個腳步聲停在了西側迴廊底端的門前。門外有著大約五、六個人的動靜。隨後，伴隨著兩聲沉重的聲響，門馬上就被打開了。而門外也有個人走了進來。

敞開的大門就像要將外頭的吵雜聲渲染進來似的，縱使別館裡依舊是鴉雀無聲，但門外的喧嘩卻不停地湧了進來。

那名穿過大門走進別館裡的人就像是要叫醒裡頭的人似的，用著急的步伐大步地走著。不過走沒兩步，當那人看見已經站在中庭裡的鄭在義和鄭泰義時，他先是稍稍放慢了步伐。而下一秒，他隨即又再次加快速度地朝兩人走來。

「原來你們已經醒了啊。難道外頭的聲響已經傳到這裡了嗎？」

那人正是拉曼。

拉曼身穿白色的索布，並且圍著阿拉伯頭巾。在這個深夜裡，拉曼就像剛剛才從遙遠的沙漠城市回來，抑或是準備要出門似的，身上沾著黃沙的氣息走到兩人的面前。

拉曼的視線先是停在鄭泰義的臉上好一會兒，接著漫不經心地移開視線，看向鄭在義。

「我是先來跟你們打聲招呼的，因為我現在得先趕回我的國家一趟。不過我應該是不會在那裡待太久。」

可能是因為時間很晚了，拉曼的臉上沒有半點的笑容。然而外頭那令人不安的騷動就像完全沒有影響到拉曼般，他的臉上掛著雖然嚴肅卻又平靜的表情。

「發生什麼事了嗎？」

「詳情得等到我回去了才能知道，但從目前的情況來看，應該是發生了武裝襲擊。由於對方瞄準了特定的人士——在高層擔任要職的人——，所以我得帶走幾名足以對抗這個情形的人跟我一起回母國掌握現在的情況。」拉曼淡然地說道。

鄭泰義聽完後微微地挑起了眉頭。即使拉曼的母國時不時就會受到恐怖襲擊的威脅，但在整個中東地區，他的國家已經算得上是治安相對安全的地方了。若嫌犯在這種相較之下沒有什麼紛爭的地區，還特地瞄準了特定階層的話，那這大概與宗教問題無關。

就算那片土地上三不五時就會發生大大小小的紛爭——還有一些連媒體都不一定有報導的小規模恐怖襲擊——，但若是無法找到任何一位宗教領袖與這起突襲間的關係，那這個問題將會變得異常複雜。

「請一定要小心。」鄭在義靜靜地說道。

而微微點著頭，垂下眼看著鄭在義的拉曼就像突然想說些什麼話似的，動了動自己的雙唇。不過他最後仍舊沒有說出他想說的話。

「那我先走了。」

留下這句簡短的問候後，拉曼毫不猶豫地背過了身，朝著來時的路離去。看上去，拉曼就像為了特地打這聲招呼才跑過來似的。

隨即，大門就這樣再次闔上。然而大門這次並沒有像剛剛一樣從外面被鎖上。因為跟著拉曼一起進來的五個人裡，有一個人站在了那扇門前。

那人不是原先守在那個位置上的阿拉伯男子。對方比原本的阿拉伯男子還要再高一點，體型也沒有那麼壯碩。至於剩下的四個人裡，有兩個是熟面孔，而另外兩個則是陌生的面孔。

看來拉曼剛才那句「要帶走幾名足以對抗這個情形的人」，是指要將一些可以派上用場的警衛一起帶回母國的意思。

仔細一想，這裡是拉曼的豪宅，既然豪宅的主人不在的話，那將那些擁有強大武力的警衛繼續留在這座豪宅裡也很不合理。照理來說，每當拉曼離開的時候，就應該要帶上這些人一起離開才對。就像現在一樣。

鄭泰義看向了實力應該不及原先守在這間別館裡的新面孔們。然而下一秒，他馬上就嘆了口氣，並且無奈地聳了聳肩。不管這些人的實力再怎麼差，只要他們不是沒有什麼經驗的新手，鄭泰義大概都無法打倒他們並且逃出這座豪宅。

更何況鄭泰義也說不上是個很會打架的人，他只不過是比其他人——又或者是比一般人還要再更——熟悉打架這件事而已。再者，鄭在義完全不能當作戰力。就算是在可以運用任何道具，並且沒有什麼環境限制的情況下，單憑一個人的力量要打倒五個人也不是件容易的事。

「打從一開始，拉曼讓實力這麼好的人守在這個地方就已經很可笑了。」

在這座和平又適合休養的島嶼上，即使全世界都發生了爭端，這座偏僻的小島肯定也是最後才會遭受波及的地方。究竟拉曼當初是擔心這座小島會發生什麼事，才派了這麼一群實力堅強的人守在這座豪宅裡？明明將那些人帶回母國，預防有可能會發生的紛爭明顯就更有效率啊。

離開別館的拉曼似乎是直接離開了這座豪宅。

在拉曼離開之後，雖然豪宅內的騷動還是持續了好一段時間，但過了差不多一個多小時後，那些吵雜聲便逐漸平息了下來。

隨後，豪宅找回了不是很安定的寂靜。除了守在別館裡的人換了一批之外，整座豪宅就像什麼事都沒發生過似的，再次陷入了靜謐的氛圍。

「……竟然把在其他地方的人都叫了回去，想必這次的事件應該是真的鬧得很大吧。」

鄭泰義撓了撓脖子，忍不住嘆了口氣。

這不但是一起針對一個國家的領導階層所發起的恐怖襲擊，甚至嫌犯的目的與來歷至今都還沒有被掌握到。

鄭泰義瞥了鄭在義一眼。對方就像陷入了沉思般，沒有開口說任何一句話。

可是。

鄭泰義直勾勾地凝視著鄭在義。或許這次會發生什麼改變也說不定。雖然鄭泰義猜不到會透過什麼樣的方式，但如果今天發生的不是恐怖襲擊而是政變的話……

唉，拉曼的國家又不是韓國。就算真的發生了血戰，那也是他家人們之間的內鬥啊。

鄭泰義撓了撓頭。在走向臥室的途中，他抬頭望向了距離天亮還有一段時間的天空。由於夜空中仍舊被滿滿的星辰占據著，這也使他暫時看得有些出神。

昨天晚上，鄭泰義並沒有睡好。其實打從一開始，他太晚才睡著就是個問題。

當時的他一邊想著就算離開這個地方的辦法消失了，他們也不可能一輩子被困在這裡，一邊苦惱起究竟要在什麼時候抓準時機離開這個地方。殊不知當他想著想著，竟然就不小心想起了拉曼那張臉，導致他氣到無法入睡。

後來，好不容易沉沉地入睡後，一場突如其來的騷動又使得他大半夜就被吵醒。而觀察了那場騷動兩個小時後，他最終是在天快要亮的時候才又再次睡著的。

因此就算鄭泰義現在很睏也算得上是情有可原。雖然他平時一大早就會起床了，但像今天這種日子，即使他要睡到很晚也沒關係。實際上，縱使不是今天這種日子，在這個時間多到不知道該怎麼利用的最近，就算他睡了一整天也不會有人多說些什麼（唯一的問題是要他睡一整天，他反倒還睡不了這麼久）。

正因如此，當鄭在義搖醒他時，他一時之間還反應不過來。一睜開睡眼惺忪的雙眼，他便看見了鄭在義坐在床邊垂眼看著自己。

看向時鐘後，現在也只不過才八點多而已。

即使跟平時比起來，他今天的確睡得比較晚，但這也沒有誇張到需要鄭在義特地跑來叫醒他的程度。之前，鄭泰義有次七早八早就進房間睡覺，結果卻一路睡到下午三點都還沒有醒來。或許是因為擔心他，鄭在義當時竟然還特地跑來叫醒鄭泰義。而自從那次之後，鄭泰義就不曾睡到需要鄭在義特地跑來叫醒自己的時間點了。

「怎麼了？」

鄭泰義一邊用手指按壓著酸澀的眼皮，一邊從床上坐了起來。習慣性地再次看了時鐘一眼後，縱使他還沒有睡飽，但現在的確差不多可以起床了。

「外面很吵。」鄭在義靜靜地說道。

由於對方的語氣實在是太過平靜，這也導致鄭泰義無法馬上理解對方的意思，他就只能木然地看著鄭在義。

「都已經這個時間點了，就算外面有點吵雜聲也很正常吧。況且昨晚還發生了那個騷動，想必他們今天一定會比平時還要再更激動一點。反正別館裡又沒有幾個人，不管外面再怎麼吵……」

鄭泰義有點無法理解鄭在義竟然只為了這點小事就把自己叫醒，在用著依舊帶有睡意的嗓音嘟噥完後，他伸了個懶腰。隨後，他的腦袋變得清晰了一點。

然而隨著腦袋逐漸清晰了起來，他卻突然不說話了。

外面很吵。他好像多少理解了鄭在義真正想傳達的意思。或許是他聽錯，但他隱約聽見了遠處有道沉重的聲響傳了過來。

鄭泰義臉上的表情頓時消失。

他知道這是什麼聲響，因為他之前時不時就能聽見這個聲音。甚至他還曾經親耳聽過這道聲響。無論是之前在軍隊裡，還是在UNHRDO上戰略戰術課播放相關影片的時候，他都曾經聽過這道聲響。這是炮彈聲。

這大概是反器材武器。這個聲響聽上去很像反戰車榴彈發射器或迫擊砲這種具有強大殺傷力的武器。

不過無論鄭泰義怎麼看，他都覺得應該是自己聽錯了。在這座既和平又寧靜的島嶼上，怎麼可能會出現炮彈聲。就算大海的另一端已經發生了戰爭，導致坦尚尼亞的所有領土都被戰火包圍，這座島嶼也不可能會被炮彈攻擊才對。

鄭泰義再次看向了時鐘，現在依舊是早上八點多。這是個大部分的人正準備要起床吃早餐，展開嶄新一天的時間點。

「這是什麼飛來橫禍的情況啊……天氣這麼好，怎麼會有雷聲……而且這聽上去未免也太像炮彈聲了吧。」鄭泰義撓著頭嘟噥道。而他那雙望向鄭在義的視線也漸漸憂鬱了起來。

今天是怎樣，在凌晨——又或者該說是大半夜——被外頭突然出現的騷動吵醒後，現在一大清早又被雖然熟悉但卻一點也不輕快的聲響吵醒。

然而目前的當務之急並不是被吵到難以入睡的這種小問題。

那道巨響不但正在朝著他們的方向靠近著，甚至不過一會兒，鄭泰義還開始聽見了尖叫聲與慘叫聲。他微微地皺起了眉頭，接著下床走到房外。

一踏出房門外，那道吵雜聲也變得更加明顯了。

鄭泰義能隱約聽見圍牆另一端的遠處，有個彷彿是地鳴般的聲響。而那道巨響此刻猶如星火燎原般，一路從遙遠的彼端蔓延至別館內。

鄭泰義臉上的表情頓時消失。

他不可能聽錯。若他聽不出來這道不停爆破著的聲響代表著什麼的話，那他之後也不用說自己曾經當過軍人了。更別提他還進去UNHRDO裡當過裡頭的部員。

「不管我怎麼聽，剛剛的那道聲響都像是迫擊砲的炮聲……」

由於擊發聲與擊中時的聲響沒有什麼時間差，這八成是輕型迫擊砲，又或者是反戰車榴彈發射器……鄭泰義甚至開始聽見了機關槍的槍聲。

隨著那些聲響在整座豪宅裡擴散開來，撕心裂肺的慘叫就這樣混雜著炮彈聲傳進了鄭泰義的耳裡。

「喂，我們這裡才剛解除武裝。你們直接就闖了進來是想要我們怎麼辦啊！」鄭泰義低聲咂完嘴後，忍不住咕噥了起來。

他的手邊沒有任何足以成為武器的東西。就算大部分的武器都無法抵擋住反器材破壞用武器的攻擊，可是他不但連防身用的短槍，甚至連一把刀都沒有。

與此同時，炮彈聲也越來越接近了。

雖然不知道這件事是否與讓拉曼急著趕回母國的恐怖襲擊有關——不過這兩起事件都發

生在同一天，而且也沒有間隔太長的時間，甚至還同樣針對了特定的階層，若這兩起事件完全無關反倒更奇怪——，但眼下的情況還是很不合理。

若真的要出擊，照理來說就得鎖定對方最重要的地區。因此像現在這樣就算將整座豪宅都炸掉，殺光豪宅內的所有人，也不足以令上頭階層的人眨一下眼的情形，根本就沒有任何的道理。

既然如此。

鄭泰義的腦中倏地閃過了一個想法。而他的眉間也下意識地微微皺了起來。他總覺得有股不祥的預感。仔細一想，之前好像曾經發生過類似的情況。他突然感受到了微妙的既視感。

當時就跟現在一樣，是個寧靜的早晨。當他跟其他人們一起沉浸在寂靜中時，一道引擎聲劃破了安靜的氛圍。緊接著便是震耳欲聾的炮彈聲。

牆壁破了一個大洞後，房子的其中一面牆也徹底粉碎了。即使此刻跟當時的相似之處就只有一道劃破安靜氛圍的吵雜聲而已，但這股詭異的既視感還是令鄭泰義的背脊不自覺地發涼。

該不會……

唉，怎麼可能！再怎麼說，這個炮彈聲是從四面八方傳來的。除非他有辦法神出鬼沒地出現在每個地方，要不然他根本就不可能同時在這麼多的地方發射彈藥。

鄭泰義搓揉起冒出雞皮疙瘩的手臂，搖了搖頭。不過若這件事真的是出自他心中所想的那個人之手的話……

那麼那個傢伙絕對是瘋了。

越來越接近的炮彈聲似乎已經抵達了豪宅的中央。在這間彷彿與世隔絕的別館裡，即使是昨晚的騷動也像發生在另外一個空間般，別館依舊沉浸在寂靜之中。然而此刻光是站在中庭裡就能感受到外頭的波瀾。

那些為了監視他們，又或者是為了服侍他們而待在別館裡的人們不是露出了困惑的神情，要不然就是膽怯地在迴廊的附近抬頭張望著。而有些性子比較急的男人們，甚至還已經拔槍了。

他們似乎是想要直接衝出去，臉上寫滿了焦躁。他們急著想確定豪宅內究竟發生了什麼事，自己的家人或朋友有沒有受到這波攻擊影響。不過因為有任務在身，無法馬上衝出去，就只能待在原地猶豫著。

隨後，男人們就像下定了決心般，彼此在討論了一番之後，只留下兩個人繼續守在別館裡，而其他人則是著急地跑往門的方向。留在別館裡的兩名男子將武器握在手上，彷彿下一秒就要出擊似的。隨即，他們生硬地瞥了鄭泰義與鄭在義一眼。

就在這個瞬間。

當三名男子為了離開別館而打開門的剎那，有一群人就像在等著他們出來般，立刻撲了上去。

沒有人能預料到此刻的情況。

由於那道巨響離別館還有一段距離，所以別館的周遭都還處在一種不安定的和平之中。正因如此，在場的每一個人都沒有料到竟然會有人守在門前，等待著開門的那一剎那就馬上衝上前攻擊。

因為鄭泰義所處的位置看不清門口的情形，他只能清晰地聽見猶如慘叫般的尖叫聲，以及隨之而來的駭人聲響——那就像是骨頭被打碎，以及皮膚被撕裂開來的聲音——

其他男人們見狀臉色立刻就沉了下來。他們緊握著手中的長槍，胡亂地朝著門口的方向掃射。霎時，別館內充斥著震耳欲聾的槍聲。而不安地跑到迴廊上的白衣少女們也跟著尖叫了起來。

鄭泰義隨即沉著臉一把拉過了鄭在義。在將鄭在義藏在迴廊上粗大的柱子後，他也跟著躲到了對方的身旁。

他忍不住咂起了嘴。他不該在聽到那些危險的聲響時，還傻傻地跑到中庭中央的。他們現在離室內還有一段遙遠的距離。因為深怕一移動就會瞬間成為對方的目標，並且刺激到那群人，所以他也無法貿然地逃進室內。

……不過若是哥哥的話，應該可以毫髮無傷地躲進去吧。我要不要直接讓他離開。

鄭泰義瞥了鄭在義一眼。或許鄭在義也猜到了鄭泰義在想些什麼，對方馬上搖起了頭。即使是在這種情況下，鄭在義看上去仍舊沒有絲毫緊張的神情。對方似乎只覺得這些聲響太過吵雜，微微地皺起眉頭罷了。

由於眼前的畫面實在是太過突兀，這也使鄭泰義不禁笑了起來。託鄭在義的福，他總覺得自己也跟著放鬆了一點。

也對，哥哥本來就是這樣的人。對於出生在吉星的他來說，不管發生了什麼事，他總是能全身而退。

「……雖然一想到那個幸運是我給的，就覺得既開心又驕傲，但問題在於我自己並沒有那種好運啊。」鄭泰義倏地自言自語道。

鄭在義抬起了頭。可能是因為周遭充滿著槍聲與尖叫聲，所以鄭在義沒有聽清鄭泰義的話，他露出狐疑的表情看向鄭泰義。而鄭泰義見狀就只是笑著擺了擺手。

隨後，當鄭泰義小心翼翼地將頭探出柱子外時，情況已經和緩了許多。那些不久前還在迴廊與中庭裡徘徊並監視著兄弟倆的男人們此刻全都倒在了地板上。裡頭除了有似乎是一開始就已經被打量的人之外，還有看上去傷得很重，滿身是血的人。

鄭泰義下意識地沉下了臉。緊接著，他看向了正準備從門外踏進別館裡的四、五名男子。

他一眼就能看出來，那些人絕對是很擅長做這些事的專家。他們的身上散發著對救人——又或者是害人——很有經驗的特殊氛圍。

然而鄭泰義的心底卻倏地冒出了疑問。令人意外的是，那些人全都是東方人。從長相來看，那群男子們應該是中國籍——正當鄭泰義想到這裡時，一道熟悉的嗓音從男子們的身後傳了出來。

「……泰一哥！」

鄭泰義認得這聽上去很開心，同時還帶著一股微妙沉重感的嗓音。他也認得那在用手推開了男子們後，既從容又輕快地走進別館裡的步伐。那人在看見鄭泰義的瞬間，臉上立刻就掛上了同樣令鄭泰義感到無比熟悉的爽朗笑容。

「……心路。」

鄭泰義詫異地看著對方。或許比起詫異，出神這個詞好像更準確也說不定。

他完全、絲毫，根本就沒想過這張臉蛋會在這個時間點出現在這裡。

而心路在直勾勾地盯著鄭泰義那彷彿著了魔似的表情好幾秒後，再次笑了起來，「好久不見，哥這陣子過得還好嗎？」

「……嗯。」

「哥那天突然消失之後，你知道我有多驚訝嗎？你至少也說一聲再走吧，當時看到哥不由分說地跑了起來，我當下該有多慌張啊。等我好不容易甩掉人群，總算追上去的時候，哥也已經不見蹤影了。」心路就像在鬧彆扭般，嘟起嘴開始抱怨道。

然而鄭泰義在聽完後，就只能像出神般地發出：「喔……」的咕噥聲。

而打量著鄭泰義的心路見狀倏地露出微妙的笑容，「哥看上去好像完全沒料到我會出現在這裡。難道你不想我嗎？」

「呃……沒有啦，我不是那個意思……」

鄭泰義新奇地看向了心路。對方看上去就跟他印象中的一樣，並且用著跟記憶中相同的微笑盯著他看。

這是什麼感覺？為什麼我會感到一股微妙的不協調感？

明明心路看起來就跟之前一模一樣，但與對方對視的期間，鄭泰義的心底卻倏地涼了起來。

由於怎麼看都看不出個所以然來，因此鄭泰義最終只能微微地歪起了頭。

「哥為什麼要用那種奇怪的表情盯著我看？難道，你原本以為來的會是其他人嗎？」心路輕輕壓低了自己的嗓音。即使對方的臉上依舊掛著笑容，但那緩慢的語速卻不禁令鄭泰義感到一驚。

在沉默了一會兒後，他點了點頭，「對……我原本的確是這麼想。所以你是自己一個人來的嗎？」

「我是跟這邊的這些人一起來的。他們是我父親特地幫我找的人，因此他們的功夫可是數一數二好喔。」心路笑著指了指自己身後，那群不停掃視著迴廊各個角落的男子們補充道：「我怎麼可能有辦法自己一個人跑到這個地方來。」

「啊，這樣啊。」

點了點頭的鄭泰義就像突然想起了什麼般，猛地抓住心路的肩膀。

「話說你不是受傷了嗎！你還好嗎？」

而倏地被鄭泰義抓住的心路見狀則是露出了有些詫異的表情。他微微瞪大了雙眼，直勾勾地盯著鄭泰義看。

霎時，鄭泰義皺起了眉頭。又來了，這種莫名有種不太對勁的感覺。然而他卻搞不清楚究竟是哪個地方不對勁。

心路隨即便笑了起來，「怎麼辦，被哥發現了。原來哥被關在這裡的時候，還是能得知外面的消息啊。」

「倒也不是，我只有聽說你傷得很重，而且還到了命危的程度而已……」

鄭泰義鬆開緊抓著心路肩膀的手，往後退了一步，緩慢地打量起對方。而心路先是聳了聳肩笑了一下，接著就像要讓鄭泰義盡情欣賞似的張開自己的雙手。或許是因為穿上了衣服所以看不太出來，但單從心路的動作來看，對方似乎沒有什麼行動不便的地方。

「……你沒事吧？」

「啊，其實我到現在都還在接受著門診治療。雖然因為有好幾處骨折，導致內臟被刺傷，但現在走路什麼的已經不成問題了。而原先皮開肉綻的傷口也都癒合了，至於其他受傷的地方則是……」心路說到一半便含糊其辭地收尾，默默笑了起來。

而鄭泰義在直直地凝視著心路好一會兒後，猛地長嘆了一口氣，接著垂下了肩，「太好了……在聽到你跟伊萊起爭執，甚至還到了命危的程度後，我還以為——」

聽完鄭泰義支支吾吾的話語後，心路笑著說：「你擔心我會不會死掉是嗎？哈哈哈，但我的確差點就死掉了。自從哥消失之後，那個傢伙就像發瘋般地翻遍了整座誰陵給，可能是因為最終還是無法抑制住心中的怒火吧，他突然就跑來找我了。他質問我，是不是把你藏了起來。明明他也知道這件事不是我做的，卻還是把我打得……我差點就以為我要被他活活打死了。要不是蓋博那個傢伙有跟來，出面阻止了他，我想我真的會被打死吧。」

心路就像在講述著其他人的故事般，從容地笑著說道。

鄭泰義見狀先是露出難為情的表情凝視了對方好一會兒，接著又再次嘆了口氣。原先壓在他心臟上方的好幾顆厚重石頭中，有一顆就這樣消失了。雖然上頭依舊還留有好幾顆石頭，但至少最沉重的那顆石頭不見了，而這也多少令他感到鬆了一口氣。

「好……太好了……」鄭泰義點了點頭。

就在這個時候，心路倏地背過了身。他看向距離兩人幾步之外，一語不發盯著他們看的鄭在義。霎時，心路就像發笑的貓一般，瞇起了雙眼。

「啊哈……看來這位就是鄭在義先生吧。」

鄭在義隱隱約約地挑起了眉頭。不過他並沒有多說些什麼，就只是默默地點起了頭。

心路伸出自己的手，開始向鄭在義自我介紹了起來，「我是凌心路。我跟泰一哥是在UNHRDO裡認識的。」

鄭在義簡單點了個頭後，簡短地說道：「我是鄭在義。」隨即，他的視線移到鄭泰義的身上，接著再次安靜了下來。

頓時，整個空間裡只剩下沉默。

乍看之下，彼此似乎都還有什麼話想說，可是卻不知道要怎麼開口似的。這是一個很曖昧的沉默。

而最終，選擇打破這陣沉默的人是心路。

「那我們趕快離開吧。要是一不小心的話，很有可能會搞砸這一切。」

「嗯……？」

心路在後退了一步後，擺了擺頭指向那扇敞開的門。

「啊，好啊。」

下意識準備要跟上對方腳步的鄭泰義猛地歪起了頭。別館的圍牆外依舊能聽見爆炸聲。那道彷彿跟這整座豪宅結怨許久，似乎是想把所有建築物都炸毀的爆破聲就這樣漸漸地往別館的方向靠近著。

走在鄭泰義前方的心路用著快速的步伐前進著。而鄭泰義在催促完依然沉默不語的鄭在義趕快跟上後，他一邊跟在心路的身後，一邊仔細地聽著外頭的爆炸聲。

「心路，不過你到底是帶了多少人來啊？他們看上去好像要把這整座豪宅都炸毀……你們這樣之後不會惹上麻煩嗎？」

「什麼？啊，那個聲響嗎。」

心路笑了起來。心路就像不把這件事當一回事般，靜靜地穿過位於西側迴廊底端的門。而隨後，鄭泰義也一起穿過了那扇門。

他是第一次離開這間別館，也是第一次看到別館外的景色。雖然當初來到這間別館的時候，他同樣也是透過這扇門進到別館裡的，不過當時的他暈了過去，所以他對外頭的景色沒有任何的印象。

別館外是一個寬闊的庭院。就算不是庭院，這裡也像庭院一樣種滿了整齊的景觀樹。而那些低矮景觀樹的後頭，似乎還有一棟寬闊的建築物。即使被那棟建築物擋住，看得不是很清楚，但那棟建築物的後方好像還佇立著其他的建築。

如同鄭泰義原先設想的那樣，這間別館似乎真的處在整座豪宅的最深處。靠近外側的圍牆就這樣不停地綿延下去，讓他們看不見盡頭。

心路則是朝著位於外側圍牆的深處，一扇距離別館不算太遠的門走去。心路就像被什麼人追趕似的，用著有些著急卻好像又帶點享受的輕快步伐前進著。

當鄭泰義聽見爆炸聲出現在位處別館前方的建築物時，他忍不住背過身，歪起了頭。霎時，走在鄭泰義身旁的鄭在義靜靜地開了口。鄭在義的視線停留在距離兩人幾步之外的心路的背影上，「泰義啊，那個人——」

就在這個時候。

他們的周遭響起了一道駭人的爆破聲。那道聲響大到令地板震動了起來，就連空氣也跟著一起顫動著。鄭泰義見狀下意識地皺起了眉頭。雖然其他人表面上故作鎮定，但肩膀卻不禁抖了一下。

霎時，心路放慢了步伐。等到鄭泰義與他之間只剩下僅僅一、兩步時，他轉過頭看向了鄭泰義。

鄭泰義皺著眉頭，用下巴指了指自己的身後，「既然我們都已經逃出來了，他們也沒有必要繼續炸毀那些建築吧？你趕快叫他們撤退啊。」

「可是那些人不是我可以叫得動的人。」心路就像束手無策似的聳了聳肩，露出有些難堪的笑容說道。

鄭泰義立刻挑起了眉頭，「如果你叫不動那群人的話，那麼那些人是……」

此時，又響起了一道爆破聲。牆面接連倒塌的巨大聲響就像近在咫尺般的震耳欲聾。鄭泰義不由自主地伸出手遮住了自己的耳朵。接著他稍稍地瞥向了發出巨響的方向一眼。

就在這個時候，鄭泰義看見了一個人影。

即使那個人的身影小到就跟小拇指的指甲一樣大，但他很確定自己看見了對方。那人一隻手控制著發出巨響的摩托車，一隻手扶著輕型迫擊砲。對方就這樣朝著他們的方向駛來。

由於雙方隔著一定的距離，因此那名男子似乎還沒發現他們的存在。那人就只是看著迎面而來的建築物，在打量了一會兒建築所處的位置後，便毫不猶豫地扣下扳機。隨著靠在男子肩膀與下巴處的輕型迫擊砲出現劇烈的震動，男子眼前的建築物也發出了駭人的爆破聲。

「伊——」

「沒錯，大概就只有他能夠叫得動那些人了吧。不過就算他們現在撤退，這座豪宅恐怕也什麼都不剩了。畢竟他這次特地把之前在T&R當過機動隊的那些怪物們再次聚在一起，我想這些建築物應該都廢了。」

鄭泰義像是出神般地停下了腳步，而心路的嗓音就這樣從他的身後傳來。鄭泰義緩慢地背過身，看向了對方。

心路此刻正站在他的身後，露出了微笑。心路就像很愉快似的，繼續說道：「不過也多虧他們這麼華麗地炸毀那些建築物，讓所有人都跑去了那個地方，我才能這麼順利地把哥帶出來。」

「你、你們不是一起來的嗎？」

「我跟他嗎？怎麼可能。」

在聽見鄭泰義的問句後，心路像是覺得很荒謬般地笑了起來。隨後，他搖了搖頭，「哥，我們趕快離開吧。要是被那個人發現的話，我們要離開就變得很困難了。我看他好像還沒發現我們的存在，我們就趁現在趕快逃走吧。我已經叫人把車停在門口了。」

心路抓起鄭泰義的手腕。即使心路的嗓音聽上去很溫柔，但他的動作卻異常地用力。心路用著鄭泰義無法輕易甩開的力道，緊緊拉住了鄭泰義。

而鄭泰義就只是靜靜地看著對方，一動也不動。他停在了原地，不讓心路拉走自己。

「心路，我之前就已經說過了……我不會跟你一起離開。」鄭泰義的嗓音既平靜又堅定。

心路先是直勾勾地凝視了鄭泰義好一會兒，接著便陷入沉默。

頓時，兩人之間只剩下了寂靜。雖然身後不停地傳來爆炸聲，但他們之間卻只有一片沉寂。

心路用著微妙的眼神盯著鄭泰義看。心路的眼神看上去似乎很愉快，卻又帶著生氣、難過，以及彷彿下一秒就要笑出來般的情緒。

隨後，心路緩慢地鬆開了鄭泰義的手。鄭泰義見狀連忙收回自己的手，直直地望向對方，「心——」

正當鄭泰義準備喊出對方的名字時，心路的視線移向他的身後。與此同時，他的身後也傳出了有物體跌落的聲響。

鄭泰義猛地背過身。然而當他看見眼前景象的那一刻，他的臉便沉了下來。

跟在他們身後，彷彿在後頭保護著他們的一名中國男子此刻正伸出一隻手，支撐住暈過去的鄭在義。而男子的另外一隻手則是拿著似乎沾有藥物的毛巾，蓋在鄭在義的臉上。

「啊，好險。看來受到吉祥天庇護的幸運兒也沒有對藥物免疫啊。也對，要是他對藥物免疫，當初也不會從瓦拉納西被人神不知鬼不覺地綁到這個地方來。」

還沒等鄭泰義伸出手，那名中國男子就用著緩慢，卻又熟練的動作舉起了一把軍用刀。隨即，男子便趁鄭泰義還僵在原地的同時，朝著心路身後的外門方向走了過去。

鄭泰義就這樣與擋在男子與自己中間的心路僵持了起來。

心路故作擔心地看向位於鄭泰義身後的那個遙遠人影，像是在發牢騷般地笑著說：「泰一哥，我們趕快走吧。鄭在一先生已經在車上等你了。」

鄭泰義一語不發地看著心路，表情重重地沉了下來。而心路一看見他的表情，立刻也難堪地垮下了臉。

「泰一哥，你不要生氣嘛。畢竟這是我手上的最後一張牌啊。」

「……心路，我醜話先說在前頭，在義哥絕對不是個適合被當作人質的人選。就算被人綁架監禁，他照樣能夠享受著最豪華與奢侈的生活。」

「啊哈哈，是嗎？的確，畢竟這裡是阿紹德的豪宅嘛。他是個錢多到怎麼花都花不完的傢伙，他會這樣好好禮遇鄭在一先生也不算太奇怪。可是我沒有那麼有錢。對我來說，人質就是人質。」心路聳了聳肩。

人質就是人質。換句話說，這同時也代表著心路絕對不可能用溫柔的手段對待鄭在義。一想到這，鄭泰義只能苦澀地嘆了口氣。

「在義哥不是個可以輕易被殺死，又或者是被傷害的人。無論被綁架、誘拐，還是發生了什麼意外，甚至就連伊萊開槍射他的時候，他都能毫髮無傷地存活下來。」

在聽完這段話後，心路明顯露出了詫異的表情。他收起嘴角的笑容，瞪大了雙眼。不過在眨了幾次眼並深思過後，他又再次掛起了淡淡的微笑，「他還真是厲害。難怪所有人都覬覦著他的幸運……而我也不可能為了切斷他的幸運就這樣殺掉泰一哥。哎呀，這真的很困擾。」心路就像為難般地發出了咕噥聲，「嗯……」

隨後，心路那道看向鄭泰義身後的視線微微地往旁邊移動了。鄭泰義可以從心路瞳孔的移動軌跡中察覺到伊萊正在往他們的方向靠近。而那道震耳欲聾的摩托車引擎聲也緩慢地朝兩人前進著。

「如果因為他那驚人的運氣，我怎麼樣都無法殺掉他的話——那我也可以嘗試看看不至於致死的折磨方式啊，就像鴉片之類的。看剛剛那個情形，藥物好像對他有效……」

「心路。」鄭泰義壓低了嗓音，而他的表情也變得更加僵硬了。

其實他並不覺得這招會有用。他比誰都還要清楚，威脅對鄭在義來說沒有任何作用。如果今天換作是其他人的話，那他或許還會擔心對方會不會陷入險境，抑或是發生什麼意外；可是如果是鄭在義的話，那他大可不用耗費心力去擔心對方。

不過，即使如此。

鄭泰義還是無法忽視心路那句明擺著要把鄭在義當作誘餌的話語。

鄭在義總是在為鄭泰義付出。就連不久前，即使鄭泰義並不希望對方這麼做，但鄭在義還是為了他而聽從了拉曼的要求。其實鄭泰義不覺得這是他欠對方的一種債。畢竟如果今天換作是他站在鄭在義的位置上，他同樣會做出跟對方一樣的決定。

因此針對眼下的這個情況，鄭泰義也只能做出倘若是鄭在義的話，對方最有可能會做的決定。

也不知道心路是怎麼詮釋鄭泰義的這陣沉默，他懶洋洋地笑著說：「泰一哥，我之前不就說過了嗎？我不是因為你是吉祥天，所以才喜歡你的。就算一開始的確是因為這一點，我才會對你產生興趣，但這已經不是唯一的理由了……而這次，我總算有機會能證明這句話。對我來說，那個因為有你當他的吉祥天才能擁有驚人運氣的天才，其實一點價值都沒有。無論能不能成功，我都願意不斷地去嘗試劃開他的皮膚，並且取出他的骨頭。因為他對我來說，就連你的一根頭髮都不及。因此要讓他變成鴉片成癮者的這番話，我絕對不是在開玩笑的。」

鄭泰義頓時不知道該說些什麼。

他就這樣沉默了一會兒，接著才又靜靜地開口道：「心路，原來你根本就沒有聽懂我想表達的意思……我不會跟你一起離開的。無論如何，至少我的內心是這麼想的。」

他已經跟心路講過這件事了。甚至還講了好幾遍。

無論是在離開UNHRDO之前、在誰陵給遇到對方的時候，抑或是在巴赫普那座倒塌的古城前。

在鄭泰義的眼裡，心路是個惹人憐愛的人。無論是第一次見面時，對方那青澀的模樣，抑或是此刻隱藏在對方笑容下的扭曲心態，鄭泰義都不曾改變過這個念頭。

可是現在，他已經無法回應心路對他的感情了。他能夠給予心路的一切，不是心路真正想要的。而心路肯定也清楚知道著這件事，卻還是不停地用各種手段糾纏著鄭泰義。

心路直勾勾地凝視著再次陷入沉默的鄭泰義。霎時，心路好像露出了笑容。然而對方的眼神裡卻沒有絲毫的笑意。這也使得此刻出現在心路臉上的笑容看起來格外不協調。

「泰一哥，我知道你不會給我我所想要的東西。」

心路的嗓音就這樣傳進了鄭泰義的耳裡。

心路低聲咕噥了一會兒。乍看之下，對方就像在苦惱著該怎麼開口似的。不，或許心路只是在猶豫著要不要說出這句話而已。

「哥，我需要一個明確的證據。一個足以證明哥是不屬於我的證據。」

鄭泰義面無表情地聽著心路一邊嘆氣，一邊說出口的話語。他好像能理解對方在說些什麼，又好像無法聽懂。

也不知道心路從鄭泰義的臉上看見了什麼，對方倏地笑了起來，「還有一點。」

心路走向鄭泰義。心路走到彷若僵在原地的鄭泰義面前，並靠在他的耳邊低語道：「我很討厭那個男人。討厭到只要一看到他，就會起雞皮疙瘩的程度。」

心路笑著說完了這段話。在用著比較適合拿來告白的嗓音講完這段話後，心路後退了一步。接著又再後退了一步、再一步，心路就這樣慢慢地後退著。

「我是從他打破與我之間的約定，搶走哥的那一刻起開始討厭他的。不過現在那些事都已經不重要了，我就是很討厭伊萊里格勞這個人。只要一想到他，我的眼前就會氣到發紅。」心路邊說邊用食指指了指自己的眼睛。心路就像有著黑色瞳孔的貓，淡淡地笑了起來。

與此同時，心路也越來越靠近那扇裝著鐵絲網的外門。而那扇門的外頭還停著一輛彷彿隨時都會開走的黑色轎車。

心路停在了門的旁邊。他就這樣站在那個位置上，看著鄭泰義。明明兩人之間只相差了十幾公尺而已，但看上去卻是這麼遙遠。

「泰一哥，你自己走過來。如果你不過來的話，那就算得賭上我自己的性命，我也會去實驗看看鄭在一的運氣究竟有多好。」

鄭泰義一語不發地看著心路。

霎時，心路的視線稍稍往鄭泰義的身後望去。心路就像看見了什麼東西似的，直勾勾地盯著那個方向。隨後，對方的眼睛溫柔地彎了起來。

與此同時。

「泰一！」

鄭泰義的身後，在離他還有好一段距離的遠處，有道既洪亮又粗重的嗓音喊出了他的名字。

鄭泰義抖了一下。他的身體下意識地，近乎本能地瑟縮了起來。下一秒，他緩緩地背過身。在那個好不容易能看清對方身影的遠處，有一輛摩托車伴隨著巨響以駭人的速度朝這個方向奔馳而來。

而摩托車上那名騎士的臉龐也變得越來越清晰了。那人正是伊萊。

伊萊里格勞，那個男人就在那裡。對方直直地朝著鄭泰義駛來。

或許是覺得扛在肩上的輕型迫擊砲很礙事，又或者是覺得現在已經不需要了，伊萊隨意地將輕型迫擊砲丟了出去。炮管就這樣插進一旁的小池塘裡。隨著噗通一聲，水花高高地濺起，而位處池塘角落裡那被磨得光滑的石頭也因為被炮管撞擊而碎裂了開來。

鄭泰義的視線無法從對方的身上移開。

當兩人對視的瞬間，鄭泰義不由自主地起了雞皮疙瘩。比起情感，這更像是身體的本能。那名男子此刻正以駭人的速度朝他前進著。

鄭泰義連手指都動不了，他就只能僵在原地，默默地凝視著對方。然而下一秒，他卻忍不住瞪大了雙眼。

對方笑了。

伊萊里格勞直勾勾地看著他，笑了起來。

那不再是平時那種隱隱約約又冰冷的笑容。對方的笑就像是準備要開懷大笑前的那種真心笑容。伊萊好像很開心——雖然難以置信，但伊萊看上去就像在迎接著鄭泰義似的。

伊萊此刻正用著笑到瞇了起來的雙眼，直視著他。

「伊——」

「泰一哥！」

就在鄭泰義準備要喊出對方名字的剎那，站在他身後的心路低沉地叫住了他。

鄭泰義下意識地轉過了頭。此刻的心路正以面無表情，卻又堅定的眼神看著他。心路一語不發地給出了選項。不過對鄭泰義來說，他卻別無選擇。

隨後，心路瞥了伊萊的方向一眼。鄭泰義發現心路的眼神中，還夾帶著一道冰冷到會令人不由自主冒起雞皮疙瘩的視線。

心路就這樣緩慢地走到門外，搭上了那輛黑色轎車。而心路那從容的動作比起逃跑，感覺更像是想主動避開這場紛爭。

鄭泰義再次背過身看向了伊萊。

伊萊似乎也看見了心路，對方臉上的笑容早已消失不見。伊萊此刻正以面無表情又冷漠的眼神默默地看向鄭泰義。對方那微微挑起眉頭的動作似乎正在無聲地向鄭泰義發問。

而鄭泰義見狀也以正面面對著用飛快的速度，朝自己靠近的伊萊。兩人的視線交織在一起。無論是伊萊，還是鄭泰義都沒有主動移開自己的視線。

乍看之下，他們之間的時間與空間就像靜止似的。

「啊……」

鄭泰義開口了。即使他也知道伊萊聽不見自己的聲音，但他還是覺得得向對方解釋些什麼才行。縱使他根本就不知道該從哪一件事開始講起。

隨著兩人之間的距離越來越近，鄭泰義明白要是現在被伊萊抓到，他將無法去到鄭在義的身邊。只要心路一離開，他將會錯失追上鄭在義的機會。

就算他不擔心鄭在義的安危，他還是得去到對方的身邊。如果是在其他的情況下，那他或許還會先猶豫一會兒，但在眼下這個剛從小樂園裡逃出來的時間點，他實在無法就這樣拋下鄭在義不管。

「該死……若他可以聽得懂人話的話那該有多好……」

那至少我還可以先跟他談過再走。

然而要是現在被伊萊抓住的話，無論鄭泰義怎麼解釋，對方肯定都不會讓他離開。就算鄭泰義說出「你先讓我去找鄭在義，我馬上就會回來了！」伊萊一定也聽不進去。

鄭泰義後退了一步。

而伊萊的眼神瞬間就變了。霎時間，伊萊的視線變得異常冰冷。

「泰一，過來。」

伊萊低聲吼道。明明鄭泰義也還沒有說要離開，但光是後退的這個動作，似乎就已經讓伊萊意識到他準備要做出什麼樣的決定。鄭泰義可以清晰地聽見摩托車發出的巨響中還混雜著對方的吼叫聲。

「我馬上就會去找你的！」鄭泰義朝著伊萊吼道。

然而摩托車那震耳欲聾的引擎聲以及飛快從耳邊呼嘯而過的風聲似乎還是蓋過了鄭泰義的聲音。

伊萊焦躁地再次吼了起來，「泰一，過來……該死，如果你不想過來的話，那就乖乖待在那裡！」

倏地，伊萊激動地大吼道。而鄭泰義在看見即將抵達自己面前的摩托車車身時，他隨即背過了身。

「可惡。」

他忍不住低聲地咒罵著。與此同時，他也跑了起來。

摩托車奔馳的速度，以及他奔跑的速度；摩托車與他之間的距離，以及他與黑色轎車之間的距離。

就在速度的差異快要趕上距離的差異之時。

「泰一哥！」

心路將頭探出了敞開的車窗外，朝著鄭泰義吼道。

而鄭泰義在奔跑著的途中，不禁以埋怨的眼神瞪向了對方。不過心路卻笑了起來。心路此刻正笑著看向鄭泰義的身後。

「心情好糟……」鄭泰義咬牙切齒地咕噥著。

他可以聽見摩托車那震耳欲聾的引擎聲已經出現在自己的正後方。霎時，他的背脊猛地一陣發涼。就連頭皮好像也冒起了雞皮疙瘩。

要是現在被抓到的話，我一定會死。鄭泰義本能地這麼想著。

「泰一！！！」

那道出現在咫尺的嗓音中充滿著憤怒。伊萊駭人的咆哮聲彷彿在說著，只要被他抓到，就會立刻將鄭泰義大卸八塊似的。

該死、該死……！

鄭泰義驚險地跳上了敞開著的轎車車門裡。

還沒等他關上車門，車子馬上就出發了。其實早在鄭泰義跑往這個方向的時候，轎車就已經以緩慢的速度在移動著。因此當鄭泰義跳進後座時，車子隨即便加快了速度。

而黑色轎車的後頭，有輛摩托車正以幾步之差的距離跟在他們的後面。隨著一道駭人的巨響響起，那輛摩托車轉眼間便駛到了轎車旁。

啪——車窗上傳出了撞擊聲。碰、碰、碰！後座旁那被緊緊闔上的車窗此刻已經出現了放射狀的裂痕。車窗外，一名猶如怪物般的男人正在用自己的手肘與拳頭不停地敲打著車窗。好像只要對方再繼續敲擊個幾次，車窗就會直接裂開似的。

而跌坐在後座上的鄭泰義一看見對方的模樣，背脊立刻就發涼了。

伊萊絕對是怪物。除了怪物之外，鄭泰義找不到其他可以拿來形容對方的詞彙。伊萊此刻騎在奔馳的摩托車上，用著足以打破玻璃的力道不停地用拳頭敲打著車窗。鄭泰義很確定的是，一般人絕對無法輕易做到這件事。

「泰一！下車！！」

一聽見對方的怒吼聲，鄭泰義的腦袋猛地發昏了起來。

他好像得再次思考才行。無論他怎麼看，他似乎都得再次認真地思考一下自己當初是怎麼與這種怪物扯上關係的。霎時間，他不禁覺得這陣子不斷出現的思覺失調症症狀好像有機會康復了。

如果他不曾離開過就算了，可是在搭上這輛車的那一刻起，要是他現在被伊萊逮到的話，他絕對會死。可能坐在這輛車上的每一個人——包含那些第一次看到他們的中國籍男子們——都是這麼想的。

「不，我不是那個意思……」

然而此刻的伊萊早已聽不進去鄭泰義支支吾吾的解釋。

此時，坐在前座的心路倏地從懷中掏出了某樣物品。而鄭泰義見狀立刻沉下了臉。

心路面無表情從懷中掏出的正是一把既修長又耀眼的銀色手槍。雖然那把手槍大概只跟一個人的手掌一樣大，但以它的殺傷力來看，要殺掉一個成年人絕對也不成問題。

「開窗。」心路朝著坐在駕駛座的男子簡短說道。

「心路！不要這樣！」鄭泰義臉色大變地吼著。

不過心路就像沒有聽到鄭泰義的話語似的，看都不看鄭泰義一眼。隨著前座的車窗被打開，鄭泰義能聽見心路壓下擊錘的聲響。

「心路！！」

就在鄭泰義一邊大吼，一邊著急地伸出手的同時。將槍口瞄準著伊萊的心路毫不猶豫地扣下了扳機。

砰！——震耳欲聾的摩托車引擎聲頓時消失，而槍口也噴出了火花。轉眼間，那個緊貼在車窗上的龐大身軀也消失在鄭泰義的眼前。

「伊萊！！」

摩托車摔在了地板上。而伊萊則是在車道旁的砂石路上翻滾了好幾圈。不到幾秒的時間，伊萊的身影已經離車子越來越遠。鄭泰義瞪大雙眼地看向了後擋風玻璃。

隨著對方的身影變得越來越模糊，他好像能隱約看見伊萊從地上起身的模樣。隨後，轎車轉了個彎，伊萊就這樣徹底消失在鄭泰義的視野裡。

即使鄭泰義無法看出伊萊究竟是哪裡受了傷，但至少對方還活著。

鄭泰義用力地抓住倏地發涼的胸口。等到呼吸稍微恢復了正常之後，他才感受到一股刺痛。

仔細一想，伊萊是個身處引爆集束炸彈的武道室裡，也能存活下來的怪物。從摩托車上摔下來的這種輕微程度，又怎麼可能傷得到他。

「堅信著他不會這麼容易就受傷的信念，感覺就跟我相信著在義哥絕對不可能會身陷險境中差不多……」在深深嘆了口氣後，鄭泰義拍了拍逐漸刺痛起來的腹部。再這樣搞下去，他肯定會折壽。

霎時，他的全身變得無力。

假如現在是那種有怪物與外星人出沒的驚悚懸疑片，而當他轉過頭時，還能看見伊萊貼在後擋風玻璃上的話……但出現在這種電影中的角色下場往往都很慘，鄭泰義還寧願早點死一死算了。

一想到這，鄭泰義忍不住咂起了嘴。在用指尖擦了擦額頭上冒出的冷汗後，他發出了低沉的呻吟聲。

隨後，他看向坐在他身邊，早已昏過去的鄭在義。對方看上去就像靜靜地睡著了一樣。

「沒想到竟然沒有射中。」心路低語道。

雖然心路的嗓音中聽不出惋惜的情緒，但對方自然也不可能是在慶幸自己沒有射中伊萊。心路看起來就像在平靜地陳述著一個事實。

「心路……你原本是真的打算要殺了那傢伙嗎？」

「即使我沒有非得殺了他不可的念頭，不過就算真的不小心殺了他，我想我也沒差吧。縱使這聽上去很像在自吹自擂，可是我的射擊能力真的很好。我原本還以為我一定能射中他，況且他距離我這麼近。看來……我到現在都還抓不太到那個距離感。」心路淡淡地嘆了口氣，「外加上還有視線死角。」

鄭泰義露出微妙的眼神，看向再次將槍枝收回自己懷中的心路，微微地歪起了頭。

他總覺得對方的這番話聽上去有點不太對勁。這就像是——

「心路，你……」

「啊，對了。泰一哥還不知道這件事。」心路似乎是現在才想起了這件事，從前座轉過頭看向了鄭泰義。而那雙猶如杏仁形狀的美麗雙眼此刻正直勾勾地凝視著鄭泰義。

在稍微彎起了自己的眼眸後，心路笑了起來。那雙黝黑的眼眸中，流露出了一絲淡淡的不協調感。

「我的左眼已經看不見了。不久前被里格攻擊的時候，我不小心受了點小傷。」心路淡然地說道。乍看之下，心路就像在講什麼有趣的事情般，輕笑著繼續補充：「雖然偶爾還是會有點不方便，但日常生活上已經沒有什麼大問題了。」

對方黝黑的左眼，就像被戴上了一層透明的薄膜似的。而鄭泰義一直到這一刻，才總算意識過來那股微微的不協調感究竟是出自於何處。

＊＊＊

「……」

眼皮異常沉重。正當他準備要認真地思考為什麼眼睛會睜不開時，他的大腦下意識地給出了答案：大概是因為最近睡不飽吧。

雖然他想不太起來，但這似乎就是理由。由於他近期的記憶中沒什麼睡飽後，神清氣爽地從床上起床的回憶。因此他馬上就覺得這就是理由。

可是此刻眼皮沉重的感覺又好像不單單只是因為睡不飽而造成的。比起因為犯睏而睜不開雙眼，這種感覺更像是有什麼東西壓在眼皮上似的。不過當他抬起跟眼皮一樣沉重的手摸向了眼皮後，上頭並沒有被什麼東西壓著。

於是，他只好再次試著回想起這陣子發生過的事。然而腦袋就像當機般，無法正常地運作。最終，他決定先從闔上雙眼前的最後一段記憶開始回想起。

當時的他應該不是在中庭欣賞完夜空後回到臥室裡睡著的，也不像是在哥哥房間看書看到一半直接趴在地板上睡著的，至於躺在背包客棧的吊床上一邊吃著芒果一邊睡著……這似乎是一段太過久遠的記憶。

在思索了好一陣子後，他總算想起了一個片段。原來是藥。

「等在義哥醒來後，我跟他打完招呼就要離開了。之後的事我也不想管了。無論你是想要把他抓起來，還是關起來，在我好好地跟他道別完後，我馬上就要離開。」

當他緊繃著臉，看著倒在一旁，不知道什麼時候才會清醒的哥哥嘟囔出這段話後，心路笑著說：「泰一哥，你怎麼會變得這麼急性子。沒辦法……我想哥應該也很累了吧，你就先吃下這個，好好睡一覺吧。」

語畢，心路硬是將一個跟小拇指指甲一樣大的藥片塞進了瞪大雙眼，不停揮舞著雙手的他的口中。縱使他馬上就想到要吐出來，但藥片在放入口中後，立刻就融化了。而當他準備要把融化到一半的藥片吐出來時，又突然被人灌了水，導致計畫失敗。

對，就在他著急地想要問心路這是什麼藥時，他便失去了意識。

「這該不會是鴉片吧……？」

即使他不曾聽說過鴉片有助眠的效果，不過現在只要是心路遞來的藥物或香菸，他就無法再以正常的目光去看待。

「唉。」

他先是嘆了一口氣，接著再次伸手揉了揉沉重的眼皮。明明他的意識已經恢復了，但眼皮卻還是重得像沒睡飽一樣。

鄭泰義只好強迫自己睜開雙眼，並坐了起來。他用著有些朦朧的腦袋，看向映入眼簾的房間，眨了眨眼。

這是飯店的房間。

他甚至都不用思考自己為什麼會出現在這裡。因為想也知道，一定是心路趁他睡著的時候，把他搬到了這個地方。而他真正好奇的是這個地方究竟是哪裡，他又為什麼是獨自一人。

鄭泰義從床上起身。雖然腦袋多少還是有點沉重，但除此之外就沒有什麼異狀了。自從吃下藥片的那一刻，一直到暈過去的前一秒，他都在擔心著自己到底吃了些什麼。不過這麼一看，這應該就只是單純的安眠藥而已。

鄭泰義走到窗邊掀開窗簾，打開了窗戶。

外頭已經是黑夜了。然而街道上依舊有車子在呼嘯而過，而飯店的對面也有一整排高高低低的建築物聳立在那。

鄭泰義看著眼前那典型的都市模樣，木然地眨了眨眼。正當他湧上感覺已經好久沒有看到這種畫面的想法時，仔細一想，他的確很久沒有來到大都市了。

基本上自從離開了香港後，他就不曾去過可以被稱作都市的地方。畢竟在那之後，他就一直待在誰陵給。

撓了撓頭後，鄭泰義直接轉過了身。他在找的目標剛好就位於浴室的對面。他正在尋找著迷你吧。更準確地說，他的目標是迷你吧裡的啤酒。

從裡頭拿出一罐啤酒後，他再次走到了窗邊。隨後，他坐在窗邊，垂眼看向窗外的景色。在用著仍舊有些轉不過來的腦袋拉開易拉環後，他在轉眼間便喝光了半瓶的啤酒。就這樣又過了幾分鐘後，他的精神也總算漸漸恢復了正常。

「再這樣下去，我會不會酒精中毒啊……唉，但是啤酒哪算什麼酒啊。我怎麼可能這樣就酒精中毒。」

況且自從鄭泰義去到誰陵給後——更準確地說，是被囚禁在拉曼的豪宅之後——，他就不曾碰過啤酒了。

也不知道是不是因為太久沒有喝到啤酒，他總覺得這罐啤酒喝起來特別美味。在拿起啤酒罐仔細打量了一番後，他才發現自己不曾看過這個牌子。

鄭泰義將不到一會兒就喝光的啤酒罐放到了窗邊後，便起身邁開步伐。如果是位於大都市裡的飯店，那他即使不用打到櫃檯去，也能立刻就得知現在究竟是處在哪個地方。

「讓我來找找看……」

鄭泰義拿起了擺在客房桌子上的飯店介紹，並將其翻開。隨後，他開始閱讀起第一面的內容。然而當他看到最後一行時，他的視線卻倏地停了下來。

「……— road rosebank Johannesburg, REPUBLIC OF SOUTH AFRICA……」念到一半的鄭泰義就這樣陷入了沉默。

明明他是在坦尚尼亞的誰陵給睡著的，不過一覺醒來卻已經到了南非的約翰尼斯堡。

「……他們總不可能不小心放到了別家的飯店介紹吧……」

鄭泰義把手上的冊子翻了過來。皮革封底的底端用金箔印上了飯店的名稱。

在將手中的冊子再次放回桌子上後，鄭泰義垂下了頭。他現在是光著腳的狀態。剛剛為了拿啤酒而經過浴室的時候，好像有看見室內拖鞋。不過此刻的他也懶得特地跑去穿鞋子了。

無論他怎麼看，會把他帶到這個地方來的人一定是心路。

鄭泰義撓了撓頭，「那個傢伙的能力未免也太好了吧……也不知道他是怎麼幫我解決護照的問題。」

仔細一想，除了鄭泰義之外，鄭在義也沒有護照。不過既然心路有辦法替其中一個人解決護照的問題，那兩個人自然也不是什麼大問題。

一想到這，鄭泰義便像想通般地點了點頭。

不過其他人到底都跑去了哪裡？

鄭泰義開始環顧起這間客房。然而無論他怎麼看，這個空間裡就只有他一個人而已。

撓了撓頭後，鄭泰義再次回到床上坐了下來。在床上翻來覆去好一會兒後，閒得發慌的他只好打開了電視。由於沒有什麼想看的節目，在簡單轉了個幾台後，他便開著電視側躺在床舖上。

「……」

隨著腦袋開始恢復運作，原先雜亂的資訊也立刻一一浮現在他的腦海裡。然而還沒等他消化完，其他資訊便又接連浮現了出來，使他的腦中變得越來越雜亂。

那就先從今天凌晨——總不可能早上吃完了安眠藥後，他就直接睡了一天半，一直到隔天晚上才起床吧——的事開始回想吧。拉曼回去了他的母國。雖然詳細的內容鄭泰義也不太清楚，但就他所知，拉曼的母國發生了恐怖襲擊。由於那場襲擊的規模並不小，因此拉曼便帶著豪宅裡大部分的武裝警衛一起回去了母國。

在那之後，因為豪宅的戒備變得鬆散，所以伊萊便趁著這個機會闖了進來。而且伊萊還用了最愚蠢的方式，炸毀了整座豪宅幾乎。與此同時，心路率先來到了別館裡，並將他與哥哥帶走——拖走——……後來的後來，他便失去了意識。

「真是的……怎麼會發生這種事啊。」鄭泰義將臉埋進了床上。

縱使事情總是不會按照他所期望的方向發展，但他真的搞不懂自己怎麼會倒楣成這樣。每當這種時候，他就很想叫只要腦中一冒出想要離開的念頭，立刻就能離開這個鬼地方的哥哥分點好運給他。

「……」

——泰一，過來。

那是一道低沉又粗重的嗓音。鄭泰義好像還能隱約聽見自己的耳邊出現了摩托車的巨響，以及對方低沉的吼叫聲。

而對方的表情至今也仍舊歷歷在目。

鄭泰義咂起了嘴。他猛地覺得胸口變得異常沉悶。

「感覺好奇怪，那個傢伙竟然會露出那種表情……」他聽見了自己的自言自語聲。

——泰一，過來。

那道冰冷又銳利的眼神就這樣直直地凝視著鄭泰義。對方目不轉睛地說出了這句話。那人看上去很生氣。不對，或許——也有可能只是鄭泰義的錯覺——那人露出的是不安的表情。

「這跟他未免也太不搭了吧……」

伊萊真的很不適合露出這種表情。那張總是面無表情又冷靜的臉蛋上，最適合的莫過於是偶爾才會出現的嘲諷神情。畢竟這也是最能代表那個男人糟糕個性的表情。

就算有些時候鄭泰義會覺得伊萊嘲諷的神情很惹人厭，又或者是令人感到毛骨悚然，但相較之下，他還寧願看到對方露出這種表情。畢竟他實在是不想看見伊萊露出那種一點都不適合對方的不安神情。

——泰一！

那道呼喊著他名字的嗓音又再次出現在他的耳邊。

當伊萊在那座豪宅裡發現鄭泰義的瞬間，對方立刻就喊出了他的名字。隨後，伊萊一邊將所有擋在眼前的建築物都炸毀，一邊朝著鄭泰義的方向駛來。而在駛來的途中，伊萊丟下迫擊砲——雖然不知道他是不是故意的——，並且還砸壞了一座池塘。伊萊就這樣用著駭人的氣勢朝鄭泰義飛奔著。

與此同時，伊萊笑了。

鄭泰義很確定，他看見伊萊笑了。從伊萊發現到他的那一刻，一直到飛奔而來的這段時間裡，伊萊都用著說不定連自己都沒有意識到的愉悅笑容朝著鄭泰義飛奔而來。

「……那個表情更不搭了……」鄭泰義猶如呻吟般的痛苦嘟噥道。他現在除了將臉埋進棉被裡之外，甚至還一把將棉被蓋到了頭上。

他是第一次看到伊萊露出那種表情。

不對，仔細一想，他之前好像也曾經看過類似的表情。而當他看見伊萊露出這種令人感到詫異的表情時，他還會忍不住直勾勾地打量起對方。

有時候當鄭泰義看到這種奇觀，他也會不禁在想，要是對方以那種糟糕的個性，每天都露出這種異常愉悅的表情的話，那伊萊應該會以詐欺罪被通緝吧。

這樣看下來，明明鄭泰義也不是第一次看到伊萊露出這種表情了，但他卻還是對伊萊不久前那個彷彿下一秒就會開懷大笑的笑容感到異常陌生。

由於太過陌生，他甚至都開始感到了恐懼。也或許是因為過於恐懼，他的心臟還下意識地刺痛了起來。

「那個傢伙到底是從哪裡學來這種一點都不適合他的表情啊……」鄭泰義維持著將頭埋進棉被裡的姿勢咕噥道。

然而他並不討厭伊萊的這種表情。雖然對方的笑容會令他的心臟變得奇怪，但或許只要看久了，他就可以習慣也說不定。

不過下一秒，伊萊的表情卻沉了下來。

當對方看見站在鄭泰義身後的心路，以及當鄭泰義表現出準備要跟心路走的徵兆時，伊萊的表情瞬間就變了。

「……該死，我好像做了一件很糟糕的事。」鄭泰義喃喃自語著。

他先是一動也不動地將頭埋進棉被裡好一陣子，接著又倏地掀開棉被坐了起來。

他得聯絡對方才行。

伊萊的表情一直在他的腦海裡盤旋著，怎麼樣都無法忘懷。隨著腦中一一閃過伊萊那些一點都不適合對方的表情後，他的心臟也刺痛了起來。

「這都要怪那個猶如怪物般的傢伙竟然露出了那種表情……」鄭泰義咂了咂嘴，走下了床。

當他一湧上想要聯絡對方的念頭後，他的心便焦躁了起來。

要是被心路得知他要聯絡伊萊的話，心路一定會阻止他這麼做。因此他得趁心路現在不知道跑去哪裡的時候，趕快聯絡伊萊才行。

鄭泰義拿起了擺在床頭櫃上的電話話筒。在照著貼在電話旁的說明按下要撥打國際電話的號碼後，他緊接著輸入了已經記在他腦海裡的伊萊的號碼。

不過我要跟他說些什麼？

霎時，鄭泰義的手指瑟縮了一下。他不知道自己打通了電話之後，該對對方說些什麼。

剛剛抱歉了……？你現在露出了什麼樣的表情……？

無論他怎麼看，這兩句話都不適合說出口。可是除此之外，他就沒有什麼話可以說了。就算打給了對方，他也想不到任何合適的話題。要不然他乾脆直接向對方解釋自己剛剛為什麼要跟心路一起離開算了。

……啊，對了。

鄭泰義的腦中猛地閃過一個念頭，而他的臉色也瞬間變得慘白。若是從其他角度來詮釋剛剛那件事的話，乍看之下，這就像是鄭泰義想要逃離伊萊的身邊似的。

他上次說我要是敢再次逃跑的話，會有什麼下場去了啊……他是會直接殺了我嗎……

鄭泰義快速地按下伊萊的號碼，「呃……我下次再見到他就死定了吧……可是我當時也是逼不得已的啊。」

再怎麼說，至少在電話上，伊萊都沒辦法真的殺了他。而客房的門也沒有要被打開的跡象。要是心路在這個時候闖進來搶走電話的話，那一切就真的前功盡棄了。

「我怎麼會落得連要打通電話都得看別人臉色的下場啊……」

鄭泰義一邊感嘆著自己坎坷的身世，一邊仔細地聆聽著話筒裡的提示音。然而過了幾秒後，他卻忍不住皺著眉，狐疑地歪起了頭。

對方沒有接電話。不對，就算對方沒有接電話也很正常，可是怪就怪在那個提示音。提示音在響了五聲後，就直接被掛斷了，甚至都沒有轉進語音信箱。

鄭泰義原本還懷疑是不是自己打錯了號碼，又或者是電話出了什麼問題。不過在重打了一次之後，還是一樣的結果。提示音只有簡單響了幾聲，隨後就馬上被掛斷。如果有轉進語音信箱的話，那他至少還可以留言解釋一下，可是電話在轉進語音信箱前就被掛斷了。

「……？」

鄭泰義緊皺著眉頭，直直地盯著手中的電話話筒。過了一會兒，別無他法的他只好放下了話筒。

雖然他覺得事有蹊蹺，但他卻找不到任何的頭緒。在凝視了電話好一陣子後，他只能無奈地嘆了口氣。

由於心情太過鬱悶，他現在只想再喝一罐啤酒。於是他便走向了迷你吧，從裡頭拿出了一罐啤酒。

「他們怎麼就只有放兩罐啤酒而已啊。我要不要乾脆打去櫃檯再跟他們要幾罐啤酒……不過心路應該會幫忙付住宿費吧？」

現在不但就只有他一個人待在這間房間裡，甚至他的身上還身無分文。腦中猛地閃過一絲不祥預感的鄭泰義連忙搖起了頭。

「不過大家到底都跑去了哪裡啊……喔……」

在拉開易拉環，喝了一大口啤酒後的鄭泰義漫不經心地看向了電視。然而下一秒，他卻愣住了。

電視上正在播報著深夜新聞。而報導到國際新聞的畫面中出現了一間似乎是剛被炮彈攻擊過，房屋的其中一處甚至還起火了的豪華宅邸。從新聞上不停地播放著三、四個類似的影片來看，這應該是同一起案件。大致上聽了一下新聞的內容後，鄭泰義才發現這是一起恐怖襲擊。

「這是用了野戰炮嗎……到底是個性有多惡劣，才會對這麼好看的屋子進行轟炸啊。」鄭泰義坐在床上，一邊喝著啤酒，一邊嘟嚷道。

也不知道是不是最近的世界太奇怪，才會在世界各地都發生了恐怖襲擊。

「在受害者的面前，那些主張著除了這種方式之外，就沒有其他手段可以守護自己信念的謬論應該是完全不會被當一回事吧。」鄭泰義咂了咂嘴。

仔細一想，拉曼今天凌晨之所以會突然回去自己的母國，好像也跟恐怖襲擊有關。正當鄭泰義思考著這兩起事件是否有關時，新聞下方的字幕上出現了沙烏地阿拉伯的利雅德。

……看來真的被我猜中了。

此時，鄭泰義才總算集中精神地看起了電視上的新聞。雖然他並不在乎拉曼到底有沒有受到恐怖襲擊，但他深怕自己認識的人會扯上這起案件。

「──縱使嫌犯們的目的還沒有被釐清，但這起案件的嫌疑者們──」

伴隨著主播講解的嗓音，電視上的畫面也改變了。霎時間，畫面上出現了七個人的照片。看來這些人就是那群個性惡劣的犯嫌吧。

正當鄭泰義漫不經心地掃視過那些照片時。

「──噗！！咳……咳咳咳──」

啤酒不小心跑到了氣管。鄭泰義趴在床上，像瘋了般地咳嗽著。他的胃就像被人捏住似的異常疼痛。可能是不小心嗆得太嚴重，他甚至都喘不過氣了。

到最後，他還咳到引發了呼吸困難。而他的眼角也跟著紅了起來。他總覺得自己的腦子怪怪的，要不然他剛剛怎麼會看到一些奇怪的東西。

鄭泰義用著咳到泛淚的雙眼再次看向了電視。然而剛剛那則新聞早已播報完畢，現在出現在他眼前的是英國王室。

好不容易等到呼吸逐漸恢復了平穩之後，鄭泰義著急地轉台。他相信其他頻道上一定還有節目在播報著剛才的那則報導。他必須確認自己剛剛到底有沒有看錯。

就這樣轉了好幾台後，鄭泰義才總算再次看見了那則報導。

除了主播的嗓音跟描述的用詞有些差異之外，其他的內容跟影像全都一模一樣。

隨後，鄭泰義看見了。

不久前還在他腦海裡盤旋著的那張臉，此刻卻出現在了電視上。而照片的下方還出現了對方的名字，伊萊里格勞。

除了那張照片之外，其他被標示為共犯的大頭照裡，又出現了一張令鄭泰義感到無比熟悉的臉龐。那是他每天照鏡子時都會看見的臉。而照片的一旁也標上了同樣熟悉的名字，鄭泰義。

「……蛤？」他的口中下意識地發出了疑問。

也不知道記者們是從哪裡找到這張照片的。這張大頭照是好幾年前，他在軍校畢業時所拍的照片。雖然照片裡的自己看上去跟現在沒有兩樣，但他還是想不透這張照片為什麼會出現在電視上。

茫然看著新聞畫面的鄭泰義擔心是自己聽錯，所以在那則報導結束之後，他再次轉到了其他的頻道。不過或許是因為時間太晚了，外加可以看的頻道也不多，所以他無法找到第二個同樣在播報著新聞的節目。

「……」

鄭泰義就這樣木然地看著電視上剛開始播出的深夜脫口秀。縱使眼前不斷地閃過嘉賓們開懷大笑的模樣，但此刻的他卻看不進去這些畫面。

他搞不懂新聞報導裡的那七張照片中，為什麼會出現兩個熟悉的面孔。又為什麼伊萊里格勞會出現在報導上。

對方的確是個作惡多端的壞人。可是無論鄭泰義怎麼看，他都不覺得伊萊有做過足以被當作恐怖分子的壞事。至少他所認識的伊萊不是這樣的人。

就算伊萊在過去不曾發起過恐怖襲擊，而今天凌晨——據說那是發生在午夜前後的事，那現在也已經過去整整一天了——的那場襲擊的確是對方所主謀的，可是鄭泰義依舊想不透伊萊為什麼要這麼做。

伊萊為什麼要成為一名恐怖分子？為什麼要做出讓好幾個國家聯手對他發出通緝令的行為？

鄭泰義啞然地看著電視機。就在這個剎那。

——泰一，你想離開那裡嗎？

他的腦中閃過了某段對話。

——好……我知道了。泰一，但是你要牢牢記住。我為此付出了多少代價，將來你就必須全數奉還給我。

伊萊曾經這麼說過。

伊萊對著當時還被困在別館裡的鄭泰義問說，你想離開那裡嗎？而伊萊也就只有問過這麼一次。在鄭泰義好不容易獲得可以與外界聯絡的機會時，對方就只有問過這麼一次。

握在鄭泰義手中的遙控器就這樣掉了下來。當遙控器輕輕地砸到他的腳背時，他才總算打起了精神。

「……」

他的指尖焦躁地瑟縮了起來。他慌亂地用指尖搓揉起自己的嘴唇。隨後，他下意識地開始撕扯起雙唇。

「誰……」鄭泰義的口中發出了若有似無的嘟噥聲，「誰叫你做到這種程度的啊！你這個瘋子！」

伊萊瘋了。這是他現在唯一的感想。雖然打從伊萊決定做出這個行為的那一刻起，對方就已經很不正常了，不過要是伊萊這麼做的理由跟鄭泰義猜想的一樣的話，那伊萊里格勞這個男人絕對是徹底瘋了。

「我真的快被他搞瘋了……」鄭泰義用原先撕扯著嘴唇的手焦躁地將頭髮往後梳。然而過長的頭髮在下一秒又馬上從他手指的縫隙中滑落下來。

怎麼辦。我到底該拿那個瘋子怎麼辦才好啊。

鄭泰義再次瞥了電視機一眼。即使他也知道現在沒有其他的頻道在播報新聞了，但他還是堅持再確認了一次。然而結果就跟他預期的一樣。

在沉思了一會兒後，鄭泰義倏地站了起來。

「啊，報紙。」

既然登上了電視新聞，那就代表報紙一定也會刊登相關的報導。雖然這是其他國家的消息，這裡的報紙可能不會以多大的版面來報導，但多少應該也能找到一些相關資訊。

鄭泰義在垂眼看了一眼自己在昏倒前所穿的衣服後，便直接走出了客房。隨著他逐漸遠離客房，他焦躁的步伐也變得越來越快了。

踏出飯店的那一刻，鄭泰義才意識到了一件事。

在這個連新聞都沒有播報的時間點，又怎麼可能會有地方在賣報紙。在附近繞了一會兒後，所有的書報亭果然都已經關門了。他原本也想過要去超商找找看，可是放眼望去卻看不見任何一間超商。

無功而返的他最終只能拖著沉重的腳步再次回到飯店。而突如其來湧上的尷尬情緒也使他不得不垂下了頭。或許是他的錯覺，但他總覺得站在櫃檯的員工好像格外注意他的一舉一動。除此之外，在電梯前遇到的其他客人好像也一直盯著他看。甚至在他準備走回客房的走廊上，路過的人似乎也都在凝視著他的後腦杓，並且還拿起手機作勢要打給警察似的。

「看來我得先買頂帽子來戴了……唉，人果真不能做虧心事啊。」鄭泰義試圖用過長的瀏海擋住自己的臉。

不過仔細回想這一切，他只覺得很委屈。再怎麼說，他都沒有印象自己有做過什麼需要被刊登在電視新聞上的壞事。他根本就是被冤枉的。

「當利雅德發生恐怖襲擊時，我人還被關在誰陵給的別館裡……」鄭泰義一邊想著要是有人問他這個問題的話，他就要這麼喊冤，一邊走進了客房裡。

然而正當他打開房門，準備要將房卡插回原本的位置時，他卻發現那個位置已經被插入了其他房卡。看來有其他人進到了他的房間裡。

「……還真是傷腦筋啊。」

脫下外套，準備走向客房內部的鄭泰義在聽到了一道意想不到的嗓音後，不禁愣了一下。

跟對方說出口的內容比起來，那道嗓音聽上去不但沒有絲毫傷腦筋的神情，反倒還像是很享受眼下的這個情況似的。

而那道嗓音的主人正是叔叔。

不過無論他怎麼想，他都不覺得叔叔此刻會出現在這間房間裡。在瞪大雙眼穿過浴室前的狹長走道後，他進到了客房的內部。鄭在義不知道在什麼時候來到了他的房間裡。

對方此刻正坐在桌子前，默默地翻看著不知道從哪裡拿來的報紙。

我怎麼找都找不到的報紙，哥哥到底是從哪裡弄來的……

然而還沒等鄭泰義問出這個問題，他便下意識地環顧起了四周。這間客房裡果真就只有鄭在義跟他而已。不過下一秒，他便意識到自己為什麼能聽見叔叔的聲音了。

「現在機構裡也被他搞得人仰馬翻，他這次是真的闖了個大禍。也是多虧了他，我昨晚忙到徹夜未眠。」

叔叔的嗓音正從電話話筒裡傳了出來。

啊，原來如此。鄭泰義點了點頭。

以前在家的時候，鄭在義就常常會這樣。要是在接電話之前，他剛好在忙其他的事的話，他便會開擴音，一邊講電話，一邊完成他原本在做的事。

就算鄭泰義多多少少已經習慣了對方的這副模樣，但偶爾還是會忍不住佩服起對方。如果是邊講電話邊看電視，又或者是邊講電話邊打掃就算了，可是鄭在義常常在接電話的同時，還一邊讀著艱深難懂的理工原文書。

正因如此，鄭泰義有次在一旁看見了這副光景後，便默默等到鄭在義講完電話，詢問對方是否還記得剛剛在看些什麼。鄭在義當下雖然露出了幹嘛問這種問題的表情，但最後還是點了點頭，將書中的內容講給鄭泰義聽。

也對，若我老是因為這點小事就感到大驚小怪的話，我要怎麼當鄭在義的弟弟。

鄭泰義先是從壁掛衣櫥裡拿出浴袍，接著脫下了身上的衣服。而鄭在義在看到鄭泰義走進客房裡後，便簡單地用眼神打了個招呼。

當鄭在義在和其他人講電話的時候，對方往往不會主動與鄭泰義搭話。而鄭泰義自然也不會出聲去打擾哥哥。

鄭在義隨後再次把視線移回報紙上。鄭泰義見狀也站在對方的身後，隨意地瞥了一眼報紙上的內容。不過下一秒，他卻忍不住咂起了嘴。

也不知道鄭在義究竟是從哪裡拿到了這份報紙，那竟然是一份阿拉伯世界的報紙。因此鄭泰義就算看了，也看不懂上頭到底寫了些什麼。

我連常見的英文報紙都找不到了，哥哥到底是從哪裡弄來這份報紙的？

好奇的鄭泰義一邊想著等一下要去問哥哥這件事，一邊看著報紙上所刊登的恐怖襲擊照片，暗自猜想這件事應該是鬧得很大。隨後，當他看見報紙下方醒目的嫌疑犯的照片後，他便闔上了嘴。

「不過你至少平安地逃出來了。你應該沒有受傷吧？」話筒另一端，叔叔接著說道。

霎時，一邊與叔叔講電話，一邊看著報紙的鄭在義好像抖了一下。而站在鄭在義身後打量著報紙內容的鄭泰義自然也注意到了這件事，他馬上狐疑地挑起了眉頭。

「啊……叔叔，那個……」

可能是過於慌張，還沒等鄭在義開口阻止，話筒的另一端便傳出了叔叔的嘆息聲，「雖然從泰義沒事的這點來看，你應該也不會發生什麼事，但你還是得小心一點。路德說他想要再次看你的紀錄，他希望你有空可以去他那裡做個精密的檢查——」

「叔叔。」鄭在義簡短地吼道。而鄭在義那低沉又果斷的嗓音，也令話筒另一端的話語聲頓時停了下來。

鄭在義像是有些難堪似的微微撇起了嘴。不過在靜靜嘆了口氣後，他再次將視線移回報紙上，「那件事之後再講。」

「哥哥，你的身體怎麼了？」鄭泰義目不轉睛地盯著鄭在義看，皺起眉頭問道。

雖然他向來不會在對方講電話的時候插嘴，但眼下的情況已經奇怪到他實在是無法當作沒這回事了。

霎時，客房裡只剩下一片寂靜。鄭泰義好像能隱約聽見話筒另一端傳來了低沉的咂嘴聲。

「原來是泰義啊。我剛剛聽說你出門了，你是什麼時候回來的啊？」

「我不久前才回來的。不過我是聽見了什麼不能被其他人聽到的內容嗎？」

鄭泰義雖然是在向叔叔發問，但眼神卻死命地盯著鄭在義看。

而鄭在義在一語不發地凝視了報紙好一會兒後，緩緩地抬起了頭。即使對方的臉上閃過了一絲難堪的表情，不過隨後又恢復成了平時那種淡然的神情。

鄭泰義維持著皺眉的動作，直勾勾地望向對方。

叔叔剛剛的那番話就像在暗示著鄭在義有哪裡生病似的。

頓時，三人都沒有答話。沉默就這樣持續了好幾秒。

「哥哥……你幹嘛啊，為什麼要讓人這麼不安。到底是什麼病？」

「沒有啦，我沒有生病。」

「那你為什麼要做精密的檢查？」

鄭泰義不悅地撇起嘴。下一秒，他將原先拿在手上的浴袍隨意地丟在了床上，並一屁股坐在床邊。

倏地，沉默了好一陣子的叔叔開口道：「你們兄弟倆要吵等一下再吵。我十分鐘後就要去參加教官會議了，你們可以先跟我談一談嗎？尤其是那位恐怖襲擊的嫌犯，鄭泰義先生。」

在聽見叔叔帶有笑意的話語後，鄭泰義皺起了眉頭，「什麼啦……我話先說在前頭喔，我可是無辜的。發生恐怖襲擊的時候，我跟哥哥還被困在誰陵給！我真的是清白的！唉，到底是哪個閒到發慌的傢伙亂誣賴我啊……」

話說到一半，鄭泰義突然思考了起來。照理來說，就算伊萊里格勞被人列為是恐怖襲擊的嫌犯之一，鄭泰義也沒有理由要一起被當作是共犯。到底是誰把他的名字供出去的？

想來想去，鄭泰義也就只能想到一個人而已。

「泰義，你被關在那裡面的時候到底是做了什麼事啊？要不然拉曼阿維德阿紹德為什麼會這麼討厭你？」

啊……果然。

腦中才剛閃過那個人的身影，叔叔馬上就提到了對方的名字。比起火大，鄭泰義更多的是無力。

「我怎麼會知道啊……？該死，為什麼偏偏是我……啊，他該不會誤以為炸毀他位於誰陵給豪宅的人是我吧？」鄭泰義繼續嘟囔著，「可惡，我的身上連個像樣的武器都沒有，就直接被他關在了別館裡，逃也逃不出去。我是要怎麼炸毀他那座寬敞的豪宅啊！」

或許是聽見了鄭泰義不爽的碎念聲，話筒另一端的叔叔笑了起來。

「誰陵給的豪宅嗎……也對，聽說就只有那裡被轟炸得最嚴重。當初他們之所以會選擇用炮彈攻擊利雅德，應該就是為了把待在其他地方的武裝警衛全都叫回母國去吧。」

鄭泰義陷入了沉默。在沉默了一會兒後，他默默地問道：「那伊萊現在怎麼樣了？」

「怎麼樣了?他是還能怎麼樣，他又沒被抓到。現在比較頭大的反倒是UNHRDO跟T&R吧。我想我們兩方的人應該都被搞到人仰馬翻了。」叔叔疲倦的咕噥聲在客房內響了起來，「自從昨天凌晨睡到一半突然被叫醒後，我就不曾闔上眼了。」

鄭泰義見狀皺起了眉頭。

仔細一想，既然那起恐怖襲擊已經被各地的新聞大規模報導了，那伊萊里格勞的個人資料被翻出來大概也是遲早的事。想必UNHRDO跟T&R應該會有好一陣子得因為自己的同事（又或者是家人）而被連累吧。

「我猜凱爾現在一定很難熬，畢竟這次的事件已經超過了可以被簡單擺平的程度。甚至那些被里格動員的幫凶全都是T&R之前機動隊的一員，我想他這陣子應該會忙到一個頭兩個大吧。」叔叔的嗓音中還隱約夾雜著些許的悔恨之意，「唉，那傢伙從以前開始就每天在為他的那個弟弟善後。」

聽完這句話的鄭泰義猛地湧上了之前曾經對凱爾秘書詹姆斯產生過的同情心。不過他並沒有將自己的想法說出來。

隨後，鄭泰義咂了咂嘴，「對了，我剛剛打給他，他沒有接。」

「你打給他喔?那你是打到哪個號碼啊?」

「他不是有個UNHRDO專門為他開設的熱線嗎。」

「啊。」叔叔笑著解釋，「他現在不能用那隻號碼了啦。一個不是UNHRDO教官的人，怎麼能用機構幫忙開設的號碼啊。」

「什麼？」

「里格從今以後不再是UNHRDO的教官，他在今天被正式開除了。」叔叔用著就像在聊今天晚餐要吃什麼的平淡語氣說出了這番話。

霎時，鄭泰義不知道該說些什麼。在嘆了一口氣後，他才緩緩地咕噥出：「這樣啊。」

其實這也是理所當然的結果。UNHRDO怎麼可能會放任一名恐怖分子成為機構的教官。要是稍有差錯的話，機構說不定也會被牽扯進這起案件之中。

鄭泰義撓了撓頭。倏地，他的心中湧上了一股怒火。

該死，你為什麼要做這種蠢事！要是你敢說你是因為我才這麼做的話，我絕對會掐死你。

鄭泰義不停嘗試著要讓滾燙到害他差點就無法好好呼吸的怒氣冷卻下來。

今後，伊萊里格勞這個男人就成為了逃亡者。明明在昨天之前，對方還是個無論做什麼事都這麼正大光明、高傲又具脅迫性的男人。可是現在卻為了要躲避其他人的追擊，而過上了不得不每天躲藏與逃跑的生活。

伊萊之後無法再像個正常人般地生活了。他既沒辦法自由地活動，也沒辦法在外人面前走動。

「……」

鄭泰義咬緊了牙關。由於喉頭突然湧上一股熱氣，他只能用手背碰了碰自己的雙唇來分散注意力。

與此同時，也不知道叔叔是怎麼詮釋鄭泰義的這陣沉默，對方猛地壓低了嗓音，「鄭泰義，雖然你以前就是這副模樣，不過你這次也真的是……很勇敢。」

叔叔那突兀的停頓不禁令鄭泰義感到不悅。隨後，他不爽地嘟囔道：「比起勇敢，你原本是不是想講其他的詞啊？」

叔叔見狀隨即笑了起來，「哎唷，怎麼可能。不過仔細一想，其他的詞彙的確更適合。所以你那大膽的舉動到底是想怎樣啊？嗯？」

「什麼大膽的舉動？」鄭泰義忍不住抱怨了起來，「要不是我太膽小，我早就把拉曼當作人質，想辦法從那間別館裡逃出來了！怎麼可能會乖乖被他關那麼久啊！」

叔叔聽完後再次發笑，「里格那個傢伙為了找你，什麼事都做遍了，甚至還再次回到誰陵給炸毀拉曼的豪宅。結果你最後竟然跟心路一起逃跑了？」

「是誰告訴你這件事的？」

鄭泰義怒吼完後，下意識地轉過頭看向了一旁的鄭在義。而鄭在義見狀就只是挑起了眉頭，擺了擺手強調不是自己。

也對，哥哥的確不是會到處講這種事的人。

鄭泰義默默地點了點頭後，叔叔便給出了解答。

「這又不是里格自己一個人完成的事，你怎麼就覺得其他人不會講出這件事——不過鄭泰義，你要好好顧好你自己的性命，知道嗎？是你害里格落得了這種束手無策的下場。」

叔叔嗓音中的笑意漸漸消失了。而對方嚴肅的語氣也令鄭泰義陷入了沉默。

束手無策。

霎時，鄭泰義露出了苦笑。他的心臟又開始發燙並刺痛著。

沒想到今天竟然會發覺到這麼多與那個傢伙一點都不搭的事。無論是對方的表情，抑或是叔叔口中的那句形容。

他不想看見伊萊的身上被貼上這種悲慘的形容詞。不過由於叔叔也沒有說錯，所以他最終就只能乖乖地閉上嘴。

「哎呀，已經快沒時間了……其實我這通電話最主要是想跟在義談件事啦。在義啊。」

在聽完叔叔的話之後，鄭泰義下意識地瞥了時鐘一眼。叔叔剛剛說等一下還有教官會議要開，可是在算上了時差後，現在並不是原先該開教官會議的時間點。看來伊萊這次闖出的禍，是真的讓機構裡的所有人都人仰馬翻了吧。

而鄭在義在聽見叔叔的呼喊後，依舊維持著將視線停留在報紙上的姿勢，簡短地答道：「是的，叔叔。」

「你回來UNHRDO吧。」

叔叔的話令鄭在義暫時陷入了沉默之中。而鄭泰義則是一語不發地看著鄭在義。

與此同時，叔叔接著說道：「我們既不能保證之後不會再發生這種事，也無法再次派泰義去找你。假如這次，你是隸屬於某個組織的話——就算不是UNHRDO也罷——，我們就能更輕鬆地動用其他手段來找你了。如果你是隸屬於UNHRDO的話，即使只是表面上的形式，我們說不定也能請求拉曼協助我們。像是問他說，聽說我們機構裡的人在你的豪宅裡？這樣。」

雖然只要拉曼提前將鄭在義移到其他地方，並且拿出空無一人的別館證明給他們看，他們照樣別無他法。不過有沒有那個權利去執行這個表面上的形式才是他們真正想追求的重點。

鄭在義在沉思了一會兒後，靜靜地開了口：「叔叔，可是我不想做UNHRDO要求我做的那些研究。」

「我有說UNHRDO就只會做跟武器相關的事嗎？」叔叔就像早就猜到鄭在義會這麼說似的，隨即反問道。

而鄭在義在思索了好一陣子後，最終還是點了點頭，「好吧，那就麻煩叔叔了。」

「好，那你明天就馬上出發去UNHRDO吧。因為我今明兩天還有事，我預計會在後天飛往那裡。剛好約翰尼斯堡就有UNHRDO的分部，你直接去那裡就可以了。若是在我抵達之前，你又發生什麼意外的話，那就真的會變得很麻煩了。」叔叔接著補充，「我會先聯絡好約翰尼斯堡的分部，讓他們明天一大早就準備去接你。」

坐在一旁默默聽著兩人對話的鄭泰義苦澀地咂起了嘴，「叔叔，可是我們現在被心路抓起來了……」

叔叔先是笑了一會兒，接著用著微妙的語氣說：「我想心路應該不在乎在義要去哪吧。」

鄭泰義見狀不由得安靜了下來。

有時候，他真的很好奇到底有什麼事是叔叔不知道的。

的確就像叔叔說的那樣，事情發展至今，心路大概也不打算再從鄭在義的身上獲得些什麼了。

一想到這，鄭泰義不禁陷入了沉思。心路想要的東西。或許他知道心路究竟想要什麼也說不定，可是他卻無法確定自己的答案到底是不是對的。

就在鄭泰義深陷於沉思時，可能是會議的時間快到了，叔叔連忙開口道：「那我下次再聯絡你們。」

隨後，在電話被掛斷的前一刻。

「……泰義啊。」叔叔猛地叫住了鄭泰義。

鄭泰義挑起了眉頭，乖乖回答：「是，叔叔。」

然而對方卻突然安靜了下來。乍看之下，叔叔就像是在猶豫著到底要不要開口似的。

「算了，沒事。你好好照顧自己啊。」

語畢，叔叔便掛斷了電話。

鄭泰義凝視著被掛斷的電話。霎時，他覺得他好像知道了叔叔要對自己講些什麼。那大概是一段無法單純用言語來傳達的話語吧。

鄭泰義淡淡地笑了起來，「叔叔，沒事的。」他就這樣低聲咕噥著。

自從電話被掛斷後，客房裡便被一陣寂靜籠罩。鄭泰義坐在床上，靜靜地望向垂眼看著報紙的鄭在義。下一秒，他倏地開口發問。

「不過哥哥是從哪裡弄來那份報紙的？我剛剛為了買報紙，還特地跑到了飯店外，可是外頭的店家全都關了。」

「飯店一樓的商務中心。那裡放著各個語言的報紙。」

「……」

鄭泰義苦澀地咂起了嘴。也對，仔細一想，飯店裡怎麼可能會沒有報紙。看來他剛剛又做了件蠢事。

在撓了撓頭後，他再次問道：「所以哥哥真的要回去UNHRDO嗎？」

「嗯……叔叔說得沒錯。若是隸屬於某個組織的話，那我至少還有個最基本的安全裝置。像這次，如果我已經加入了某個組織，我想拉曼大概也不會選擇綁架監禁的方式——而你現在也不至於被捲入這起案件裡。」鄭在義淡淡地說。

而鄭泰義見狀則是安靜了下來。雖然鄭在義表面上裝得若無其事，但對方內心一定對鄭泰義感到十分愧疚。

隨著一股苦澀的情緒湧上，鄭泰義忍不住再次咂起了嘴。隨後，他直勾勾地凝視著對方，「那你是哪裡生病了？」

鄭在義的身體微微地顫抖了一下。緊接著，對方露出了有些難堪的眼神看向鄭泰義。而鄭泰義也一語不發地與鄭在義對視著。

他就這樣以絕不退讓的氣勢，默默地催促著哥哥給出答案。

照理來說，鄭在義大可繼續沉默下去。可是在凝視了鄭泰義好一會兒後，鄭在義卻突然像嘆氣般地低語道：「我沒有生病。我是真的沒有罹患任何的疾病，也沒有哪裡不舒服。」

「那你為——」

「只要你沒事的話。」

就在鄭泰義微微皺起了眉頭，準備開口時，鄭在義用簡短的一句話打斷了他原先想說的話。

鄭泰義露出微妙的眼神看向了對方。下一秒，他以一種似懂非懂的心情歪起了頭。

而鄭在義則是暫時將視線移往了報紙上。然而鄭在義的眼神比起在看報紙，看起來更像是在思考著要怎麼開口似的。隨後，當那道視線再次移回鄭泰義的臉上時，鄭泰義聽見了對方平靜的嗓音。

「我上次是不是只有講到一半？只要你死的話，我也會死……我相信你也很清楚，我不是一個正常的人——無論是哪種意義上——，因此我時不時就得去做精密的檢查。而每次的結果都表明著，我是一個不可能活著的人。」

「……那句話是什麼意思？」

「就是表面上的意思啊，我的身體已經不行了。無論是心臟、內臟，還是血液，它們都已經磨損到還能正常地活動就已經是種奇蹟的程度。我就像一個命在旦夕的老人。因此從小的時候開始，我常常就得去做身體檢查。可是每次都得不出一個合理的結論。照理來說，依照我的狀態，我根本就不可能像現在這樣的活著。」

鄭泰義臉上的表情頓時消失了。他露出猶如著魔般的表情，直直地盯著鄭在義看。然而鄭在義看上去卻依舊十分淡然。

在間隔了一會兒後，鄭在義才又開口道：「所以只要你生病的話，我也會跟著一起生病。」

「……我不懂，這跟之前說過的話到底有哪裡不同了，我……」

鄭泰義緊皺著眉頭。他維持著直視鄭在義的動作，疑惑地歪起了頭。

霎時，他想起來了。之前，當鄭在義說出只要鄭泰義死的話，自己也會跟著死的時候，拉曼曾經以一種非常微妙的表情看著他。

鄭泰義現在總算知道對方為什麼會露出那種表情了。

鄭泰義就這樣目不轉睛地盯著鄭在義看。而鄭在義在默默與他對視了好一陣子後，猛地移開了視線。

「很沉重嗎？」

鄭在義凝視著別處，輕聲問道。

就在這個瞬間，鄭泰義突然意識到了。他之前也曾經湧上過這種感覺。這種既心疼哥哥，又為對方感到惋惜的感覺。

鄭在義認為這條無法解釋就連接在一起的線過於沉重。與此同時，擔心著鄭泰義有可能會覺得這段關係很沉重的事實也同樣令他感到沉重。

在這段鄭在義從沒奢求過，就被莫名纏上的羈絆之中，他總是活在正常人會有的不安與苦惱裡。

在那個鄭泰義所不知道的地方，鄭在義就這樣一路承擔著這一切。

而現在這個時不時就會流露出的面貌，正是鄭泰義所處的位置上，原先所看不見的鄭在義的一面。

「哥哥，我……」

鄭泰義靜靜地開了口。他用著彷彿要將鄭在義臉上的每個角落都仔細看清的視線，又彷彿是在打量著初次見面的人般的視線凝視著對方。隨後，他低聲地對眼前這個令他感到無比心疼的人說：「我會一直在這個位置，不會改變的。」

霎時，一道無聲的眼神移到了他的身上。

鄭泰義陷入了沉思。他不知道該怎麼開口。不對，他連自己現在在想些什麼都不確定。在開口之前，他必須先整理好自己的思緒才行。那些他平時所不會意識到的想法。

而在那之中，他找到了他最想對對方說出的話。

「哥哥是怎麼看我的，我就是怎麼看你的。」

如果鄭在義覺得這段關係很沉重的話，那他最多就只會這麼認為；如果鄭在義覺得這段關係很彆扭，又或者是很令人窒息，那他最多也只會這麼想。

而他之所以敢這麼說，就是因為他清楚知道鄭在義還是深愛著自己。因此，他自然也是深愛著對方。

鄭在義默默地凝視著鄭泰義。倏地，鄭在義笑了。

雖然那是一個既溫柔又彷彿隨時會消失的輕柔笑容，但鄭泰義可以肯定的是，這一定是哥哥發自內心的笑容。

「這樣啊……原來如此。」鄭在義用著若有似無的嗓音低語著。

或許鄭在義此刻也在思索著那些平時所不會意識到的想法也說不定。

鄭泰義就這樣目不轉睛地望著對方。

眼前這名既安靜又美麗的人，有天也會遇見另外一個人。或許到時候的鄭在義同樣會認為他與那個人的關係令他感到沉重，抑或是窒息。

一想到這，鄭泰義難免會覺得有些惋惜。不過即使如此，他還是會一直在這個位置上。就算其他人與鄭在義間的距離時不時就會發生些微的變化，他照樣會一直待在這個位置；這個穩定的位置上。

大概到了明天，當鄭在義去到UNHRDO，而鄭泰義也被移到了一個不知道到底是哪裡的地方時，兩人又會有好一陣子無法見上面。不過鄭在義與鄭泰義始終會待在那個對對方來說最穩定的位置上。

「話說，心路人呢？」

洗完澡，從浴室裡走出來的鄭泰義突然想起了這件事，疑惑問道。

自從他醒來後，他就不曾見過那名大費周章把他帶到這個地方來的人了。

他是睡在其他的客房裡嗎？

仔細一想，現在的確是該入睡的時間。不過因為一直沒有看見對方也很奇怪，於是他還是發問了。

「不知道，但我剛剛倒是有在商務中心裡看到他。」

「商務中心……心路跑去那裡幹嘛？」

「看上去，他原本應該是打算搭今天的班機從這裡飛去香港吧。殊不知卻碰上了阻礙。」

「什麼阻礙？」鄭泰義瞪大雙眼地反問。

在他昏睡過去的這段時間裡，這個世界好像轉眼間就變得一團亂。不過轉念一想，怎麼可能還會有比看到自己的臉出現在新聞上更亂七八糟的事啊。

一想到剛剛看見的那則報導，鄭泰義就不禁苦澀地咂起了嘴。

而原先已經準備好要入睡，早早就躺在床上的鄭在義在聽到鄭泰義的問句後，倏地看向了對方。就這樣默默地凝視了好一會兒，他才簡短地問道：「你不是也有看見新聞嗎？」

此時，鄭泰義才總算理解了對方的意思，並且意會過來心路為什麼要取消機票。

原先打算無論如何都要把鄭泰義——大概是趁鄭泰義吃完藥還昏睡著的這段期間——帶回香港的心路，最終因為那該死的新聞，而不得不放棄趕在今天飛回去的計畫。

畢竟肯定沒有一家航空公司敢讓不久前才出現在新聞上的恐怖分子搭自家的飛機。不對，早在鄭泰義搭上飛機之前，應該就會被海關抓走了。

實際上，即使是長相跟身分都被報導出來的罪犯，只要動用一點小手段，要搭上飛機也不是什麼大問題。可是若是在搭上飛機的前一刻，通緝照才被公布出來的話，無論是再有能力的人，一定也沒有足夠的時間去動手腳。

「……」

那我是該感到慶幸嗎？鄭泰義撓了撓頭。

假如那則新聞沒有被報導出來的話，那當他好不容易睜開雙眼時，八成已經飛在天空上了。而沒辦法逃下飛機的他，最終也只能乖乖地跟著心路去香港。

正當鄭泰義以複雜的心情嘆了口氣時，客房的門又再次被打開了。還沒等鄭泰義在心底冒出「到底有多少人有我房間的房卡啊？」他便看見了那名突然闖進他房間的不速之客。

那人正是心路。

「喔？」心路在看見鄭泰義後，先是嘟噥了一聲，接著笑著說：「哥已經醒來了啊？我還以為你會再睡個一、兩個小時。」

聽到這段話的鄭泰義猛地想起了心路硬是把安眠藥塞進他口中的畫面。

「那個藥的藥效原來那麼毒嗎？」

「比起毒，更準確地說是藥效很好。雖然剛起床的時候，精神會恍惚好一陣子，但既沒有副作用，也不會令人上癮，不得不說這個藥是真的做得很好。」

心路笑得非常燦爛。論誰來看，肯定都看不出他是個會把安眠藥硬是塞入別人口中的人。

在默默凝視了對方好一會兒後，鄭泰義嘆了口氣，「……好吧。那你把我們帶到這個地方來，是打算要做什麼？」

「什麼做什麼？」

心路就像聽不懂鄭泰義的意思似的，再次笑了起來。然而當他的眼神掃到已經躺在床上，準備要入睡的鄭在義時，倏地就露出了微妙的表情。

而鄭在義似乎也注意到了心路那怪異的神情，一起露出了微妙的表情。他不清楚心路為何會突然對素昧平生的自己露出這種表情。

在猶豫了幾秒後，心路撓起頭，對鄭在義開口道：「那裡是我的位置。」

「……嗯？」

鄭在義就像無法理解對方的意思般，疑惑地反問。而鄭泰義見狀也直直地盯著心路看。在這間雙人客房裡，總共擺著兩張床。因此鄭在義理所當然地躺在了沒有被鄭泰義躺過的另外一張床鋪上。此外，房內的兩人都下意識地認為心路肯定會睡在其他間客房裡。

心路就這樣接受著兄弟倆的視線洗禮，有些難堪地說著：「啊，也對。當時為了解決機票的事，我趕著去見其他人，結果忘了跟你們說這件事……我有幫在義先生額外訂了間房間。」

鄭泰義啼笑皆非地看著心路。而鄭在義八成也湧上了相似的心情，可是他並沒有將情緒表露出來。

在沒有什麼特殊狀況的前提下，大部分的人都會讓兄弟倆住在同一間客房裡。兩人從來沒有聽說，也沒有碰過把其中一名兄弟安排到另一間房間，讓一個外人留下來跟另外一名兄弟睡在同一間房間裡的情況。

鄭在義在思索了一會兒後，開口問道：「請問你是怎麼填寫入住登記表的？」

「這間房間是寫上我跟泰一哥——雖然沒有寫出泰一哥的名字——兩人，而另外一間房間則是寫上了在義先生的名字。啊，雖然名義上是另外一間，但它也只不過是在這間客房的對面而已。」心路笑著補充，「考慮到兩位的兄弟情誼，我故意挑了間距離最近的客房喔！」

鄭泰義見狀露出了更加不悅的眼神看向對方。

而鄭在義在點了點頭後，乖乖地從床上起身，「反正叔叔也說了，明天一大早會派UNHRDO的人來接我。那我去那間房間睡好像也比較好一點。畢竟那裡登記了我的名字，我想他們要聯絡我的話，應該也只會聯絡那間房間吧。」

「喔……」鄭泰義含糊地咕噥道。

在看見爽快地起身，拿起一些衣物就準備要離開的鄭在義後，他倏地湧上了一股淡淡的惋惜感。

霎時，他意識到了。

大概今後又會有好一段時間，他將無法見到鄭在義。那有可能只是一下子，也有可能是一段很長很長的時間。

「……」

鄭泰義不禁再次嘆了一口氣。

不過他並沒有太在意。只要可以像之前一樣，偶爾在遇見對方的時候，面對面地與對方簡單聊上幾句話就夠了。就算今後會有一段時間無法見到彼此，但他們兩人的位置始終都在那，並且以一條透明的線連接在一起。

或許鄭在義也湧上了跟鄭泰義相似的念頭吧。

在收拾完沒有幾樣的行李，正準備要踏出房門的那一刻，鄭在義突然停了下來。隨後，他默默地望著鄭泰義。

他就像想說些什麼似的，倏地張開了嘴。可是在猶豫了一會兒後，他又再次闔上了雙唇。比起硬是擠出口的話語，他選擇了淡淡的笑容。

「明天，要是他們抵達的時候還很早的話，那我就直接走了喔。畢竟你有可能還在睡嘛。」在收起短暫露出的笑容後，鄭在義說道。

「嗯。」鄭泰義點了點頭。

在簡單行了個注目禮，並且向靜靜待在一旁盯著兄弟倆看的心路道別完後，鄭在義便走出了房間。

鄭在義就這樣離開了。

喀噠，伴隨著一道細微的聲響，房門被關上了。

鄭泰義用眼神追著那個再也看不見的人影，無聲地嘆了口氣。下一秒，他垂下頭凝視著自己的手。

在伸出另外一隻手後，他開始撫摸起那條對方曾經作勢要剪斷的透明的線。雖然無法實際摸到那條線，但他還是享受著那條線所帶來的觸感。

隨後，鄭泰義猛地笑了起來。

「……哥很開心嗎？」

霎時，一道嗓音從旁邊傳了過來。

鄭泰義抬起了頭。心路此刻正一步一步地朝著他的方向靠近著。

在與鄭泰義對視後，心路笑了起來，接著一屁股坐在另一張床的床邊，「在義先生要再次回到UNHRDO嗎？哎呀，這該怎麼辦……那我之後該拿什麼東西來留住泰一哥……」心路故作擔憂地咕噥道。

而鄭泰義則是目不轉睛地盯著對方看。在感受到鄭泰義的視線後，心路也看向了他。

那雙黝黑的雙眼就這樣與鄭泰義對視著。

「……你的眼睛，會痛嗎？」鄭泰義靜靜地發問。

心路見狀就像很意外似的瞪大了雙眼。那雙水汪汪的大眼在凝視了鄭泰義好一會兒後，心路倏地放聲大笑了起來。心路似乎是覺得這個問題很可笑，在笑了好一陣子後，才總算停了下來。

「哥果然最先問這個問題啊。」

心路就像早就料到鄭泰義會這麼問一樣，用著依舊帶有笑意的嗓音說道。

鄭泰義一語不發地望著對方。心路露出了微妙的笑容。該怎麼說，此刻的心路看上去就像一隻藏有祕密的貓似的。又或者，心路就只是在思考著要說些什麼而已。

「現在已經不痛了。雖然用了二十幾年的器官，一夕之間就消失難免還是有些不習慣就是了。」

鄭泰義默默地伸出了手。他小心翼翼地將手靠在心路左邊的太陽穴上，接著用大拇指輕輕撫摸著對方的眼皮。心路就這樣乖乖地接受著鄭泰義的撫摸，一邊用那黝黑的右眼凝視著鄭泰義。

倏地，心路的嘴角像習慣般地掛上了淡淡的笑容，低語道：「當我得知我失去了這隻眼睛的視力時，我很痛苦。」

「這樣啊……」

「但我不是因為失明才痛苦的。」

心路笑了。而鄭泰義見狀則是露出了有些詫異的眼神，靜靜等待著對方的後話。

在沉默了幾秒後，心路才又再次開了口，「當時的我被打到遍體鱗傷，一動也不能動地躺在病床上得知了這個消息。從今以後，我的這隻眼睛可能就看不見了。那個時候——我是真的很恨里格。我還寧願他直接殺了我，因為我已經恨他恨到不想跟他站在同一片土地上了……不過怨恨這件事還真是神奇。當時的我認為我已經恨到了極限，可是隨著時間流逝，我對他的憎恨反倒有增無減。」

心路歪著頭，再次重複了一次，「這真的好神奇喔。」

隨後，心路又像想到了其他事情般，用著有些含糊的語氣說：「但當時最令我痛苦的莫過於是，我認知到了那個我一點都不想知道的事實。」

語畢，心路就像出神般地暫時陷入了沉思之中。

鄭泰義繼續等待著對方的後話。然而心路卻不再開口了。

下一秒，心路猛地打起了精神，看向鄭泰義笑了起來。隨後，心路用著緩慢卻沒有絲毫遲疑的速度朝鄭泰義伸出了手。那隻手在滑過鄭泰義的下巴與臉頰後，就這樣包裹住了鄭泰義的耳朵及側臉。

心路傾斜著身子，靠在鄭泰義身旁溫柔地低語了起來。那道嗓音異常和藹，乍聽之下就像是在拿糖果哄騙著小孩似的。

「哥得跟我一起回去香港。我會負責把你藏起來，幫你擋下這一切。就算里格追了過來、就算里格再怎麼暴跳如雷，我也會守護著哥，讓他連你的一根寒毛都碰不到。」

當那道溫柔的嗓音輕撫過臉頰時，鄭泰義忍不住以奇妙的心情看向了心路。在對方那既熟悉又陌生的面孔下，他猛地意識到了一件事。

那個想法雖然很沒頭沒腦，可是卻以緩慢的速度在他的心中擴散了開來。

鄭泰義就這樣一語不發地凝視了心路好一陣子。他曾經喜歡過心路，現在也一樣喜歡著對方。然而當那個想法湧上心頭時，比起難過，他更多的是惋惜。

「……心路，明天天一亮，我就會回去了。」鄭泰義靜靜地說道。

那隻輕撫著鄭泰義臉龐的手倏地停下了動作。而心路臉上的笑容也頓時消失了。

心路用著難以用言語來形容的複雜眼神望向鄭泰義，「你要回去里格的身邊？」

在聽見對方簡短的問句後，鄭泰義點了點頭。

心路先是直勾勾地盯著他看，接著明顯壓低了嗓音，「泰一哥，你不是比誰都還要清楚里格是個怎麼樣的人嗎？他可以若無其事地去傷害另外一個人，個性也善變到沒有人猜得到他下一步會做什麼。況且，他根本就無法理解其他人的情感……就算他現在看上去很正常，但只要當他那殘酷的性情被喚醒時，他隨時都有可能殺掉哥。」

其實鄭泰義也清楚知道著這個事實。如同心路剛剛說的，他很了解伊萊這個人。不對，他甚至比心路原先設想的還要更加了解伊萊。

伊萊里格勞是個無法用正常人的思維去理解的人。對方那雙白皙的手究竟沾過了多少人的鮮血，而對方又對這件事有多不屑一顧，鄭泰義大概是這個世界上最熟知這個事實的人。

除此之外，他也明白伊萊的這種天性是絕對不可能被改變的。

就像心路說的那樣，或許某一天，鄭泰義會因為某個契機——又或者就跟平時一樣，根本就不需要任何的理由——而死在伊萊的手上。或許當伊萊看見鄭泰義的死狀時，還會以冷漠的眼神盯著他的屍體露出毫不在乎的笑容也說不定。

可是。

——泰一。

——泰一。

——泰一。

伊萊曾經這樣呼喊過鄭泰義的名字。

那是一種令人感到難過，又或者是惋惜，不對，鄭泰義根本就想不到任何詞彙來形容這種既朦朧又微妙的感覺。

也有可能——雖然鄭泰義並不這麼認為——這一切都是鄭泰義會錯意了。或許事情的真相真的就像心路剛剛說的那樣。

可是可以肯定的是，鄭泰義清楚聽見了伊萊呼喚著他的嗓音。

「我還以為我思覺失調症的症狀已經好轉了，沒想到還是一樣糟糕啊……」鄭泰義嘆氣咕噥道。

當心路聽見鄭泰義這句沒頭沒腦的話語時，雖然微微地瞪大了雙眼，並且還歪起了頭，可是他最終還是什麼話都沒有問出口。

「心路，你說得對。我依舊很怕那個傢伙，也覺得跟他相處很不自在。就算他現在看上去好像對我有點好，但他仍然是個殘忍又糟糕的傢伙。我相信就只有這件事是絕對不會被改變的。」

語畢，鄭泰義不禁停頓了一會兒。說著說著，他頓時就想起了一堆可以拿來臭罵對方的往事。

「我也曾經有過差點就被伊萊活活氣死的經驗——那是一件無論是現在還是未來，只要一想到就會立刻點燃鄭泰義心中怒火的事——在我看來，我也認為他是個不適合密切相處的對象。」

鄭泰義再次陷入了沉默。

他突然覺得有些憂鬱。講到一半，他也開始懷疑自己到底為什麼會想要再次回到那個人的身邊。而心路在凝視了有些沉悶地闔上嘴的鄭泰義後，簡短地反問道：「……所以？」

所以，就算如此。

鄭泰義靜靜地嘆了口氣，「我還是不討厭那個傢伙。就算我偶爾會不禁感嘆起，怎麼會有這種人存在在這個世界上……但我真的不討厭他。」

心路說，每次當他想起那個男人的時候，心底的憎恨就會加劇。

其實鄭泰義也能理解心路的想法。然而就算鄭泰義理解了這些道理，清楚明白著這些事，他還是無法改變自己的心意。

「如果我不照顧那個傢伙的話，大概也沒有人有辦法照顧他了吧……而他的個性肯定會變得越來越糟……」嘟噥完這句話後，鄭泰義的心情變得更加憂鬱了。

而心路見狀忍不住恥笑了起來。不過他的神情中卻看不出絲毫的喜悅。

「更何況。」

準備要說些什麼鄭泰義隨即又再次陷入了沉默。

——我為此付出了多少代價，將來你就必須全數奉還給我。

他想起了不久前在電話話筒中聽見的那道低沉嗓音。

伊萊在那個當下就已經知道自己得賭上什麼來換取鄭泰義的自由了。與此同時，伊萊也明白——就算對方泰然地做出了其他人連想都不敢想的事。而伊萊的這種行為也無法以很有膽識來形容——這是件無法說做就做的事。

「……我還得還他一些東西才行。」鄭泰義苦澀地低語道。

要是知道伊萊會做出這種足以被國家通緝的事，他還寧願乖乖地待在那間別館裡。

心路默默地凝視著鄭泰義。他先是看向鄭泰義苦澀勾起的嘴角，接著再將視線移到對方微微皺起的眉間上。

「所以，你打算要回到里格的身邊？」

在聽見心路的問句後，鄭泰義點了點頭，「對。」

「但我不答應。我不打算就這樣讓泰一哥離開我。」心路就像很為難般地笑著說道。

而鄭泰義在看見對方那看上去不打算退讓，雖然感到為難卻又執意要貫徹自己想法的笑容後，他一語不發地盯著對方看。就這樣過了好一會兒，他才以緩慢又平靜的嗓音開了口。

「你不是已經達到了你的目的嗎。」

霎時，心路臉上的表情消失了。鄭泰義見狀不禁有些心疼地望向對方。

而心路就只是目不轉睛地凝視著鄭泰義。在試著開口又作罷了好幾次後，心路最終才總算將口中的話問了出來。

「我有什麼目的嗎？」

鄭泰義靜靜地嘆了口氣。

或許不要把這一切說破反倒是件好事也說不定。可是他相信，心路一定也意識到了這件事。畢竟無論是其他人的想法，抑或是自己內心的想法，心路總是這麼的敏銳。

「你的目的不就是想看到今天——不對，應該是昨天了——伊萊露出的那個表情嗎？那個彷彿失去一切的表情。所以你應該已經感到滿足了吧。」

鄭泰義並不是一開始就注意到了這件事。

可是那股微妙的感覺就猶如一滴一滴落下的墨水般，在轉眼間，立刻就將他的內心染成了一片漆黑。

心路想要的不是鄭泰義這個人。或許對方一開始曾經這麼想過，不對，心路一開始肯定就是這麼認為的。可是隨著時間流逝，隨著毒素漸漸地累積，一層又一層地堆疊起來時，那些毒素便推翻了心路原本的想法。

心路收起臉上的笑容。鄭泰義看不出來對方那張面無表情的臉龐底下究竟在想些什麼。此刻的心路就像白皙的人偶似的，直直地望著他。

正當鄭泰義以為這股寂靜會持續到永遠時。

「我也不想認知到這個事實。」

倏地，心路開口了。

心路緩緩地垂下了視線。他就像在翻找著自己的記憶般，暫時陷入了沉默之中。

「若是可以的話，我一輩子都不想認知到這件事。」

心路不想認知到的是他那扭曲的心。

當他失去了想要的東西時，那股埋怨便化作了怨恨；而怨恨又成為了憎恨，逐漸吞噬掉他的心。最終，他原先的目標也被那股憎恨的情緒淹沒了。

心路看向自己的手，「我真的不想知道這件事。」

對方低語著的雙唇令鄭泰義感到心痛。

不過下一秒，心路卻突然笑了起來。那是一個猶如嘆息般的笑容。隨後，心路也恢復成了原先的表情。他看向鄭泰義微微一笑，「或許，此刻比起喜歡泰一哥的情感，我討厭那個傢伙的情緒更加強烈。可是我也是真的很喜歡哥啊。」

鄭泰義看著對方那跟之前一樣，還是這麼漂亮又可愛的笑容，什麼話都講不出來。過了好一會兒後，他才搖著頭說了：「抱歉，我不想參加你的憎恨計畫。比起你的憎恨，我覺得我的想法更重要。因此我要回到伊萊的身邊。」

語畢，鄭泰義又補上了一句：「就算這是件蠢事也沒關係。」

其實鄭泰義沒有什麼特別的想法。他既不知道在見到對方之後要做些什麼，也沒有想過自己是為了什麼理由而不得不去見對方。他唯一知道的就只有，他現在必須得去見伊萊才行。

對方的那張臉——再次回想了一遍，他還是覺得伊萊跟那些表情完全不搭——，讓他的心不停地刺痛著。

「……不要。」

心路的神色倏地改變了。

那可愛的笑容沉了下來。而那雙猶如貓般的眼眸此刻正直勾勾地看向鄭泰義，彷彿一刻都不想錯過似的。

「哥，你不能離開。」

「我要走。」

「不行。」

「我一定要走。」

心路闔上了嘴。鄭泰義也跟著闔上了嘴。再這樣下去，他們也只會不斷地重複著沒有意義的對話罷了。

心路見狀嘆了口氣。在那微微皺起的眉間底下，湧上了苦澀的笑容，「泰一哥，你不要這樣。我大可直接用蠻力帶走你。所以哥不要做出會讓你我都受苦的事。」

「是嗎？那我可能無法在明天天一亮的時候就離開吧……可是，即使如此我還是會回到他的身邊。我一定要離開。」

霎時，鄭泰義不禁在想，自己到底為什麼這麼執意要離開。

如果遲早都要回到對方身邊的話，那就算晚一點回去也沒差吧？轉念一想，乾脆趁對方多多少少消氣的時候再回去不是更好嗎？

可是。

泰一，伊萊這麼呼喊著他的嗓音不斷地在他的耳邊迴盪。

當兩人四目相交時，對方那看上去相當開心的陌生臉龐不停地出現在他的眼前。

而對方那近似於絕望的陌生表情也不停地刺痛著他的心。

「泰一哥……就算只是現在，你也試著喜歡我看看嘛。你不是曾經喜歡過我嗎？就像我曾經喜歡過你那樣。所以，你就從現在開始再次喜歡上我吧！如果你再次喜歡上我的話，我為哥著想的心一定能戰勝此刻被恨意籠罩著的情緒。」

鄭泰義聽見了心路那令人心疼的嗓音。對方用著無比痛苦的神情，緊緊握住了他的手。拜託了，心路就這樣哀求著。

然而鄭泰義無法給出對方想要的答案。他唯一能說的就只有：「抱歉。」而已。

倏地，心路停止了哀求。那雙緊緊握著鄭泰義雙手的手也緩緩地鬆開，垂了下來。

心路用著冰冷的眼眸看向了鄭泰義。那隻微微帶著不一樣色澤的左眼，那隻看不見外面世界的左眼，此刻也直勾勾地望向了鄭泰義。

「泰一哥，我因為那個傢伙失去太多太多了。我不但失去了哥，還失去了原先只喜歡著哥的心，以及我的眼睛……可是，那個傢伙怎麼可以這麼若無其事？這太不公平了！我——絕對不會讓哥離開的。」

心路笑了。他用著果斷的視線，直直凝視著鄭泰義這麼說道。他說他不會讓鄭泰義離開。

鄭泰義見狀先是默默地坐在原地，接著平靜地開了口：「那我把我的眼睛給你。」

「——什麼？」

「我說我把我的眼睛給你。畢竟你的眼睛之所以會失明，有一半也是因為我啊。」

心路頓時有些出神。乍看之下，心路就像聽見了令他感到出乎意料的話語般，不知道該怎麼回答。

心路直勾勾地看著鄭泰義。他似乎是想要分辨出鄭泰義是不是在說謊，就這樣目不轉睛，沒有絲毫動搖地盯著鄭泰義看。不對，他是在瞪鄭泰義。

然而心路大可不用這麼做。因為鄭泰義是真的願意交出自己的眼睛。

只要心路想要的話，只要這樣可以讓心路感到比較舒適一點的話，他願意毫不猶豫地就交出自己的其中一隻眼睛。

「……但我不能把兩隻眼睛都給你啊。」鄭泰義與死命盯著自己看的心路對視，猛地補充道。

隨後，他朝著突然抖了一下的心路再次開了口：「我可以給你我的其中一隻眼睛。看你是想要右眼還是左眼，我都可以。」

鄭泰義淡然地講出了這麼一段話。雖然只剩下一隻眼睛，之後肯定會產生很多不便的地方，但此刻的心路都這麼撐過來了，他相信自己也能度過這個陣痛期。

「我兩眼的視力不一樣，右眼的視力比較糟。可是左眼比右眼還更容易乾澀。你可以好好地思考過再做決定。」鄭泰義認真地咕噥道。

而猶如出神般盯著鄭泰義看的心路倏地皺起了眉頭，「不用了……」

「……我是真的可以給你。」

「所以我才說不用了啊。」

心路似乎是覺得此刻的心情有些苦澀。在用手背搓了搓額頭後，他無聲地嘆了口氣。或許比起嘆息，這更接近於呻吟也說不定。

鄭泰義看著心路，靜靜地說道：「若我可以填補你所失去的東西的話，那就讓我來填補吧。而在你剛剛說的那些東西之中，我唯一能給的就只有眼睛而已。我就只能給你我的眼睛，畢竟我……也得把伊萊失去的東西還給他才行。」

此刻的伊萊已經跟前幾天的他不一樣了。對前幾天的伊萊來說，原先被視為理所當然的事物，現在已經從他的身邊消失了。就算這不是鄭泰義所樂見的，可是伊萊的確是因為鄭泰義所以才會失去這些。

「那傢伙明明什麼都沒有失去。」

心路就像在鬧彆扭的孩子般咕噥道。而對方那道無力的嗓音不禁令鄭泰義感到有些心痛。該怎麼回答才好。

伊萊失去了很多。其實心路一定也心知肚明。

現在的伊萊無法再像之前那樣自由地活動，也無法獲得他所想要的東西，還得被迫做一些不想做的事。

伊萊是自己選擇要失去這一切的。

一想到這，鄭泰義不禁露出了苦澀的笑容。沒想到伊萊真的失去了這些。

「……那毫無人性的性情。」

在聽見鄭泰義突然嘟噥出口的話語後，心路狐疑地挑起了眉頭。鄭泰義見狀只好嘆了口氣再次說道：「那個傢伙失去了原本毫無人性的個性。」

如果伊萊還是像之前一樣，沒有絲毫人性的話，那對方這次根本就不可能做出這種決定。伊萊既不會為了鄭泰義拋棄重要的一切，也不會露出那種開心的笑容，更不會流露出如此焦躁的表情。

而直直凝視著鄭泰義的心路倏地無力了起來。

「所以哥是要去填補那個人毫無人性的個性嗎？」

「那個……光憑我的一己之力應該是有點困難。話雖如此，但我可能也沒辦法填補那個人的人性吧。」在間隔了好一陣子後，鄭泰義才又再次開口，「我是為了成為伊萊的弱點回去的。」

沒錯，一定是這樣。

只要鄭泰義回到伊萊身邊的話，他一定能成為伊萊的弱點。無論鄭泰義是否想成為對方的弱點，都無法改變這個既定的事實。

霎時，鄭泰義覺得自己的心臟滾燙了起來。與此同時，又好像有什麼東西在自己的心底猛地一沉。

怎麼辦，我現在好像不單單罹患了思覺失調症。再這樣下去，我很有可能會為伊萊獻上我一輩子的人生吧。

或許是因為鄭泰義露出了很微妙的表情，凝視著鄭泰義的心路突然無力地往後坐，並且直接躺在了床鋪上。

「弱點……那我還會再次把哥帶走的。」心路闔上雙眼，猶如自言自語般地低語道。

鄭泰義陷入了沉默。他微微地挑起眉頭，垂下眼看向了心路。就這樣看了好一會兒後，他倏地笑了起來，「是嗎，原來我是為了你啊。」

心路沒有答話。心路就像睡著似的，緊緊地閉著嘴，不再開口。

然而此刻的心路卻以闔上雙眼的姿勢，露出了有些受傷的表情。猛地，對方的下巴顫抖了起來。

鄭泰義朝心路伸出了手。他突然湧上了想要輕撫對方那不停顫抖著的眼皮的衝動。

不過他的手卻在碰到心路的前一刻停了下來。

在猶豫了一會兒後，他收回自己的手。最終，他就只是默默地凝視著對方。

21

Not bad

他不知道自己的選擇到底是不是正確的。

鄭泰義獨自一人待在朝著一樓移動的電梯之中，默默盯著自己的腳尖。

或許他會感到後悔。或許此刻猶如尖刺般刺痛著他，不斷在他心中蕩漾著的不安感就是後悔也說不定。

「照顧他這件事……我真的能勝任嗎。」

當鄭泰義講出「照顧」這兩個字時，他突然就覺得這句話變得異常沉重。

這裡的「照顧」，不單單只是關照、照料的意思。它所涵蓋的層面不是單向，而是雙向的。一個人若是要照顧另外一個人的話，就必須花上非常大的精力。

其實光是要跟別人相處在一起，就需要花上龐大並且不間斷的精力了。

從根本上來看，其他人跟自己就是一個完全不同的生物。雙方有著不同的思考方式、不同的行為模式，即使是乍看之下很相似的兩個人也是如此。

無論是誰，從根本上來說就是截然不同的存在。

因此當一個人準備要承擔起這個重擔，決定要跟另外一個人長久地走下去時，一定會需要花費很大的力氣。

這不單單會令人感到疲倦，還很費力。而這個費力的過程有可能很簡單，也有可能很困難。或許大家常說的，這個人跟我合得來、跟我合不來就是從這一點來區分的也說不定。

光是要跟一個普通人長遠地走下去就需要這麼大的覺悟了，而鄭泰義偏偏還選了……

「我怎麼突然就沒信心了啊……」鄭泰義憂鬱地嘟噥道。

伊萊里格勞，一個被大家公認的瘋子。只要是認識那個男人的人，無論是誰，一定都會得出這樣的結論。

或許聽從心路的建議才是正確的。或許逃離他，選擇一個穩定的生活或許還比較好。

可是。

鄭泰義清楚地知道，就算心路現在攔住他，再次逼他做出選擇，他照樣會做出一樣的決定。

他照樣會選擇回到伊萊里格勞的身邊。

當電梯抵達一樓後，鄭泰義走向了大廳。現在是天還沒徹底亮起來的清晨時段。最終，鄭泰義用了一整晚的時間，就這樣凝視著再也沒有睜開過雙眼的心路。

他偶爾會陷入其他的想法之中，接著再次看向心路。沒過多久，他又會思索起其他的念頭，然後再一次將視線移回心路的身上。

由於他突然就湧上了想要趕快回到伊萊身邊的想法，於是徹夜未眠的鄭泰義最終便選擇直接離開了客房。

在這個天色依舊昏暗著的時間點，大廳裡沒有什麼人。

當鄭泰義總算與其他旅客擦身而過時，他這時才想起了昨晚一直放在心上的叮囑。一個一不小心就忘了的念頭。

「嗯……我得先去買頂帽子才行……」

鄭泰義將手插進口袋裡。隨後，他便摸到了從心路皮夾裡拿出來的金融卡。他就這樣用指尖輕撫著金融卡上刻著的心路的名字。

由於心路不由分說就直接把他帶來了這個地方，因此鄭泰義認為心路再怎麼樣都得負起這個責任。更何況，他也打算之後再把這筆錢還給對方。

而下一秒，鄭泰義卻猛地在飯店大廳的正中央停了下來。

仔細一想，現在的他根本就什麼事都做不了。就算口袋裡有張金融卡——雖然這張金融卡也不是他的——，但他的身上也就只有這張金融卡而已。在沒有護照的前提下，他根本就不可能離開這個國家。

不對，即使有護照，身為恐怖分子通緝犯之一的他也無法隨意地進出機場。此刻的他就連走在大街上這種再平常不過的行為也得盡量避免才行。

「我還是第一次碰上這麼茫然的情況……」鄭泰義撓了撓頭。

在這種情況下，他唯一能做的就只有……

眼角餘光一瞥見位於大廳角落的公用電話，鄭泰義便立刻朝著電話的方向走去。然而下一秒，他又倏地停下了腳步。

此刻，他的口袋裡就只有一張金融卡。若是要特地跑去銀行領錢，再把那些鈔票換成零錢的話，這些過程未免也太過繁雜了。一想到這，鄭泰義不禁後悔起自己剛剛怎麼不順便拿走幾張鈔票……

就在鄭泰義一邊後悔，一邊苦惱著的同時，他的視線瞥向了位於大廳旁邊的商務中心。二十四小時都對外開放的商務中心裡，此刻就只有一名員工守在崗位上。而商務中心的玻璃門上還貼著各種信用卡與金融卡的圖案。

「啊哈！」

點了點頭後，鄭泰義便朝著商務中心大步邁進。

當他打開玻璃門走進了商務中心裡，原先不停打著哈欠的男員工立刻挺直了腰桿。隨後，男員工也露出了和藹可親的笑容。

在將手中的金融卡遞給對方後，鄭泰義拿起了電話機的話筒。看了一眼電話機上顯示的時間，他熟練地按下了記在腦中的那串數字。

鄭泰義聆聽著在耳邊響起的提示音，一邊計算他與對方的時差。對對方來說，現在大概是午餐的時間。

隨著提示音不間斷地響著，鄭泰義忍不住擔心起對方會不會已經跑去上課了。也就在這個剎那，提示音結束。隨之而來的是一道熟悉的嗓音。

「你好，我是鄭昌……」

「叔叔，我是泰義。」

還沒等對方把話講完，鄭泰義就打斷了對方。而叔叔在間隔了幾秒後，立刻笑著說：

「啊，原來是我們家裡最引以為傲的恐怖分子，我的小姪子啊。」

鄭泰義見狀不禁苦澀地咂起了嘴。想必這個標籤之後還會黏在自己身上好一陣子。不對，在此之前，他沒有被抓走都算萬幸吧。

「叔叔……請幫幫我。」鄭泰義無力地咕噥著。

如果是平時的話，叔叔肯定會先調侃個一、兩句。然而對方似乎也察覺到了鄭泰義話語中的疲倦，在輕笑了一會兒後，叔叔答道：「若我可以幫上忙的話，那我當然願意幫啊。你需要什麼？假護照？還是幫助你讓你不會在機場被逮捕走的腐敗警察？」

鄭泰義聽完後忍不住噗哧一聲地笑了出來。叔叔的話既像玩笑話，又不像玩笑話。而如此善於察言觀色的叔叔隨即便點出了他最需要的東西。

「兩個都要。」

「好，那你什麼時候要？」

「現在。我打算馬上出發去機場，叔叔辦得到嗎？」

叔叔先是停頓了一會兒。對方就像在思考般地沉默了幾秒，接著爽快地說：「警察那邊是沒有問題，可是護照就有點難度了。如果不是要長期使用，而是只用這麼一次的假護照的話，我倒是可以馬上幫你弄來一本。」

「啊，那種的就可以了。反正我也只要用這麼一次而已。」

「好啊，那我現在馬上派人過去機場。我等一下把他們的聯絡方式告訴你，你到機場後直接聯絡他們就可以了。」

「好……叔叔，謝謝你。」

「幹嘛這麼見外……不過這種程度的話，心路應該也能辦到吧。」

鄭泰義陷入了沉默。在猶豫了一會兒後，由於這也不是什麼不能對叔叔說的事，外加他剛好有件事想要問對方，因此他便乖乖說出了一切。

「我跟心路分開了。因為我有個想去的地方，而他沒辦法跟我一起去。」

語畢，電話話筒裡有好一陣子都沒有傳來任何的聲響。叔叔似乎是覺得有些意外，不過對方並沒有把心中的疑問表現出來，「想去的地方……那你要去哪？」

「對此，我剛好也有件事要問叔叔。」鄭泰義有些尷尬地開了口。

而叔叔就像要他直接講下去似的，什麼話都沒說，靜靜地等待著他的後話。

在猶豫了片刻後，鄭泰義才繼續問道：「叔叔知道伊萊現在在哪裡嗎？」

叔叔並沒有馬上回答。對方先是沉默了好長一段時間，長到鄭泰義忍不住開口詢問：「喂？叔叔？」然而對方依舊沒有答話。

一直等到鄭泰義再次發問：「叔叔，你掛斷電話了嗎？」對方才回說：「沒有，我還在。」

叔叔就這樣持續沉默了好一陣子，隨後才語氣沉重地開了口：「你該不會要去找那個傢伙吧？」

「對。」鄭泰義毫不猶豫地答道。

隨後，他噗哧一笑地補充：「沒事啦……雖然我的確是有點擔心。」

「有點擔心……」叔叔含糊地咕噥著，「不是非常擔心，而是有點擔心嗎？」

鄭泰義聽見話筒另一端傳來了叔叔自言自語的嗓音。

霎時，他想起叔叔昨天晚上曾經對他說過的話。

——鄭泰義，你要好好顧好你自己的性命，知道嗎？是你害里格落得了這種束手無策的下場。

鄭泰義的表情沉了下來。

無論是什麼理由，都無法改變他在特地跑來找自己的伊萊面前背過身的事實。

然而若是再次回到那個當下，他依舊會做出同樣的決定。因為在那個情況下，他最先考慮的並不是伊萊。

可是此時此刻，在這個早就來不及的現在，他卻考慮起了伊萊的感受。

當伊萊拋下一切，好不容易來到鄭泰義的面前，卻看到鄭泰義在自己眼前背過身的模樣，伊萊當下究竟湧上了什麼樣的心情？

「……他若可以再堅守著那毫無人性的性情一陣子那該有多好啊。」鄭泰義惋惜地嘟囔道。

如果是這樣的話。

或許鄭泰義就不會看見對方像被人擊中要害般地突然沉下臉，並露出焦躁的表情了。而他的心臟也不會像被人勒住般的疼痛。

因為想起了那個畫面，鄭泰義的心臟再次刺痛了起來。他只能伸出手輕撫著自己的胸口，接著小心翼翼地向叔叔問道：「他很生氣嗎？」

「我沒有親眼看到他，所以我很難回答你的問題。不過泰義啊，如果今天換作是我的話，比起回到他的身邊，我反倒會把所有的精力放在要怎麼逃跑上。畢竟再怎麼說，逃跑都比一回去就被殺死好吧？」

「嗯……」鄭泰義皺起了眉頭，「叔叔幹嘛這樣說啊，你這樣會讓我很害怕……我之所以故意不去想這件事，就是怕又會害怕起來啊。」

鄭泰義可以感覺到自己的心正飛快地跳動著。他很確定，等他回到伊萊身邊的時候，一定不會有什麼好下場。不過無論如何，伊萊應該都不至於馬上殺掉他。就算伊萊真的打算要殺了他，應該也會先痛毆他一頓再送他上西天吧。

鄭泰義已經做好了心理準備。當伊萊揮拳過來的剎那，因為他自知自己一定躲不掉，所以只能乖乖地被對方打。而他得趁被對方打死之前，找到機會向對方解釋這一切的來龍去脈。

雖然一想到自己得在痛到哀嚎的同時，還得向對方解釋這一切就感到眼前一片漆黑，但往好處想，他並不認為伊萊真的會殺掉他。鄭泰義就這樣一邊安慰著自己，一邊使瘋狂跳動的心冷靜下來。

「那麼，他人在哪？」

在聽見鄭泰義的問句後，叔叔忍不住輕聲嘟噥起：「你真的要去找他啊？」即使隔著電話話筒，鄭泰義也能清晰地感受到叔叔的擔憂。一想到這，他不禁苦澀地勾起了嘴角。

「我還是得回去才行。畢竟我已經跟他約好要回去了。」說到一半，鄭泰義淡淡地嘆了口氣，「雖然他當時沒有聽到就是了。」

「我也不知道他現在在哪。我只有聽說他在沙烏地阿拉伯闖完禍之後，就跑到了誰陵給。在那之後，因為我忙著要收拾他留下的殘局，所以就沒空管他了。」

「收拾殘局……你們不是把他解雇掉就沒事了嗎？」

「光是那一件事，我們就已經要寫七份報告書了。」

可能是自從發生了恐怖襲擊後，叔叔就忙到無法闔上眼休息，此刻叔叔的語氣漸漸變得犀利了起來。

哎呀，看來我不能再繼續招惹他了。鄭泰義連忙閉上了嘴。

「我馬上就去幫你查，你到機場後再打給我。」

「我到機場後要打很多通電話。先是打給幫忙製造假護照的中間人，再來是警察，最後還得打給叔叔……」

「我還真不想在這個情況下跟他們擺在一起啊。不過你的護照，警察會幫忙拿去給你的。所以你到時候只需要打給警察就可以了。」

「……身為警察，如果連假護照都碰的話，這未免也太無法無天了吧。」

「要不然他怎麼會是腐敗警察？」

叔叔笑著說道。而鄭泰義見狀也啼笑皆非地笑了起來。

叔叔最後再叮囑了一遍抵達機場後要記得打給他之後，便掛斷了電話。

從商務中心裡走出來的鄭泰義就這樣站在玻璃門前，暫時感嘆了一下現今的世界。幫助通緝犯不要被警方抓到的腐敗警察，甚至連假護照都可以提供。而身為國際組織高官的叔叔，竟然還主動牽線介紹了那名腐敗警察給自己認識。

唉，反正腐敗的問題就是層出不窮啊。

鄭泰義一邊這麼想著，一邊走出了飯店。

機場巴士的站點剛好就位於飯店的對面。在詢問了櫃檯後，對方回應說一個小時基本上會有三班前往機場的機場巴士。可是因為現在時間還太早，一個小時最多可能也就只有一班而已。

鄭泰義見狀只能一心祈禱著自己可以不用等到整整一個小時，並且默默地走向站點。在看過時刻表，確認完下一班車大概是半個小時後抵達後，他便坐在了一旁的長椅上。

即使他更希望看見機場巴士在五分鐘後就抵達的消息，可是轉念一想，現在這樣總比得知機場巴士在前一分鐘才剛離開還要好上許多。

閒得發慌的鄭泰義只好開始打量起站點周遭的環境。巴士站的前方有個自動櫃員機與自動販賣機。鄭泰義先是直勾勾地盯著販賣機裡的啤酒，接著透過自動櫃員機從心路的金融卡裡取出現金後，直接買了一罐啤酒來喝。

因為時間還很早，所以周遭沒有什麼路人經過。雖然天色已經從原本漆黑的夜色漸漸轉變為深藍色的晨光，但街道上卻依舊被一片死寂籠罩著。

仔細一想，在眼下這個昏暗又寧靜的清晨，一邊喝著啤酒，一邊等著巴士到來，何嘗不是一件格外有情調的事。

「現在出發的話，不知道什麼時候才能到他那裡……而且我至少得先知道他人在哪裡，才能決定目的地，並且計算時間吧。」鄭泰義喝了一口啤酒咕噥道。

不過即使如此，他還是得回去才行。

鄭泰義現在之所以會坐在這裡，就是為了要回到伊萊里格勞的身邊。霎時，他湧上了一股新奇、奇妙，又渺茫的感覺。

唉，早在我罹患思覺失調症的初期，就已經開始不安了。

或許就像叔叔剛剛說的那樣，思索著要怎麼逃離伊萊身邊反倒才是明智的選擇也說不定。畢竟心路也曾經說過類似的話。

可是就算聽見了這些勸告，他的心還是照樣向著同樣的地方。

「我必須得幫那個傢伙找回他所失去的東西才行……雖然我已經放棄要替他找回人性，但再怎麼說也得幫他稍微甩掉一下那非人性的性情吧。」

鄭泰義忍不住嘆了口氣。

倏地，他想到了一個很現實的問題。

在抵達機場，前往對方有可能在的國家，並且找到對方的藏身之處——身為一名恐怖分子，對方總不可能還堂堂正正地在大街上走動著吧——後，當伊萊真的出現在面前的那一刻。

鄭泰義試著想像了一下那個畫面。其實不用耗費太多的心力，他馬上就想像到了。

而他很確定的是，自己絕對會立刻冒起雞皮疙瘩。當那個猶如怪物般的傢伙出現在面前時，他是不可能不會感到恐懼的。更何況那個傢伙現在的心情一定很糟。

「看來我得在他痛毆我的這段期間趕快解釋這一切。再怎麼樣，我都得盡量設法減少被打的次數。」

雖然在假定自己一定會被痛毆的情況下，還硬要去找對方的這個行為不免令鄭泰義感到有些悲從中來，不過他最後還是甩了甩頭把這些擔憂都甩出了腦中。

由於對方的嗓音，以及那陌生的表情不停地在他的腦海中盤旋著，因此他無論如何都得回去。

「……我馬上就會去找你的。」

他再次重複了一遍這句對方當時沒有聽見的話。

隨著心情逐漸變得平靜，他也露出了一道淡淡的笑容。

就在這個時候。

正當他一邊看著時間，一邊想著「只要再等個十分鐘，機場巴士就會來了」時，有輛車好像停在了距離他幾步之外的前方。下意識地抬起頭後，他才發現那是一輛計程車。

因為深怕對方會誤以為自己是在等計程車，於是鄭泰義便朝著司機擺了擺手。

然而他似乎是會錯意了。隨即，後座的車門被打開，有個人影從車上走了下來。看來司機是為了要讓客人下車，才暫時把車子停在這個地方吧。

怎麼會有人這麼早就跑到飯店來啊？難道那個人是一下飛機就直奔飯店嗎？

就在鄭泰義漫不經心地看向那名乘客的瞬間，他手中的啤酒罐就這樣掉落在了地板上。

走下計程車的男子從容地關上車門後，便挺直了自己的腰。那人緩慢地將從口袋裡掏出來的乾淨手套戴在手上，接著微微地歪起了頭，看向鄭泰義露出了淺淺的微笑。那是一個冰冷又駭人的笑容。

「泰一，你的直覺還真好。看來你在猜到我會追上來之後，就馬上決定要逃跑。」男子說道。

伴隨著對方悠哉的嗓音，那人也一步、一步朝鄭泰義的方向走近。

此刻的鄭泰義露出了猶如看到鬼般的表情，出神地看著那名男子。對方在走過鄭泰義的面前後，看向了位於鄭泰義身旁的巴士時刻表，接著微微一笑。

「要是我再晚個十分鐘，又要被你跑掉了。」

男子像是很愉快般地笑著轉身望向了鄭泰義。下一秒，垂眼凝視著鄭泰義的男子就像覺得很奇怪似的打量起了他的四周。

「你怎麼自己一個人？那個小鬼呢？」

鄭泰義依舊維持著出神的狀態，木然地朝男子搖了搖頭。男子見狀先是微微挑著眉咂起了嘴，接著點了點頭說：「好吧，那我就下次再去解決那個小鬼。反正真正重要的也不是他。」

在露出了一個微笑後，男子彎下了腰。彎下腰的男子等到鼻尖抵達了鄭泰義的額頭處後，便將自己的雙唇靠在鄭泰義的耳邊，愉快地低語道：「泰一，抓到你了。」

當那道跟風聲一樣低沉的嗓音傳進耳裡的剎那，鄭泰義明顯感覺到自己的身體僵在了原地。

伊萊。

伊萊里格勞。

那名他從沒想過會在這個地方遇見的男子，此刻正站在他的身旁。

鄭泰義冒起了雞皮疙瘩。

由於背脊發涼，他的舌尖也跟著僵在了原地，說不出任何一句話。

他從沒想過會發生這種情況。不對，或許此刻的反應就跟他原先預想的一模一樣也說不定。

早在一開始，他就已經猜到自己在見到對方的瞬間，一定會非常害怕。甚至還有可能怕到想要立刻拔腿就跑，並且冒起雞皮疙瘩的程度。

而事實也是如此。

在看見對方的那一刻，他的腳就動不了了。當他看見對方臉上浮現的微笑時，他的舌頭便僵住，說不出任何一句話。

原先的他還抱持著半開玩笑的心態想說「要是伊萊要揍我的話，我就乖乖地先被他打，並趁這段時間趕快解釋吧」。然而此刻的鄭泰義才總算意識到自己當時的想法究竟有多草率。

——不過泰義啊，如果今天換作是我的話，比起回到他的身邊，我反倒會把所有的精力放在要怎麼逃跑上。畢竟再怎麼說，逃跑都比一回去就被殺死好吧？

霎時，叔叔曾經說過的話出現在他的耳邊。

一直到這一刻，鄭泰義才猛地意識到對方說的有可能才是正確的。因為他從來不曾看過伊萊露出如此殺氣騰騰的表情。

不對，對方的神情跟殺氣騰騰比起來好像又有著微妙的不同。這看上去更像是徹底瘋狂的表情。

雖然伊萊現在在笑，但那個笑容卻跟平時完全不同。

當伊萊用戴著手套的手將滑落在鄭泰義額頭上的瀏海往後梳的時候，鄭泰義嚇得差點就直接暈了過去，「等、等等，伊——」

他連忙開了口。無論如何，他都得先解釋些什麼才行。

不過他的口中卻始終擠不出一句完整的話。而伊萊見狀也緩緩地露出了笑容，說道：

「你什麼都不用說。」

語畢，伊萊白皙的手朝鄭泰義伸了過來。下一秒，那隻手倏地抓住了鄭泰義的下巴。由於對方的動作毫不留情，因此鄭泰義想說的話就這樣硬生生地卡在了喉頭裡。

「言語欺騙嘴巴、欺騙耳朵，最後，甚至連自己也一併欺騙了。」

伊萊的臉近在咫尺。

鄭泰義只能木然地看著那張出現在自己面前的臉。

當伊萊用著令人心裡發毛的嗓音低語完後，隨即便又笑了起來。

一察覺到伊萊手套緊握住自己下巴的那股柔軟觸感，鄭泰義馬上就打起了寒顫。

不是，事情不是你想的那樣！我現在正要去找你啊！

鄭泰義舉起手抓住了那隻緊握住自己下巴的手。只要伊萊稍稍鬆開手的話，他就能立刻解釋起來龍去脈了。

我正準備要去找你。我現在之所以會去機場，就是為了要找你啊！

……所以你就先放手一下，你這個臭小子！

或許伊萊從鄭泰義的眼神中讀出了他懇切的心願。在微微地挑起了眉頭後，一個近似於笑意的情緒從伊萊的眼中一閃而過。

「幹嘛？你想講話？」

「……」

「你該不會認為你現在在這裡大叫，就會有人來救你吧？」伊萊再次笑了起來。

一大清早的巴士站，在這個幾乎沒有什麼人在走動的地方。就算偶爾會有那麼一、兩個路人經過，他們大概也只會輕輕一瞥這詭異的對峙場景，接著就直接離開吧。

伊萊笑著鬆開緊握住鄭泰義下巴的手。

下一秒，鄭泰義立刻摸著仍舊刺痛的下巴，大吼道：「我現在準備要去機場——」搭飛機找你啊！

然而還沒等鄭泰義將話說完，他又再次安靜了下來。

伊萊先是垂眼看著自己的手猶豫了好一會兒，接著便脫下手套，直接塞進鄭泰義的口中。隨後，伊萊笑著重擊了鄭泰義的胸口。

「……！」

對方的動作既俐落又精準，力道恰好是不至於使鄭泰義暈過去的程度。

鄭泰義可以感覺到自己的胃裡好像有什麼東西正在翻滾著，與此同時，他眼前的景物也轉動了起來。他就像隨時要倒下去般地彎下了腰，神智也開始變得模糊。

仔細一想，他之前好像也曾經被對方毫不留情地揍過。當時好像也痛得要命。對，至少跟現在一樣疼。不過，那時候也沒有現在這麼痛。

就算反胃想吐，但因為口中的手套，鄭泰義也無法如願。鄭泰義只能不停地強迫自己打起精神，不要就這樣昏過去。

隨後，伊萊輕輕鬆鬆地一把抱起了他，「雖然不管你再怎麼呼喊、叫了再多的人過來都沒用，但事情若是真的發展到那個地步，實在也很麻煩。」

即使身體無力地垂了下來，並隨著伊萊的動作不停地晃動著，不過對方的嗓音還是清晰地傳進了鄭泰義的耳中。

一進到客房，伊萊便把鄭泰義扔在了床鋪上。

當伊萊扛起鄭泰義，走進距離巴士站最近的飯店——正是鄭泰義昨天住的那間飯店——時，大廳裡的所有人立刻把視線移到兩人的身上。

由於時間還很早，大廳裡沒有什麼人。不過鄭泰義還是清楚地感受到了飯店內的員工正以一種奇妙的眼神盯著癱倒在伊萊肩膀上的自己。

當兩人搭上了準備前往客房的電梯時，伊萊用著很愉快的語氣說：「如果要逃跑的話，就好好地逃啊。你上次甚至還逃得比這次好。就連隱姓埋名，只用陸路移動的方式都不夠隱密了，你這次竟然還光明正大地取消了從約翰尼斯堡飛往香港的班機。鄭泰一先生，你這樣是要怎麼逃啊？」

語畢，伊萊拍了拍掛在自己肩膀上的鄭泰義的腿，愉悅地笑了起來。

因為深怕自己一張嘴就會立刻吐出來──然而他的嘴巴被堵上了，就算要吐其實也吐不出來──，鄭泰義只能死死地閉著嘴。由於全身依舊痛到有些發麻，他只好努力地硬撐著，不要讓自己暈過去。一直等到兩人進到客房裡後，鄭泰義才總算打起了精神。

被丟在床上的瞬間，剛剛被揍過的地方立刻疼得令他發出了呻吟聲。不過因為嘴巴被手套塞住，因此呻吟聲最終也只有卡在他的喉頭。

好不容易從疼痛中打起精神後，鄭泰義連忙想要拿出塞在口中的手套。然而下一秒又馬上被剛從浴室裡走出來的伊萊重新塞了回去。伊萊拿起從浴室拿來的毛巾，在撕成了細長條狀後，便綁在了鄭泰義的嘴上。

「鄭泰一，你不需要講話。」

鄭泰義聽見了對方果斷的嗓音。而伊萊那道既緩慢又從容的熟悉嗓音，不知為何卻令他聽得直打冷顫。

「你要是開口的話，我反倒會變得很困擾。雖然不管你說了什麼、再怎麼哭、再怎麼哀求、求饒——啊，對了，就算你發起了脾氣，我也不打算聽。不過要是你真的向我哀求的話，我說不定又會湧上想要聽一聽你打算說些什麼的念頭……即使我其實一點都不想要這麼做。」

我不打算聽你講的任何一句話。

鄭泰義可以看見伊萊一邊這麼說，一邊露出的潔白牙齒。他比誰都還要清楚那鋒利又整齊的牙齒究竟有多堅硬。

對方的牙齒甚至堅硬到足以將一個活生生的人撕咬得粉碎。

「嗚——！嗚——！！」

不是，事情不是你想的那樣！該死，你為什麼不願意聽別人解釋啊！！

鄭泰義像瘋了般地拚命大吼著。然而想說出口的話卻被塞在口中的手套擋住，硬生生地卡在了喉頭。

正當鄭泰義試圖要呼喊出一句像樣的話語時，一旁的伊萊將鄭泰義的手移到身後，並且用剩下的毛巾綁住了他的雙手。隨後，伊萊笑著輕拍了鄭泰義的屁股一下。

霎時，鄭泰義可以感覺到有股複雜的情緒從心底湧上。

對方的動作就像找到了一個可以把玩好一陣子的玩具。與此同時，鄭泰義的心中除了湧上憤怒之外，還湧上了一股狼狽感，以及不亞於狼狽感的恐懼。

眼前這名已經變得不正常的男子不但沒有對鄭泰義展現出一絲一毫的關懷與親切，甚至還表現出了如此反常的徵兆。而這一切也使鄭泰義得出了一個令他心底發涼的結論。

……伊萊該不會要殺了我吧？不對，或許與他的本意無關，此刻的他已經失去理智到真的會殺掉我也說不定。

伊萊就這樣在膽怯到不停吼叫著的鄭泰義身旁，脫下了自己的襯衫，並且還脫下了褲子。不過一會兒，當伊萊連內褲也脫下了之後，對方便成了赤裸的狀態。

明明鄭泰義本該對這副身體再熟悉不過才對，可是此刻的他卻覺得眼前的人很陌生。那股不自覺湧上的恐懼與困惑立刻使他掙扎了起來。為了逃離眼前的人，他只能拚了命地爬進床鋪內側。

他本能地意識到了，眼前的這個男人想要殺了自己。就算對方沒有殺了自己，男人也已經到了連他是死是活都不在意的狀態了。

然而無論他再怎麼爬，這張床也就只有這麼大而已。況且床鋪的內側還是一面牆。不過還沒等他碰到那面牆，一隻強而有力的手便抓住了他的腳踝。

「——！」

對方的力道大到令鄭泰義不禁懷疑自己的關節是不是被對方扯斷了。而隨著膝蓋往後一滑，他的肩膀也重摔在床墊上。雖然柔軟的床墊不至於令他感到疼痛，但全身的重量一時之間壓在了肩膀上，這也使他承受了不小的衝擊。

倏地，有隻手重重地壓在了趴在床鋪的鄭泰義的後背上。明明對方就只有用一隻手而已，可是鄭泰義卻仍舊被壓得動彈不得。無論他再怎麼想要掙扎，身上就像被千斤重的石頭壓住似的，一動也不能動。

你為什麼不聽別人解釋啊，你這個瘋子！聽我講一下會死是不是！

由於內心的怒火不停地燃燒，鄭泰義只能想方設法地轉過了頭。在傾斜的角度下，他看見了對方的臉。那張猶如冰塊般冷漠的臉龐上，混雜著炙熱如火的熱氣。與此同時，對方還勾起了淡淡的笑容。

下一秒，男子與急著想要看向他的鄭泰義四目相交。

男子見狀先是微微地瞪大了雙眼，隨後，又再次瞇起眼。然而出現在男子眼中的並不是笑意，而是一股瘋狂的氣息。

「泰一……泰一，我不是有說過嗎。你不准想著要再次逃跑。」伊萊低語道。

而那輕撫過鄭泰義耳際的嗓音，是這麼的溫和。溫和到令鄭泰義異常恐懼。

鄭泰義連忙像瘋了般地拚命搖著頭。他多希望擋在自己嘴上的毛巾可以藉由不停在床單上磨蹭，而就此被磨蹭下來。然而毛巾依舊緊緊地包裹住他的雙唇，塞在口中的手套也使他連個呻吟聲都無法順利地發出來。

我當時不是有說，我會再次去找你嗎！雖然那個時候的你騎著摩托車，肯定沒有聽到我講的話，可是我現在正準備要去找你啊！你為什麼不聽我解釋啊！

死命搖著頭的鄭泰義可以感覺到自己的脖子漸漸痠痛了起來，而他的雙眼也因為憤怒而開始泛淚。

隨後，伊萊一邊輕撫著他的頭髮，一邊舔著他的耳廓，像是在安慰般地低聲說道：「我知道，被囚禁在阿紹德位於誰陵給豪宅裡的事也不是你願意的。關於這一點，我能理解，甚至還能充分地諒解。可是。」

伊萊的嗓音倏地壓低。而下一秒，鄭泰義的喉頭忍不住發出了呻吟聲。眼前突然變得一片白，眼眶也滾燙了起來。

他的耳朵很痛。又痛又熱的。一直到過了好幾秒後，他才意識到原來自己的耳朵被咬了。耳廓上單薄的皮膚似乎早已被咬破，鮮血不斷地滴落到床單上。

「我最接受不了的是你竟然趁我一打穿那座豪宅，就迫不及待地跟著那個小鬼一起逃跑。」

鄭泰義再次搖起了頭。此時，他的耳朵不停地發燙又刺痛著。不過跟耳朵的疼痛比起來，最令他難以忍受的是伊萊那駭人的嗓音。那道嗓音冰冷到就算對方現在殺了他，他也絲毫不會覺得意外的程度。

對方的語氣中不再參雜著笑意。取而代之的是滿滿的殺意，以及鮮明的憤怒。

「泰一，我已經想過了。我一直在思考著，到時候找到你的話究竟該怎麼做。我真的想了很多。在來到這裡的期間，我每分每秒都在想著你，都在思考著該怎麼處置你。而其中最輕鬆的方式，果然還是直接殺了你，並且就這樣把你吃掉——」

每當對方的舌頭碰到被咬破的耳廓時，傷口便會火辣辣地刺痛著。隨後，伊萊的舌頭將滑落至鄭泰義臉頰上的血滴也一起舔掉了。霎時，一道低沉的笑聲伴隨著溫熱的舌頭碰到了他的耳朵。

「要是把你的每一根骨頭、每一片肌膚都吞進肚子裡的話，你就再也無法逃跑，並且完全屬於我了吧。啊——這真是個誘人的主意。我要不要乾脆直接動手算了……其實在十分鐘之前，我都還是抱持著這個想法。對，一直到我走下計程車的那一刻。」

伊萊那參雜著笑意的嗓音不斷地傳進鄭泰義的耳中。

鄭泰義只覺得自己快瘋了。永無止境的恐懼使他的腦袋就像故障了一樣。

這與懼怕著死亡的恐懼感不同。這更像是對於疼痛的恐懼，又或者是對於恐懼本身的恐懼。

鄭泰義從來沒有想過無法想像的未來竟然會這麼嚇人。此刻的他是真的無法猜到未來究竟會發生什麼事。或許預測到自己會被殺死的結果還比眼下這種茫然的情況還要令他安心也說不定。

對方那撫摸著他頭髮的手、按壓住他後背的手，都使他無法輕易動彈。下一秒，伊萊開始一件件地脫下鄭泰義身上的衣服，並丟在了床鋪下。

沒過多久，鄭泰義也成了全身赤裸的狀態，就這樣趴在床上。

「在走下計程車之前，當我看見坐在巴士站的你，我依舊認為吃掉你才是最好的選擇。一想到你又要跑去機場，要是我這次又放過你的話，你肯定也不會乖乖地待著。因此——我當時就在想，我是要在飯店的房間裡活生生地把你吃掉？還是要先殺了你之後再把你吃掉？我一直在思考著，究竟要用什麼樣的方式吃掉你。」

鄭泰義的背脊倏地冒起了雞皮疙瘩。雖然對方的語氣輕鬆到就像在開玩笑，可是鄭泰義很清楚這絕對不是玩笑話。或許眼前的這個男人真的在計劃著要把他殺了再吃掉也說不定。

一想到自己此刻被困在這間密閉的客房裡，鄭泰義的神情立刻就改變了。可能伊萊也看見了他的表情，隨即便發出了輕笑聲。

「當我下定決心要殺了你之後，我便戴上了特地準備好的手套——這副可是我所有手套裡，材質最好的一雙。然後，我抓到了你。」

話說到一半，伊萊便開始用自己的雙唇磨蹭起鄭泰義的耳朵。對方先是用嘴唇、牙齒，以及舌頭輕咬著他的耳廓，接著再緩慢地舔拭起了他的臉頰。

在毫不留情地咬了鄭泰義的太陽穴一口後，對方的牙齒隨即又開始攻擊起了他的臉頰。鄭泰義的喉頭再次發出了呻吟聲。霎時間，他有些喘不過氣。他回想起了不久前的畫面。

當伊萊從計程車上走下來的時候，對方一邊關上車門，一邊直勾勾地盯著他看，並且緩慢地拿出手套並戴上了手套。頓時，他的腦中清晰地閃過了這個畫面。

……我看我是真的瘋了吧。我怎麼會冒出想要照顧這個瘋子的念頭啊？他可是個只要有那麼一秒惹他不爽，就能若無其事地說出會把一個人殺了再吃進肚子裡的神經病啊！

鄭泰義用著被堵上的嘴拚了命地咒罵著。

他不停地罵著愚蠢的自己。然而他咒罵得最凶的莫過於是此刻緊貼在他背上的那個瘋子。

你這個臭小子！你的人性到底是丟在了哪裡啊！

雖然他本來就知道對方是個毫無人性的人，但他還真的沒料到在現今這個文明的社會裡，竟然會有人在綁架了另外一個人之後，還能如此淡然地在對方面前談論著吃人的計畫。

一想到這，鄭泰義突然覺得自己的精神開始恍惚了起來。大概今後無論對方要做些什麼、講些什麼，他都不會再感到意外了吧。

好，你要吃就吃啦。如果你在殺了我之後，還有心情吃人的話，那就把我吃掉啦。反正因為恐怖分子的罪名被關進監獄裡，跟因為吃人的罪名被關進監獄裡還不是差不多——不對，如果對方真的吃了人的話，或許在接受精神鑑定後，就不會被關進監獄，而是住進精神病院裡吧——

不過在把我殺掉並吃乾抹淨之前，可不可以先聽我解釋啊……

由於恐懼與憤怒的情感不斷地湧上，鄭泰義只覺得自己真的要瘋了。

「可是在經過這一番挑弄後，我頓時又覺得把你吃掉未免也太可惜了。雖然把你整個人吃進肚子裡，就能讓你徹底成為我的所有物，可是一想到之後就再也碰不到你了，實在是很可惜啊……若能在吃掉你之後，還能觸碰到你的話，那該有多好。我多希望在徹底將你變成我的所有物後，還能像這樣撫摸著你。你說？嗯？」

當伊萊講到「像這樣」這三個字時，那隻巨大的手也粗魯地抓住了鄭泰義的屁股。或許對方是真的想要將鄭泰義的肉撕扯下來並吃下肚，那隻緊抓著鄭泰義屁股的動作沒有絲毫的憐憫。

「因此我馬上就改變了主意。反正只要讓你無法逃跑就可以了，那我只需要切斷你的腿，這樣我不但可以把你留在身旁，還可以吃掉你的腿。那雙不停想著要逃跑的腿。」

伊萊的手順著鄭泰義的屁股，一路往下滑至了大腿、膝蓋內側，以及小腿。而鄭泰義見狀也忍不住瑟縮起了身子。

他很想放聲大吼，可是被手套堵住的嘴卻使他連句像樣的話都說不出來。

事情不是你想的那樣！你這個瘋子！我沒有要逃跑，你為什麼不聽我解釋就自己一個人在那邊發瘋啊！

鄭泰義只覺得很委屈。他剛剛正準備要出發去找對方而已。

如果是在還沒下定決心要回到伊萊身邊前的話就算了。可是在眼下這個所有人都在挽留他，而他還是義無反顧地動用了各種手段決定要回到對方身邊的時候碰上這種事，他只覺得委屈到快要死掉了。

早知如此，他就趕緊逃得遠遠的，不要浪費時間在想到底要怎麼找到對方。如果是那樣的話，那他被伊萊抓到時可能還不至於這麼委屈。

鄭泰義哭了。他不可能不怕眼前這個徹底瘋了的男子。而那股駭人的恐懼感正不停地刺激著他的淚腺。與此同時，他也湧上了滿是委屈的憤怒。如果可以開口並宣洩這股憤怒的話，那他或許還不會這麼生氣。然而此刻的他卻說不出任何一句話。

心中的憤怒化作淚水，從他的眼眶奪出。

霎時，那隻徘徊在鄭泰義腳踝處的手停下了動作。而暫時停下動作的伊萊隨即便將手從腳踝上移開。下一秒，對方發出了輕笑聲。

鄭泰義可以感覺到伊萊再次回到了他的身後。伊萊就這樣移動到趴在床上的鄭泰義的背後，一把抱住了他。

「你哭了？你怎麼可以因為這點小事就哭了？你哭得這麼可憐，會讓我很心痛，嗯？不要哭了，我怎麼可能會真的切斷你的腳，你不用這麼害怕——如果這點程度就讓你怕成這樣的話，那你當初就不該逃跑啊，泰一。」

伊萊白皙的手輕撫上鄭泰義的臉頰。隨後，伊萊用指尖抹去沾溼鄭泰義眼角的淚水，並且以環抱住他的姿勢吻上了他的耳畔。

下一秒，伊萊就像真的覺得鄭泰義很可憐似的，以一種彷彿在安慰著小朋友般的溫柔嗓音開口道：「不要哭……嗯？你怎麼可以這麼快就哭了。等到天暗了下來，再次亮起，又再次暗下來之前，你都得一直哭。你現在就哭成這樣的話，到時候眼睛會痛到受不了吧。」

瘋子！你這個瘋子！

等到鄭泰義可以開口的那一刻，他一定會立刻飆罵出這句話。

此時此刻，外頭甚至連天都還沒亮。

「不要哭了……泰一，你這樣對我來說反倒是反效果。如果你現在就哭成這樣的話，我會更火大……！」

語音剛落，靠在鄭泰義身後的伊萊稍稍抬起自己的腰。而下一秒，伊萊便像在搥釘般地衝撞了進來。

「──！！」

鄭泰義發出了慘叫聲。然而慘叫聲在口中盤旋了好幾次後，又再次被他吞回了肚子裡。

頓時，他只感到眼前一片發白。不過慘白的畫面隨即又昏暗了下來，一直到過了好一陣子後，他才總算看清眼前那灰濛濛的景象。

雖然他有感覺到對方勃起著的性器不停地在自己的雙腿間磨蹭著，但他怎麼樣也沒料到伊萊竟然會在毫無徵兆的情況下──更何況對方前一秒還在講著吃人與切斷雙腿的話題──，就這樣將性器插了進來。

在對方那沒有絲毫體諒與猶豫的動作下，被性器貫穿的身體隨即便像痙攣般地抽搐了起來。

他們沒有任何的前戲。伊萊甚至連用根手指幫鄭泰義擴張的動作都不願意做。他的性器粗暴地捅進了有好一陣子沒有以這種方式被撐開過的肌肉之中，鄭泰義可以明顯感覺到自己的內壁與對方的性器緊緊地貼合在一起。

而每當伊萊稍稍晃動起腰時，那根布滿著青筋的肉棒便會撐開內壁的皺褶，繼續往深處探去。不過一會兒，伊萊正式抽插了起來。

「……！……！」

鄭泰義的淚水就像取代了那些無法發出的慘叫聲似的，猶如斷了線的珍珠般不停落下。而後背所冒出的冷汗，也隨著身體的每一次晃動，一起滴落了下來。

「痛嗎？你的表情看上去好像痛到快死了。不過真的有那麼痛嗎？還是你其實是爽到快暈過去了啊？啊哈，既然還有力氣瞪我，那想必這點程度對你來說遠遠不夠吧。」

鄭泰義看著眼前不清晰的畫面，惡狠狠地瞪向了伊萊。然而就算他想要瞪對方，也因為充斥在眼眶裡的淚水而使視線模糊了起來。不過即使如此，他還是將心中的所有怨恨都集中在這道視線上，死命地瞪著對方。

你這該死的傢伙，你這個瘋子！只要一惹你不爽，你就打算要直接強姦別人嗎？

還沒等鄭泰義盡情地在心底痛罵完這些無法說出口的話語，他的身體便又晃動了起來。而每當他的身體晃動之時，那根緊貼在他內壁裡的巨大棒狀物便會不停地撐開他的體內。

鄭泰義覺得自己快死了。痛歸痛，但最令他忍受不了的其實是那股壓迫感。他只怕自己的身體會在不知不覺間就裂成了兩半。

「你怎麼那麼快就忘了啊，嗯？就算你在裡面被關了一個多月……啊，看來你是這陣子都沒有被我上，所以才忘了吧？嗯？鄭泰一，我不是有講過嗎，你是我的。我記得我上次就已經清楚地告訴過你了，結果你還是忘了啊？」

那道從背後傳來的嗓音聽上去格外暴躁。而每當對方咬牙切齒地說出一句話，腰部的抽插動作也變得用力了起來。

啪、啪、啪，不斷被撐開的洞口處傳出了肉體與肉體碰撞的聲響。霎時，在乾燥的狀態下就直接闖入後穴的性器似乎是漸漸找到了溼潤感，開始加大幅度地抽插著。

鄭泰義在床單上磨蹭起自己的臉。隨即，床單便被他的淚水沾溼。

他痛得快死了，那股壓迫感使他喘不過氣。不停落下的淚水就這樣逐漸浸溼床單。

「鄭泰一，你給我打起精神……！我不是講過了嗎，你是我的。在沒有我的允許下，你不准隨意地讓自己受傷。可是，你竟然敢帶走你的身體就直接逃跑？我看你是真的被關到神智不清了吧。」

伊萊的嗓音變得越來越暴躁。而那根闖入鄭泰義體內的性器也伴隨著那道嗓音漸漸腫脹了起來。

鄭泰義可以清晰地感受到那根彷彿要將他的身體撕裂成兩半的棒狀物逐漸地脹大著。隨即而來的壓迫感也使他的肚子就像要就此被撐開似的。

「哼、呃——」

鄭泰義哭了。承受不住的他最終宛若孩子般地抽泣了起來。

他很委屈，也很痛。他既生氣又難過。可是最強烈的感受還是委屈。

他到底做錯了什麼？

好，仔細一想，站在對方的角度上來看，鄭泰義當時的行為的確就像逃跑。畢竟當伊萊為了鄭泰義而排除萬難衝進那座豪宅裡時，鄭泰義直接就當著對方的面跑走了。

可是他遲早還是會回到伊萊的身邊，而且他也已經跟對方講好了。雖然當時兩人的距離遠到伊萊根本就無法聽見，但硬要說的話，沒有努力去聽那句話的伊萊也有錯吧？就連剛剛，即使心路跟叔叔都強烈地勸阻著他。不過為了要回到伊萊身邊，他還是準備出發去機場。

可是伊萊竟然不由分說就這樣上了他，他只覺得委屈、憤怒又難過。在感受到塞在口中的手套後，鄭泰義再次委屈了起來。

沒想到眼前的這個男人竟然真的——就算只有那麼一瞬間——打算要殺了自己。伊萊曾經短暫地想過要讓這個手套沾上鄭泰義的鮮血。

一想到自己曾經冒出想要回到這種傢伙身邊的念頭，鄭泰義就覺得自己很蠢。與此同時，深感委屈的他只好將滿是淚水的臉埋進床單裡，用著發不太出聲音的嘴抽泣著。

「你哭了——你在哭？我不是說過，這對我來說是反效果嗎。鄭泰一，你為什麼這麼不聽話啊？」

用力撞擊著體內的性器此刻依舊不斷地脹大。

稍微壓低身子，緊緊靠在鄭泰義背上的胸膛開始出汗。那張大力咬了後頸一口並吸吮著後頸的嘴唇隨即便移到了鄭泰義的臉頰。對方的雙唇就這樣親柔地吻去了鄭泰義臉上滿滿的淚水。

然而伊萊那跟暴躁嗓音截然不同的溫柔動作，反倒令鄭泰義更加難過了。正是因為這樣、正是因為這些細小的舉動，才讓他認為眼前這猶如怪物般的男人還僅存著一絲人性，並且湧上了想要照顧這個男人的想法。

即使是此時此刻也一樣。

我到底要怎麼照顧這種瘋子啊？我真的很想把冒出這個念頭的腦子砸碎！

「泰一……泰一，你想要解開這些束縛嗎？」

伊萊一邊以緩慢又仔細的動作一一舔掉鄭泰義臉頰上的淚水，一邊在他的耳邊低聲問道。

而鄭泰義見狀連忙點起了頭。即使脖子已經沒有什麼力氣了，但他還是奮力地點著頭。拜託你聽一下別人的解釋吧，算我求你了。就算你無法理解我究竟有多委屈，但至少先聽聽看吧！

每當淚水猶如斷了線的珍珠般奪眶而出時，伊萊便會一滴不剩地吸吮掉那些淚珠。隨後，對方以更加低沉的嗓音低語著：「那當我解開的時候，你就自己親口說出，你是屬於我的。你用你的嘴，一個字一個字地說，鄭泰義從頭到腳都是屬於伊萊里格勞的——怎樣，你願意說嗎？」

那是一道既嚴厲又凶狠的語氣。要是鄭泰義不願意這麼說的話，伊萊似乎一輩子都不打算解開似的。

鄭泰義就這樣用著因為哭太久，而無法正常運作的腦袋暫時愣了一下。

你當初不是說這只是你的認知嗎？幹嘛也逼我講出這種話啊？

隨後，鄭泰義便以溼潤的雙眸疑惑地瞪向了對方。

或許是把這道視線視作拒絕的意思，伊萊的表情倏地沉了下來。

「你不願意說？你打算繼續被堵著嘴是嗎……好吧，反正時間多的是，我也沒有什麼急事要忙。」

語音剛落，伊萊的腰便大幅度地抬了起來。下一秒，伊萊用著彷彿要將鄭泰義體內的臟器全都撞擊過一遍的氣勢猛力地挺入了鄭泰義的最深處。

與此同時，那根在體內脹大到令鄭泰義難以呼吸的肉棒倏地爆發了開來。

「——！！」

鄭泰義下意識地抖了一下，並瑟縮起身子。塞滿了整個腹腔的性器斷斷續續地噴射出了好幾道水柱。而那些填滿體內的黏稠液體隨即便積在了腹腔裡。

他隱約聽見了伊萊低沉的呻吟聲從自己的身後傳來。過沒幾秒，鄭泰義也用著那張被堵住的嘴發出了模糊不清的呻吟。此刻就連那道撞擊著腹腔內的水柱也令他感受到了難以忍受的壓迫感。

可是，至少結束了。

鄭泰義的腦中冒出了這個想法。

那根不斷撞擊著體內的巨大凶器現在總算要離開了。一想到這，鄭泰義便覺得很慶幸，眼中彷彿隨時都會流下安心的淚水似的。

然而。

伊萊在抬起無力趴倒在床上的鄭泰義的腰際後，再次抽插了起來。霎時，鄭泰義不由得驚恐地睜開了雙眼。

那根塞滿了體內的性器沒有離開。不對，那根棒狀物連體積都沒有縮小。甚至還因為被腹腔裡的液體浸溼，而更加快速地抽插了起來。

每當兩人的肌膚碰撞在一起時，那積在體內的混濁液體便被擠了出來。眼看那道液體隨著屁股一路往下，沾溼了自己的性器，再滴落至床單上。乍看之下，這就像從鄭泰義陰莖裡流出來的精液似的。

鄭泰義只覺得快死了。

比起體內的壓迫感，他似乎會先因為喘不過氣而死去。

被伊萊不停晃動著的身體好像隨時會窒息般的疲倦。鄭泰義現在唯一能做的就只有將不斷從眼眶中流出的淚水擦在床單上。不過在被伊萊發現後，對方立刻抓住他的下巴，不讓他有機會這麼做。隨後，伊萊就像不願看到任何一滴淚水掉落在床上似的，仔細地舔舐著鄭泰義臉上的每一顆淚珠。

與此同時，鄭泰義第二次感受到了體內有東西爆發開來的感覺。

這次總算結束了吧。鄭泰義用著模糊的意識這麼想道。

既然已經結束了，那他應該馬上就會鬆開我了吧。

快要沒有任何知覺的下體先是抖動了一下，接著便又瑟縮了起來。不知道是不是錯覺，但他總覺得塞滿在他體內的凶器好像也稍微變小了一些。

倏地，伊萊再次在他的耳邊低語道：「那你現在願意親口說出那句話了嗎？」

鄭泰義保持著沉默。不對，更準確地說，由於他的意識早已變得昏沉，所以此刻的他沒有任何的力氣可以做出反應。隨後，伊萊再次晃動起自己的腰。

等到第三次的性事結束之時，鄭泰義只覺得自己快要暈過去了。他的腰部以下沒有任何的知覺。唯一有感覺的就只有洞口處，那裡彷彿就像有火在燃燒般地刺痛著。

哭到無力的鄭泰義癱倒在床上，他用著無法開口說話的嘴嘟噥著：「拜託放過我吧。再做下去的話，我的身體真的會壞掉。不管你說什麼，我都會乖乖照做，拜託你放過我吧，你這臭小子……」

縱使剛剛已經哭了很久，但一想到對方說不定又會繼續做下去，他便又再次哭了起來。而伊萊見狀也用著慵洋洋又柔和的嗓音輕搔著鄭泰義的耳廓，輕聲說道：「只要你願意親口說出那句話，我就會解開這些束縛。只要你用你的嘴，雙眼看著我，用著我能聽到的音量準確地將那句話說出口，我就會幫你解開。」

「……」

鄭泰義點了點頭。不管怎麼樣都好，不管伊萊提出了什麼樣的條件，他都願意答應。他只希望對方可以讓他躺在床上休息一會兒就好。

然而此刻的他連動根手指頭的力氣都沒有了。或許正因如此，伊萊才沒有看見他點頭的動作。

「……啊哈，你還想再繼續堅持下去就是了？」

鄭泰義聽見耳邊傳來了輕笑聲。霎時，他猛地意識到伊萊其實完全不覺得疲憊。對方用著猶如怪物般的體力，就像在做沒有什麼難度的運動般，稍稍流了幾滴汗，並再次抬起他的腰。

鄭泰義瞬間冒起了雞皮疙瘩，立刻打起精神。

下一秒，他就像瘋了般地點著頭。要是再繼續做下去的話，他說不定真的會死掉。畢竟光是此時此刻，他就已經覺得自己的下體快被對方撐壞了。

眼看鄭泰義哭著胡亂點起頭的模樣，伊萊笑了起來。雖說鄭泰義已經點起了頭，不過由於身體沒有什麼力氣，因此他實際上也就只是下巴稍微晃動的程度，然而伊萊見狀還是笑著一把抓住了他的下巴。

隨後，伊萊解開了包裹住鄭泰義雙唇的毛巾，並且用手指挖出了塞在他口中的手套，隨意地丟在地板上。

在那之後，伊萊用自己的指尖緩慢地輕撫過鄭泰義的舌頭、上顎以及牙齦。就這樣輕撫了好一陣子後，伊萊倏地抽出自己的手指，並用力地咬住了鄭泰義的雙唇。

鄭泰義連喊痛的力氣都沒了。

我這輩子絕對不可能再把他當人看……他根本就沒有什麼鬼人性啊……

鄭泰義先是抽泣著，隨即便難過地哭了起來。

然而那個本該沒有任何人性的伊萊，卻用雙唇溫柔地輕吻了他的眼皮，接著以低沉又堅決的嗓音開口道。

「泰一，你自己親口說出來。」

「……」

鄭泰義不是故意不想開口的。由於剛剛哭了太久，嗓子整個啞掉，因此他無法馬上就發出聲音。

不過伊萊一看見他猶豫的模樣，立刻就用力抓住了他的屁股。而這也嚇得鄭泰義連忙說：「……你的……所以……我。」

因為嗓子徹底啞掉了，就連鄭泰義都聽不太清楚自己到底在說些什麼。可是伊萊並沒有露出絲毫不耐煩的神情，在輕輕地吻了鄭泰義的雙唇後，對方開口道：「再說一次。講清楚一點，讓我能清楚聽見。」

「……是你的——是你的啦，你這……小子……」

縱使鄭泰義抽泣著低語出的話語中好像參雜了什麼刺耳的單字，但伊萊並不在意。伊萊只是再次吻上了鄭泰義的嘴唇，以吻著對方的姿勢說：「再講一次，讓我能夠聽到名字。我剛剛都沒有聽見。」

鄭泰義先是沉默了一會兒，接著委屈、難過，以及憤怒的情緒一時之間全都湧了上來。

「該死的伊萊里格勞……鄭泰義是伊萊這該死傢伙的。看你是要殺了我還是怎樣，全都隨便你了！」

他用著全身僅剩的最後一點力氣怒吼道。

然而鄭泰義原本以為會生氣——其實不管對方會不會生氣、會不會殺了他，他都已經懶得管了——的伊萊並沒有生氣。對方反倒還像很愉快般地笑了起來。隨即，伊萊的低笑聲便消失在鄭泰義的口中。

「你還打算要再次逃跑嗎？」

好不容易聽懂了那句在兩人雙唇間低語著的話語後，鄭泰義抬起了沉重的眼皮看向對方。對方那雙仍舊留有瘋狂氣息與熱氣的眼眸此刻正垂下眼盯著他看。

我又沒有逃跑。我剛剛是準備要去找你！

就算現在已經沒有任何東西能夠阻止他開口了，但鄭泰義還是累到連講話的力氣都沒有。

他只能無力地搖著頭。雖然他的動作小到難以看清，不過還是被伊萊捕捉到了。伊萊在將鄭泰義的舌頭吸進自己的口中後，開始啃咬了起來。

「鄭泰義。」

霎時，鄭泰義聽見了有人呼喊著他的名字。

在聽見那異常標準的發音後，鄭泰義闔上了雙眼。由於太過疲憊，他的身體就像吸了水的棉花般沉重。

下一秒，伊萊緩慢地將他的身體翻了過來。仰躺在床鋪上的鄭泰義隨即就像屍體般地癱軟在上頭。

然而這個姿勢並沒有維持太久。

正當鄭泰義以模糊的意識想著就算現在有人要揍他，他恐怕也無力掙扎時，他倏地感覺到有人爬到了他的身上。而這也令他立刻張開了雙眼。此時，伊萊正趴在他的身體上。

鄭泰義的眼中頓時充滿著恐懼。

不行了！我真的會死！就算只是再做一次，我也絕對會死！

可能伊萊也從鄭泰義瞪大的雙眼中讀出了他的恐懼，伊萊就這樣趴在他的身上，噗哧一笑。

而鄭泰義在看見對方笑容的瞬間，馬上就意識到，伊萊總算有點恢復正常了。

如果剛剛的伊萊是徹底失去理智的瘋子的話，那現在的伊萊則是多少有些恢復理智的瘋子。

「沒事，我現在不會再做得那麼大力的……只要你乖乖遵守你剛剛說出口的話，我就不會做那麼大力的。好，不要再哭了，也不要怕，乖……」

鄭泰義頓時覺得有些惱火。對方那一副在跟小孩講話的語氣令他異常的反感。正當他準備罵出「我哪有哭啊！」時，他才發現自己竟然在不知不覺間落淚了。

隨著他意識到自己落淚的事實，他倏地感到很難過。因為他想起了自己是為了什麼理由而哭。

我到底要怎麼跟這種瘋子交涉啊？不管我怎麼看，我好像都選錯邊了。我究竟該怎麼辦才好啊！

當鄭泰義在心底無力地感嘆著時，伊萊敞開了他的雙腿，並且將自己的性器抵在洞口處。

霎時，鄭泰義那道隱隱約約的哭聲逐漸清晰了起來。

「沒事的，乖，你先等一下……我只要放進去就好了。我不會動，只會放在裡面而已。這樣很舒服，你乖乖別動。我只要放進去就好了。」伊萊親吻著鄭泰義的臉頰低語道。

隨後，不管鄭泰義的頭搖得有多大力，伊萊依舊緩緩地將自己的性器挺進了後穴裡。

雖然對方的動作很緩慢，但那股壓迫感還是使鄭泰義湧上了反胃的感覺。鄭泰義下意識地瑟縮起身子，為了要讓自己稍微舒適一點，他拚了命地蜷縮起身體。

隨著那根性器有一半都沒入了體內後，鄭泰義忍不住再次抽泣了起來。而微微撇起嘴，垂下眼看著鄭泰義的伊萊無聲地嘆了口氣。

「好吧，那今天就做到這裡就好……你乖乖不要亂動，你得先熟悉我的大小，之後才不會又這麼吃力。」

伊萊一邊說，一邊趴在了鄭泰義的身體上。

頓時，鄭泰義的腦中閃過了數十句足以反駁對方的話。然而此刻的他非但沒有力氣講出這些話語，再者就算他真的講出來了，對方肯定也不會聽進去。

他就只能在心底憂鬱地想道：在熟悉這個大小之前，我的身體肯定得先經過一番折騰吧……

一想到這，鄭泰義不禁重重地嘆了口氣。而每當他呼吸時，上下起伏著的胸膛與肚子總是會不小心碰到對方的胸部及腹部。

鄭泰義就這樣感受著對方的體溫，緩緩地、緩緩地放鬆了身體。

他不想要再次經歷這種艱辛的過程了。無論他怎麼看，他都覺得自己這次好像真的跟錯了人。他絕對無法照顧眼前的男人。

「鄭泰義……你是不是喜歡我。」

對方先是用著準確的發音——伊萊偶爾就是能夠講出異常精準的發音。而這也令鄭泰義不禁在想對方是不是瞞著自己，私下偷偷練習過——喊出他的名字，在間隔了一段時間後，伊萊才又繼續說道。

鄭泰義見狀猛地瞪大了雙眼。雖說是瞪大，但由於他已經沒有什麼力氣，實際上就只是撐開眼皮罷了。

他總覺得自己剛剛好像聽見了什麼奇怪的話。

「再怎麼樣，你也不能昧著良心講話吧……」

鄭泰義皺起眉頭話才說到一半，不知道是不是錯覺，不過他總覺得對方稍稍抬起了腰，而這也使他嚇得不得不閉上嘴。

與此同時，他用著木然的腦袋思索起了對方剛剛的那句話。

——鄭泰義，你是不是喜歡我。

我有嗎……

他先是下意識地思考著這個問題，隨即又突然打起了精神。他猛地想起之前曾經看過的某個研究結果，據說當人的肉體或心靈特別疲倦的時候，心理暗示就更容易成功。

然而下一秒，他緊繃著的精神又慢慢地鬆懈了下來。隨後，他再次思考起剛剛的問題。

我真的喜歡那個傢伙嗎？

隨著腦中閃過這個疑問，過去的點點滴滴立刻就像走馬燈般浮現在他的眼前。而其中出現最多的莫過於是他對伊萊里格勞這個人的印象。每當那些印象一一浮現在腦中，他的心情就變得越來越憂鬱。

不對啊，伊萊是個就算想要逼自己喜歡，也無法喜歡上的人。況且仔細一想，這個傢伙究竟還有什麼壞事是沒有幹過的？

伊萊不但有殺過人，甚至還強姦過別人，而搶劫……雖然在鄭泰義的印象中，他不記得伊萊有搶過東西，但要是這個男人不是含著鑽石湯匙出生的話，依照對方的個性，肯定也能泰然地幹起搶劫這種事。

……等一下，他有搶過東西。即使他搶的東西跟常人有點不太一樣，不過他的確從我的身邊搶走了心路啊！雖然現在的情形好像反過來就是了。

能夠喜歡上這種傢伙的人不是正人君子，要不然就是笨蛋……如果這兩者都不是的話，那肯定就是罹患了思覺失調症。

一想到這，鄭泰義突然感到背脊發涼，猛地搖起了頭。

霎時，那張親吻著他後頸的雙唇移動了起來。一道懶洋洋的嗓音一路從他的後頸處往上爬，爬進了耳朵裡。

「當時，當你打給我的時候。」伊萊的嗓音倏地變得低沉，「你不是就講過了嗎？你說你喜歡我。」

聽見對方那句果斷的話語後，鄭泰義用著模糊的腦袋拚了命地回想著。而他唯一可以確定的是，他絕對不曾講過這種話。可是對方卻把他的話曲解成了「我喜歡你」的意思。

「所以我當時就想過了，我認真地思考過了，這是我的。」

「……」

鄭泰義沒有答話。除了因為疲憊而懶得開口之外，最主要還是兩人緊靠在一起的體溫使他的心情很好。就這樣靜靜聽著對方的低語聲似乎也是個不錯的選擇。

「在電話被掛斷之前，你不是有問過我，我是不是喜歡你嗎？」

當伊萊提起這件事時，鄭泰義的身體突然瑟縮了一下。

沒錯，仔細一想，他還沒聽到對方的答案。雖然他在心底已經默認對方喜歡自己了，但他的確在還沒聽到對方的回答之前，就被迫掛斷了電話。

伊萊的答案嗎……

其實他並沒有一定要聽見什麼答案。

就算聽到伊萊說他討厭自己，鄭泰義的心情肯定也說不上有多愉快。可是在此之前，鄭泰義就已經從伊萊的口中聽到過許多令他的心情更糟的話語了。

那麼假如伊萊真的說他喜歡自己的話……想必這個回答也會令鄭泰義感到很困擾。要是對方真的認知到自己的情感，那麼從那一刻開始，一切的情勢似乎就真的無法挽回了。

沒關係啦，你不用回答也沒差……正當鄭泰義準備要說出這句話的時候，伊萊又倏地安靜了下來。對方就這樣安靜了好一陣子。不知道究竟過了多久，鄭泰義只知道那段時間久到對方應該是不會再開口了。

話講到一半就睡著是怎樣啊。

鄭泰義雖然暗自在心底抱怨著，但那股重壓在他身上的感覺也令他開始犯睏。

叔叔……即使我也以為我這次一定會死，可是至少我現在還活得好好的。頓時，鄭泰義想起了叔叔那帶著擔憂的嗓音，默默在心中咕噥道。

隨著夢境與現實的界線逐漸模糊了起來，鄭泰義的意識也飛得越來越遠。與此同時，他突然從遠處聽見了一道低沉的嗓音。

「就算是這樣，這仍然……也是我的。」

當鄭泰義聽見那道低沉又平靜的嗓音時，他感覺到有東西觸碰到了他的耳廓與臉頰。縱使此刻的他閉著雙眼，但那個觸感卻已經熟悉到他不用看也猜得到那是什麼了。

你那是什麼歪理啊……鄭泰義用著茫然的意識這麼想道。

就在他快要昏睡過去之際，他感覺到有人用力地抱住了他的腰。

「泰一，你是我的。」

* * *

一睜開雙眼，鄭泰義茫然的腦袋最先冒出的念頭便是：我竟然還活著……他原本還以為自己這次絕對死定了，可是沒想到現在卻還活得好好的。

鄭泰義抬起了自己的手。然而肩膀就像脫臼般地疼痛著。其實不單單是肩膀，從手臂到手指指尖，沒有一處是不會痛的。

在試著稍微晃動了一下手指後，他才意識到那不是真正的痛。由於皮膚不停地刺痛著，這才使他的全身上下宛若受了傷般地劇痛。

而他的皮膚之所以會這麼痛，不外乎是昨天有人不斷地搓揉著他的身體。

「……」

無論是手臂、雙腳，以及腦袋，全都被對方的手用力地緊抓過。就算此刻全身上下都感覺到了肌肉痠痛，鄭泰義可能也不會覺得意外。

隨後，他緩緩地活動起自己的身體。雖然全身都能感覺到刺痛感，但好像沒有一個地方是真的有受傷。

從腰部以下沒有任何知覺來看，想必他又有好幾天得受苦了。

鄭泰義先是以有些緊張的表情瞪了天花板好一會兒，接著才緩慢地將手往下伸。當他的身體小幅度地移動起來時，腰部以下倏地傳來一陣刺痛感。

「……！……！……！」

他只覺得自己的腰快斷了。不過比起腰部，真正痛到令人難以忍受的是雙腿之間。

鄭泰義無聲地吞下了卡在口中的呻吟聲，身體忍不住顫抖了起來。霎時，他開始擔心起自己的肛門要是真的裂得很嚴重的話要怎麼辦的問題。

之前肛裂的時候，他有好幾天上廁所時都痛苦到不行。一想到自己當時那既沒辦法將這件事傾訴給別人聽，又一言難盡的心情，他就忍不住湧上想嘆氣的心情。

我怎麼會淪落到這種地步……

鄭泰義先是猶豫了好幾秒，接著像是下定決心般，一邊忍受著不停冒出的刺痛感，一邊小心翼翼地將手伸到了屁股之間。

「啊……！……！！」

當他的指尖一碰到洞口處時，他的身體不由自主地顫抖了起來。即使他看不見，但他也可以感覺到自己的洞口處肯定腫脹到不行。單就此刻的痛覺，他有種就算過了一百年，傷口似乎也不會復原的錯覺。

「要是我之後再跟他幹這件事的話，我就跟他姓……！」

咬牙切齒講出這段話的鄭泰義猛地又害怕了起來。在抖了一下後，他便閉上了嘴。隨後，他小幅度地移動起自己的脖子，將眼珠子轉向了身旁。

他原本還以為對方肯定會躺在那個地方，可是床鋪上卻空無一人。

伊萊是在廁所嗎？還是短暫地出去外面一趟？

躺在床上的鄭泰義靜靜地感受著周遭的動靜。然而他卻什麼都感覺不到。雖然他懶得起身轉頭去查看四周，不過從房內寂靜的氛圍來看，他似乎是獨自一人待在房間裡。

隨即，他默默地嘆了口氣。這種連想說什麼都得看對方臉色才能說出口的生活實在是太痛苦了。

「……該死……繼續跟這個瘋子打交道下去，我想我應該會先被憋死吧……唉，我這次真的選錯邊了。」鄭泰義無力地咕噥道。

倏地，他緩緩地回想起了睡前發生的事。

他最終還是沒有宣洩出心中的委屈。與此同時，他甚至還冒出了「我犯下的罪行真的有嚴重到需要承受這些殘酷對待嗎？」的想法。

「……」

不過下一秒，他又猛地沉默了下來。

束手無策。

他想起了叔叔曾經拿來形容過伊萊的那句話。

即使他不想聽到其他人這麼形容伊萊，可是叔叔講的的確是事實。

當時的伊萊是什麼樣的心情？當對方看見鄭泰義在自己的面前逃跑時，伊萊當下究竟冒出了什麼樣的想法？

鄭泰義突然覺得胸口傳來了一股刺痛感。他的呼吸也變得急促。或許他根本就不該感到這麼委屈才對。鄭泰義就這樣一邊思考，一邊安慰著自己。

「……」

可是轉念一想，此刻的他好像沒有餘力去思考這些問題。

他似乎真的跟錯了人。

也許伊萊里格勞這個男人根本就不是人類。這不單單是指對方沒有人性的意思，經過昨晚的一番折騰後，他不禁認真地懷疑起伊萊是不是根本就不符合生物學上所定義的「人類」。

伊萊的體力好到超出非比尋常的程度。除此之外，對方的思考模式也很不合常理。就算是為了要救人，一般人通常也不會用上這種偏激與極具破壞性的方式——而且換個角度來看，這甚至可以算得上是自我破壞的其中一種範疇——

再次回到對方的身邊，不對，更準確地說，是準備要回到對方身邊之前就被抓到的這個行為，真的是正確的嗎？

鄭泰義陷入了自我懷疑之中。與此同時，每當他一想到那不停刺痛著的身體，心情就變得更加憂鬱了。他想不透自己究竟要怎麼照顧那個男人。

由於對方的個性異常過激，這也使得他在昏睡之前，越是仔細思考這件事，就變得越來越沒有信心能勝任這個角色。從理性上來看，最好的上策莫過於是直接逃跑。

然而到時候要是又再次被抓到的話，勢必會迎來更加淒慘的慘況。那個時候，他說不定真的會活生生被對方吃掉。

不過即使在考慮到這個風險之後，他依舊認為趕快逃得越遠越好才是最佳的選擇。

「我要怎麼照顧他啊……」嘟噥到一半的鄭泰義倏地陷入了沉默，他選擇換種方式來詢問自己。

到底有哪個人會願意照顧那個傢伙？

他可以斬釘截鐵地說，這個世界上絕對沒有人有足夠的能力可以照顧伊萊。然而，若是有個人很會察言觀色，還可以好好顧好自己性命的話……

「……那個人不就是我嗎……」

低聲咕噥完這句話之後，鄭泰義將自己的臉埋進了棉被之中。

——泰一，你是我的。

霎時，他的耳邊再次迴盪起那道低沉又深情的低語聲。

當他在昏睡過去之前，對方重重地壓在他的身上，猶如嘆氣般地這麼低語著。

「……什麼你的，誰他媽是你的啊……」鄭泰義不悅地說道。

他一邊嘟噥，一邊挪動著自己痠痛的手臂將棉被往上拉。他就這樣一把將棉被蓋在了眼睛下方的位置上。

倏地，他感覺到後頸處一陣發燙。不用照鏡子，他也能猜到自己的脖子肯定漲紅了起來。

我怎麼會變成這副鬼樣啊。

雖然他之前時不時就會冒出這個疑問，但卻始終得不出一個結論。一想到這，鄭泰義無奈地抓起了自己的頭髮，「為了要盡快治好思覺失調症，我想我就只能趕快逃走了吧……」

「鄭泰一，你現在是還在做夢，還是已經清醒過來了？」

要是身體沒有經過昨天的那番折騰，鄭泰義此刻八成已經從床上跳到天花板的位置了。他原本堅信著房內就只有自己一個人，殊不知下一秒卻突然冒出了一道熟悉的嗓音。而這也使他的心猛地一沉。他甚至都顧不上身上的疼痛，立刻將頭轉向發出聲音的方向。

位於書桌與窗戶的中間擺著一個巨型盆栽，而伊萊現在正坐在被盆栽陰影遮擋住的單人沙發上。對方看上去似乎也沒有在忙些什麼，就只是悠哉地將手環抱在胸前，直勾勾地凝視著鄭泰義而已。

鄭泰義見狀先是木然地瞪大雙眼看向對方，接著努力地回想自己究竟說了些什麼。

該死，我剛才到底說了什麼？

鄭泰義皺起眉頭，直直地盯著伊萊那張看上去好像沒有特別不開心的臉。乍看之下，對方就像在沉思似的。

「你為什麼要這麼安靜地坐在那裡啊。」

「嗯……？」

在聽見鄭泰義生硬的咕噥聲後，伊萊仿若正在思考著其他事情般，緩慢答道。下一秒，對方懶洋洋地瞇起雙眼，凝視著鄭泰義，「因為我剛好在想事情。」

伊萊說著這段話的同時，嘴角也露出了淡淡的笑容。

也對，你看上去的確是有些心不在焉。

實際上，鄭泰義非常在意對方究竟在想些什麼。不知為何，他有種對方好像將自己的命運放在天秤上衡量的感覺。

隨後，伊萊緩慢地從沙發上起身，並且朝著鄭泰義躺著的床走了過來。

當對方走到床邊後，伊萊就這樣站在原地垂下眼看著鄭泰義。而好不容易從床上坐起來的鄭泰義由於無法憑藉著自己的力量坐好，因此他最終只能汗流浹背地靠在床頭，與一旁的伊萊對視著。

「我話先說在前頭。」

霎時，伊萊開口了。多少有些心虛的鄭泰義見狀不禁偷偷地抖了一下，並看向對方的雙唇。

「你的後面沒有裂開。雖然有些擦傷與腫脹，但過幾天應該就會好起來了。」

「……」

原來被他看見了啊。

在回想起自己不久前那一邊輕撫著自己的洞口處，一邊痛得掙扎起來的模樣後，鄭泰義忍不住湧上了一股宛若吃到蟲般的苦澀心情。

「除此之外。」

伊萊再次開了口。而鄭泰義毫無意外地又抖了一下。與此同時，他不免憂鬱地想道，人在自言自語的時候說點其他人的壞話又不會怎麼樣……更何況他剛剛也沒有講伊萊的壞話啊。

「你得改姓了。」

在聽見伊萊漫不經心說出口的話語後，鄭泰義情不自禁露出了木然的表情看向對方。

那句話是什麼意思？

無論他怎麼回想，他都想不起來自己剛剛提到了什麼跟姓氏有關的話題。不對，其實他連自己剛才到底說了些什麼都沒有印象。

當伊萊看見鄭泰義滿臉疑惑的表情後，猛地笑了起來自言自語道，「泰一里格勞聽上去也還不賴。」然而因為對方的咕噥聲太小，鄭泰義不確定自己聽到的內容究竟是不是正確的。

「再者。」

隨著伊萊第三次開口，鄭泰義也第三次被嚇到抖了一下的同時，他難免在心底咒罵了起來。

伊萊的記憶力到底有多好？他有必要這樣將我說過的話一一點出來嗎？

正當他微微地皺起眉頭，心想著對方這次又要說些什麼的時候，伊萊卻突然安靜了下來。

下一秒，伊萊朝著床鋪的方向又靠近了一步。隨後，伊萊彎下腰，在鄭泰義的面前傾斜著身子。而鄭泰義在看見對方的臉一時之間貼近到自己的額頭處後，忍不住狐疑地撇起了嘴。

「泰一，你是我的。就像你昨天親口說的那樣，你是屬於我的。」

「……不是，那是你逼我——」

「你昨天分明親口說出了那句話。若要我再次重複你說過了什麼的話，那便是『該死的伊萊里格勞，鄭泰義是伊萊這該死傢伙的。看你是要殺了我還是怎樣，全都隨便你了！』」

鄭泰義陷入了沉默。

仔細一想，之前叔叔還是凱爾好像曾經說過。雖然伊萊的個性非常特別，但腦子卻出奇的好（從對方特地使用「特別」這個字來形容伊萊的個性來看，講出這句話的人八成是凱爾）。

在苦澀地咂了咂嘴後，鄭泰義撓起了頭。隨後，嘆了口氣的他便以自暴自棄的心情咕噥道：「好啦，對啦，我是你的。」

聽完鄭泰義的話語後，伊萊笑了起來。

霎時，鄭泰義不禁再次陷入了沉默。

對方此刻的笑容就跟當時在拉曼豪宅裡看見的那個笑容十分相似。那是一種非常高興，單純因為開心而揚起嘴角的笑容。

鄭泰義下意識地凝視起對方。伊萊現在竟然掛上了那個陌生的表情。

倏地，鄭泰義清楚地聽見了自己的心跳聲。他曾經多次回想起對方的這個笑容、這個表情。

他不禁在想，在這個世界上，真的還會有其他人在看到他的瞬間，願意像伊萊當初那樣露出如此純粹又開朗的笑容嗎？

鄭泰義的指尖猛地顫抖了起來。或許是手麻了吧，他就這樣用另外一隻手開始按壓起自己的指尖，並且想道。

他很喜歡伊萊的這個表情。只要能夠看見對方此刻所露出的笑容，無論要他重複幾次剛剛的那句話，他都願意。

「好，你想怎樣就怎樣吧……」鄭泰義在嘆了口氣後，低語著。

然而下一秒，突然湧上惆悵想法的他又忍不住自言自語道：「我原本的夢想是想要跟溫柔又和藹的人交往，過上吃好睡好的生活……唉。」

不過鄭泰義卻忘了一件事。此時坐在他眼前的男人，聽力遠比他想像中的還要好。

伊萊見狀先是挑起眉頭「哈啊……」了一聲，接著像是不怎麼在意般地笑著說：「我要不要乾脆把這個世界上溫柔的人全都殺了啊。」

鄭泰義闔上了嘴，搓揉著冒起雞皮疙瘩的手臂。無論他怎麼看，只要是從伊萊口中說出的話，聽上去都不像是玩笑話。畢竟對方很少會把正常人認為的玩笑話當作玩笑話。

「那你要怎麼分辨出哪些人是溫柔的人啊。」苦澀地咂完嘴後，鄭泰義反問道。溫柔的定義很模糊，而且每個人對於溫柔的定義都不同。或許這個世界上也會有人覺得伊萊這種傢伙很溫柔。

伊萊挑著眉頭，漫不經心地說：「反正你會告訴我啊。」

「我嗎？」

「只要是你願意跟對方一起過上吃好睡好生活的人，那想必就是溫柔又和藹的人了吧。」

「……你劃分溫柔的人的基準竟然是我嗎？」鄭泰義撓了撓頭。「我要不要乾脆把那個基準給……」

話剛說到一半，鄭泰義隨即又安靜了下來。因為他深知，不可以在伊萊的面前隨意說出玩笑話。

再這樣搞下去，我怎麼覺得我真的得負責照顧起這個傢伙啊。

要是他放棄照顧對方，想辦法逃跑的話，眼前的男人肯定會追他追到天涯海角，並且留意出現在他身邊的每一個既溫柔又和藹的人。

就在鄭泰義一邊想著自己此刻的人生宛若陷入泥沼的情境般，一邊盯著自己的指尖看時，沉默了好一陣子的伊萊倏地開口道。

「好，那我最後再講一件事。」

「你怎麼還有話可以說啊……」

我到底說過了什麼？明明我什麼印象都沒有，他怎麼可以把我說過的話記得這麼清楚啊。

鄭泰義先是抬起頭看向伊萊，接著擺了擺頭示意對方繼續說下去。而伊萊見狀便在床邊坐了下來。對方就這樣坐在鄭泰義的身旁，以一副要往鄭泰義的身上趴下去的姿勢將另外一隻手撐在他的旁邊。

眼看自己頓時被困在對方的懷中，鄭泰義忍不住微微地皺起了眉頭。伊萊究竟打算要說些什麼？

「你不准再想著要逃跑。」

一道平靜的嗓音，從鄭泰義的面前傳出。

鄭泰義一語不發地看著對方。仔細一想，他好像有說過類似的話。他剛才的確是曾經想過，為了自己的未來好，他必須得儘早逃離伊萊的身邊才行。

可是伊萊那道叫他不准再想著要逃跑的嗓音聽上去卻格外冷靜。

鄭泰義原本還以為對方會越說越惱怒，抑或是以威脅的語氣警告他，然而對方完全沒有露出那種神色。乍看之下，伊萊就像是在叫鄭泰義吃飯似的，平靜地開了口。

「沒有第三次了。」

伊萊補充道。而鄭泰義則是默默地聽著對方的話。

隨後，伊萊用著跟嗓音一樣平靜的神情凝視了鄭泰義好一會兒。對方就像要從鄭泰義的臉上找出什麼似的，仔細打量了好一陣子後，才又開了口。

「我這次是真的有認真考慮過要不要直接殺了你。畢竟只要把你殺了並生吞活剝的話，你就再也無法從我的身邊逃離了。」

「……」

鄭泰義垂下了眼。說著這段話的伊萊，臉上沒有絲毫的後悔抑或愧疚的神色。只要伊萊想的話，對方隨時都能以泰然的表情將他殺了並吃掉。一想到這，鄭泰義的心不免微微地一沉。

我真的可以待在他的身邊嗎？

鄭泰義忍不住在心底嘆了口氣。

「所以，沒有第三次了。要是真的有第三次的話，我一定會殺了你的。所以，不要逃跑……算我求你了。」

在聽見對方的最後一句話後，鄭泰義倏地抬起了頭。

他從沒想過竟然能從對方的口中聽見這一句話。此刻，這句話聽在鄭泰義的耳裡顯得異常陌生。這句隨時都能從其他人口中聽見的話語，再次使他的指尖瑟縮了起來。

……他是真的遺失了他那非人的性情了嗎……鄭泰義不禁嚴肅地思考起這個問題。

雖然當時將這段話講給心路聽的時候，他的確是發自內心的，可是那句話的本身其實多少帶著開玩笑的成分在。

鄭泰義的臉上露出了不明顯的笑容。

這種感覺倒也不賴。偶爾在意想不到的情況下，發現伊萊那令人感到意外的一面時——雖然伊萊的這些模樣對大部分的人來說，只是件再正常不過的事就是了——，他總是會止不住自己的笑意。

「我當時正準備要回去。」鄭泰義開口道。

而伊萊見狀則是挑起了眉頭。對方就像無法理解鄭泰義這句話的意思般，微微地歪起了頭。

「當我在等機場巴士的時候，我原本是打算要去機場，就這樣回到你身邊的。」聳了聳肩後，鄭泰義嘆著氣說。

雖然再次提起這件事，難免讓積在心底的委屈與怒火又稍稍地湧了上來……但鄭泰義最終還是選擇放下這件事。轉念一想，就把這當作是發現伊萊那令人感到意外的一面的代價吧。

抬起視線後，鄭泰義發現對方正在直直地盯著自己看。而且還是以一種非常微妙的表情在盯著他看。

伊萊看上去就像聽見了什麼奇怪的話語般，露出一副不知道該說些什麼的神情望向鄭泰義。

在感受到對方那道古怪的視線後，鄭泰義尷尬地撓起了頭。隨後，他也忍不住挑起了眉頭，看向對方，「……我是說真的。」

或許是把伊萊的視線解讀成懷疑的意思，鄭泰義硬是又補上了一句。

也不知道伊萊是不是真的這麼想，抑或是單純感到意外，又或者是在思考著其他的事情，對方就只是微微地點了點頭，什麼話都沒有說。

鄭泰義用力地撓著頭。由於不久前還不停講著話的人倏地闔上了嘴，這也使得整個空間頓時安靜了下來。然而這片沉寂反倒使鄭泰義的心變得越來越浮躁。

就在這個時候。

「我付出了多少。」

伊萊開了口。因為沒有聽清，鄭泰義連忙反問道：「嗯？」

「你只需要將我為了你，付出了多少代價的份量還給我就可以了。」

伊萊的語氣非常平靜。乍看之下，這就像是對方剛好在路上巧遇鄭泰義，隨意地打起招呼般。

沉思了一會兒後，鄭泰義狐疑地問道：「……不過那個份量會不會很大啊……？」

一聽見鄭泰義的問句，伊萊猛地露出了笑意濃厚的笑容。那是一個仿若下一秒就會大笑起來的愉悅笑容。

「怎樣，你沒有信心能做到嗎？」

鄭泰義緩慢地撓了撓頭，咕噥著說：「倒也不是，我欠你多少自然就得還給你啊。尤其是你失去的那一切。」

語畢，鄭泰義試著回想了一下對方究竟失去了什麼。然而想著想著，他不禁覺得他要還的東西好像並不少。

「畢竟這件事，讓你失去了很多。」

雖然鄭泰義很想補上一句「可是你依舊是個分不清是非對錯，連個計畫都沒有的笨蛋！」但最後還是忍了下來。

而伊萊在聽完鄭泰義的話語後，短暫地閃過了一個奇怪的表情。不過還沒等鄭泰義露出狐疑的神情，對方馬上又像什麼事都沒有發生般地笑了起來。

「好，你就還那個份量就可以了……或許這個過程會很費力，但無論如何，我都得討回來。」

伊萊後面的那句話輕柔到宛若是自言自語。沒有聽清的鄭泰義下意識地反問著：「嗯？」可是伊萊見狀就只是露出淡淡的笑容，聳了聳肩罷了。

＊＊＊

鄭泰義直直地瞪著浴室的門。

其實坐在馬桶上的時候還可以忍受，拚死拚活好不容易在馬桶上解決完生理需求的時候也沒有什麼大問題。可是現在這麼一看，他卻覺得浴室的門離自己好遠好遠。

「要不要再次叫那個傢伙過來啊……」

猶豫了一下後，鄭泰義隨即又搖了搖頭否決掉這個提議。無論他怎麼看，他都覺得這不是一個明智的選擇。

實際上，他當初之所以可以來到浴室，也是多虧了伊萊的幫助。雖然這麼講很羞愧，但他是真的連一步都邁不出去。

當初為了要自己一個人去上廁所，他幾乎是用爬的離開了床。然而當腳一踏上地板的剎那，他的膝蓋立刻就跪了下來。

而一邊看著今天的報紙，一邊以事不關己的態度笑著說：「啊哈，看來記者們也沒有什麼可以寫的嘛。他們唯一能罵的也就只有T&R跟UNHRDO罷了。」的伊萊一看見鄭泰義癱坐在地板上的模樣，立刻收起笑臉，瞪大雙眼地看著他。

晚了一步的伊萊在將鄭泰義扶起後，再次讓他坐在了床鋪上，「你為什麼會在什麼障礙物都沒有的地方被絆倒啊？」

霎時，鄭泰義露出了埋怨的眼神看向對方。或許是讀出了鄭泰義眼神中的含義，伊萊先是像猜到原因般地點了點頭，接著又像是無法理解似的微微皺起了眉頭，「你的體力這麼糟，你是要怎麼在這個世界上活下去啊。」

一聽見這句話，鄭泰義心底的埋怨頓時爆發了出來。

你這臭小子！因為你沒有被像你這種大小的人上過，所以才講得出這種話啦！雖然我不曾想過我會淪落到今天這步田地，但我之前在跟其他人做完愛後，也不曾講過這麼沒同情心的風涼話！

鄭泰義火大地握起不斷顫抖著的拳頭。與此同時，他總算能懂之前跟自己一起度過性福時光的那些可愛青年們當時究竟有多痛苦了。

不過轉念一想，那些人再怎麼痛，肯定也沒有自己痛。畢竟他們怎麼可能會有跟性器大小和馬差不多的人做過愛的經驗。

鄭泰義坐在床上——雖然此刻的他無論是站著，還是坐著都很難受就是了——，握緊著手中的拳頭，惡狠狠地瞪著伊萊。而伊萊或許是想要努力找回遺失的人性，在撩起垂在鄭泰義臉上的頭髮後，溫柔地問道：「你怎麼不好好躺著？要我去幫你拿罐啤酒嗎？」

「因為我要去上廁所……也順便幫我拿罐啤酒過來。」

由於對方的提議很誘人，於是鄭泰義在講出原本的目的後，接著又補上了後面那一句。

而伊萊在聽完後則是輕笑了一下，便一把抱起鄭泰義。在把鄭泰義放到馬桶上後，伊萊走到浴室對面的迷你吧裡拿出一罐啤酒。

即使鄭泰義也覺得在廁所裡坐著喝啤酒有點奇怪，可是他隨即又懶得在意這麼多，直接拉開易拉環喝起了啤酒。隨後，他瞥向了一直站在廁所門檻上的伊萊。

「你在幹嘛？」

「我在等你喝完啤酒啊。」

「……為什麼？」

「你不是站不起來嗎？你該不會想要摔在浴室的磁磚地板上吧？」

「……可是我又不是喝完啤酒，就要馬上離開這裡。」鄭泰義皺起了眉頭，「我不是為了要喝啤酒才來這裡的。」

「不是。」伊萊擺了擺手，「如果你要上廁所的話，不是要脫下褲子嗎？如果是大號，那我就先扶你起身脫下褲子，再讓你重新坐回馬桶上；如果是小號，那我就在你的身後扶著你，讓你可以順利上完廁所。」

在聽完伊萊那句若無其事說出口的話語後，鄭泰義忍不住瞪大雙眼，抬起頭望向了對方。

雖然對方也沒有說錯什麼，但他又不是無法自理的患者，他大可以坐著的姿勢脫下褲子。再者，即使是小號，他照樣可以坐著上。

「有別人在旁邊盯著看，你是要我怎麼上廁所。」

鄭泰義一邊思考這會不會是伊萊非人性特徵中的其中一個面向，一邊不悅地說道。

「你是沒有去上過公廁嗎？」

「有誰會在公廁裡，從背後抱著另外一個人一起上廁所！」鄭泰義情不自禁地大吼了起來。

「啊哈。」點了點頭後，伊萊留下一句：「好吧，你想怎麼做就怎麼做吧。」便從廁所的門檻上離開。而下一秒，朝著房內走去的伊萊突然停下腳步，瞥了鄭泰義一眼並露出笑容。

「我又不是沒有看過你在我的面前射精，幹嘛這麼大驚小怪啊。」

還沒等鄭泰義吼出「這兩者有一樣嗎！」伊萊便又繼續邁開了步伐。

「不管我怎麼看，那個傢伙肯定都缺乏了正常人所擁有的常識。」鄭泰義就這樣一邊抱怨，一邊在痛苦中解決完自己的生理需求。

與此同時，他也不禁想道：我這輩子絕對不要再跟那個傢伙做這檔事了……

即使他也知道這個想法很不切實際，不過他還是默默地下定了決心。看著這樣的自己，鄭泰義不免覺得自己實在是很可憐。

「可是……今後到底要怎麼辦啊？」鄭泰義木然地坐在馬桶上咕噥著。

雖然迫在眉睫的事已經告一段落了，然而他今後的未來卻仍是一片茫然。不管鄭泰義再怎麼委屈，這都無法改變他被外界視為恐怖分子一員的身分。此刻他的處境就跟伊萊一樣。

凱爾這次因為伊萊吃了多少的苦頭，叔叔肯定也會為了鄭泰義而吃下多少的苦。

身上貼著恐怖分子的標籤，鄭泰義今後非但無法工作，也無法隨意地走在大馬路上。不過最重要的莫過於是，他之後還得想盡辦法躲開警方與政府的追蹤。

我之後能去哪裡？又該靠什麼來賺錢養活自己？我的未來怎麼會這麼渺茫啊……

一想到這，鄭泰義不免好奇起伊萊之後打算要怎麼做。再怎麼說，對方都是含著鑽石湯匙長大的，論慘應該也不會比鄭泰義還要慘。可是就算對方再怎麼有錢，無法自由活動的這點應該還是跟鄭泰義差不多。

對此刻的鄭泰義來說，他急切需要一個可以躲藏的場所。話雖如此，但在人煙稀少的樹林中蓋一間小木屋什麼的又太過不切實際……

鄭泰義先是發出苦惱的呻吟聲，撓了撓自己的頭。隨後又忍不住嘆了口氣。

唉，不管了，反正船到橋頭自然直。再者，最差的情況也不過只是委屈地被抓進去關而已。

鄭泰義再次重重地嘆了口氣，接著開始嘗試要朝浴室的門走過去。他現在最大的問題就是得想辦法忍住疼痛，以及雙腿無力的這一點。由於雙腿本身並沒有受傷，因此他沒道理無法靠自己的力量行走。

在用適當的力氣敲打自己的膝蓋，並且揉了揉雙腿後，他試著緩慢地移動了起來。

對嘛，我怎麼可能真的動不了。我又不是生了什麼重病。

鄭泰義嘗試用腳底板輕輕地踩了踩磁磚地板。隨後，在確認自己應該可以站起來後，他便扶著一旁的洗手臺慢慢地起身。雖然一開始有些踉蹌，但他最後還是順利地站起來了。

當他好不容易拖著沉重的步伐走出浴室後，他痛得不得不暫時靠在牆壁上休息。不知為何，腰部格外的疼痛，他才走沒幾步路就已經十分吃力了。

我之後絕對不能再跟那個傢伙做這種事了。

每次和對方做完愛後，短則一天，長則三、四天得每天把「好痛、我好痛」掛在嘴邊。而這次的後遺症嚴重到鄭泰義覺得至少得靜養一個禮拜才有機會康復。

隨著埋怨的心情再次湧上，鄭泰義只能一邊嘟噥，一邊朝著房內走去。然而下一秒，他卻突然被一道吼叫聲嚇得停下了腳步。

「你現在是不是跟泰一待在一起！你殺了他了嗎……你該不會殺掉他了吧？」

鄭泰義起初並沒有聽出那道激動吼著自己名字的嗓音是出自於哪一個人。一直到過了好幾秒後，他才意識到自己之前就曾經聽過這道嗓音。

話筒另一端大吼著的人正是凱爾。由於鄭泰義從來不曾見過對方大吼，因此他才會一時之間沒有反應過來。

當對方高喊著的嗓音透過擴音模式傳遍整間客房時，伊萊正以泰然的表情從迷你吧裡拿出一些食物擺在桌子上。隨後，伊萊就像感到很厭煩似的咂起了嘴。

「殺什麼殺，你是怎麼知道我在——你幹嘛打給我。」

原先準備要詢問對方怎麼會知道自己在這裡的伊萊似乎馬上就猜到了理由，忍不住用不悅的語氣咕噥著：「早知道我當初就直接用現金付房費了。」

如果是懶得繼續接聽下去的電話，伊萊往往會在簡單講個一、兩句後便掛斷電話。雖然伊萊這次依舊流露出了不滿的神色，但他還是乖乖地回答了對方的問題。從這個反應來看，伊萊現在的心情應該還不賴。而話筒另一端的人似乎也注意到了這個事實。

「你這次闖了這麼大的禍，竟然還敢問我為什麼要打給你？因為你，我現在都沒臉在詹姆斯的面前抬起頭了。」

「就算不是這次的事件，哥本來也沒臉在詹姆斯的面前抬頭吧……所以你到底為什麼要打電話過來。」

伊萊的嗓音中參雜了些許凶狠的語氣，想必對方已經漸漸感到厭煩了。隨即，伊萊瞥了從浴室裡蹣跚走來的鄭泰義一眼。而伊萊的眼神中也頓時閃過了一絲笑意。

一看見對方的表情，鄭泰義立刻火大地撇起了嘴，「笑什麼笑啊。」

「因為你搖搖晃晃走過來的姿勢很搞笑。」

在聽完伊萊泰然說出口的話語後，鄭泰義馬上惡狠狠地瞪向了對方。

霎時，話筒另一端的人似乎也聽見了鄭泰義低語著的聲音，連忙發問道：「泰一，你也在那裡嗎？」

「啊，是的。」

因為沒有料到對方會突然提及自己，鄭泰義先是抖了一下，接著才又回答了對方的問題。而話筒另一端的人見狀頓時便流露出安心的神色。

「原來你還活著啊，太好了。」

「嗯？你是說我嗎？」一時之間沒有反應過來的鄭泰義木然地反問道。

「因為你沒有打給昌仁，所以他很擔心你。」

「什麼？——啊……」

鄭泰義這時才總算想起了一直被他拋在腦後的事。仔細一想，他當初有跟叔叔約好在抵達機場後，就要打給對方——以及腐敗警察——，然而當時的他早已沒有餘力在意這件事了。

「對喔，還有這件事……看來我等一下得趕快打給叔叔才行。」

站在對方的立場來看，叔叔肯定非常擔心鄭泰義的安危。當時在聽完鄭泰義的請求後，叔叔一定馬上就著手調查起伊萊的下落。而當他發現伊萊前往鄭泰義現在所在的約翰尼斯堡後，原先說好一抵達機場就會打給他的姪子竟然也沒有打過來。

由於叔叔深知伊萊早就下定決心要在見到鄭泰義的那一刻就動手報復，因此對方自然會異常擔心鄭泰義的生命安全。

一想到這，鄭泰義下意識地瞥了伊萊一眼。

雖然他原本也不相信伊萊真的打算要殺了自己，但他昨天的確是差一點就要死在對方的手中了。

——沒有第三次了。

倏地，鄭泰義想起對方曾經說過的話。第三次。

其實鄭泰義自己也沒有把握，更無法給出肯定的答覆。今後會發生什麼事、會碰上什麼樣的狀況，沒有人能猜得到。

而他唯一可以確定的是，此時此刻的他沒有想要再次逃跑的念頭。沒錯，只要眼前這個男人的人性不要再繼續減少的話，他就不打算逃跑。

……雖然對方到底還有沒有僅剩的人性可以繼續減少也是個問題就是了。

「謝謝你的關心。」

在向凱爾道完謝後，鄭泰義再次以緩慢的速度走回床邊，並躺在了床鋪上。若是可以的話，他只希望未來可以就這樣休養個三天。畢竟剛剛那樣移動了一下，就已經用光他所有的力氣了。

……該不會躺在這裡的這段期間，警方突然就會以要逮捕恐怖分子的名義闖進來吧？

鄭泰義嚴肅地苦惱了一會兒。不過轉念一想，伊萊里格勞怎麼看都不是個會乖乖被警方抓到的人。就算鄭泰義真的被警方抓走，伊萊八成也會拿出反戰車榴彈發射器炸毀關押他的那間監獄吧。

可以泰然成為恐怖分子的人，又怎麼可能不敢向監獄發射反戰車榴彈發射器？

一想到這，鄭泰義決定要拋下所有的煩惱，先睡一覺再說。

「……」

而原先準備要就此闔上雙眼的鄭泰義卻倏地意識到自己剛剛的想法有多恐怖。跟伊萊待在一起的這段期間，比起幫對方找回遺失的人性，他應該會先失去自己的人性吧。

與此同時，凱爾和伊萊依舊在通話著。即使鄭泰義並不打算偷聽，但自然而然就傳進他耳裡的說話聲還是令他不由自主地聆聽了起來。

「反正你也沒有其他地方可以去，那這陣子你就先回家吧。」凱爾苦澀地說道。

對方似乎也猜到了伊萊此刻皺起眉頭的表情，隨即又補上：「在沒有我允許的情況下，沒有人可以進到我家。你這陣子就先回來住吧。」語畢，凱爾不滿地咕噥，「再者，就算你回家了，你還不是每天都會跑出去。」

明明看不見凱爾的臉，但鄭泰義還是忍不住看向了電話的方向。

仔細回想，當時住在凱爾家的時候，那些每天都會換批人的客人裡，自然也不乏有身分高貴的人。想必其中肯定有警界及檢察機關的高官（轉念一想，凱爾每天都跟朋友們混在一起，交不到這種朋友反倒是件更奇怪的事）。

而緊皺著眉頭的伊萊就只有簡單地回了一句：「不要。」

「那你要去哪！」

「隨便找個地方就可以了啊，能躲的地方多的是。」

「你知道你這樣會害我被麗塔念多久嗎？」

「看來你是想要把我叫回去，讓我代替你被她念啊。那我才不要回去。」

堅定說完這段話的伊萊似乎是不想再繼續談下去了，就在他作勢要掛斷電話的那一刻。

「凱爾，柏林安全嗎？」

問出這句話的人正是躺在床上的鄭泰義。

對剛好擔心著未來的鄭泰義來說，凱爾的話猶如是及時雨般的存在。

而凱爾在聽見鄭泰義的問句後，便以理所當然的語氣答道：「當然囉，在沒有我的允許下，沒有人可以擅自闖進我的家中。泰一，就算只有你也好，你就躲來我家吧！我隨時都歡迎你來哦！」

「這樣可以嗎？可是我現在是罪犯，你會不會因為幫助我而跟著被牽連啊？」

「如果有這種疑慮的話，我怎麼可能還會叫你來？你就相信我吧！其他的不好說，但這點能力我還是有的。」

凱爾笑著說。而鄭泰義見狀也露出心動的表情點了點頭。

一旁的伊萊就這樣狐疑地凝視了鄭泰義好一會兒。然而當他看見鄭泰義以一副很感興趣的表情點起頭後，眉頭立刻微微地皺了起來。

「喂，你該不會……」

「不好意思，那到時候就再麻煩凱爾了。其實我剛剛才在苦惱著這個問題。那在事情告一段落之前，就拜託凱爾照顧囉！」

在無法回到母國，又沒有其他地方可以去的前提下，鄭泰義自然是二話不說就答應了凱爾的提議。

霎時，一旁的伊萊隨即緊皺起眉頭。

「我不去！」

「好吧，反正麗塔也知道你有多固執，那我就代替你接受她的碎念吧。泰一，你大概什麼時候要來？我先幫你把房間整理好。」

「啊，我大概會先在這裡休息個兩、三天，再馬上——」

「泰一！」伊萊低吼道。

倏地，鄭泰義以一副鬆了一口氣的表情，滿臉笑容地看向對方，「怎麼了，你剛剛有叫我嗎？」

「你幹嘛去那裡！我才不要去！」

「是喔？那看來我就只能自己去了。你偶爾也過來找我們玩啊……不過你應該很清楚吧，我這不是逃跑喔？畢竟你也知道我人在哪裡啊。」

為了以防萬一，鄭泰義趕緊先把話說在前頭。要是對方因為這件事認為他又逃跑的話，那到時候事情就會變得很麻煩了。

語畢，鄭泰義陷入短暫的沉默。他看向了什麼聲音都沒有發出的電話。想必凱爾剛剛也聽見了兩人的對話，要是凱爾在這個時候突然反悔的話，那一切就前功盡棄了。

於是，鄭泰義連忙朝著電話的方向說道：「我會趕在這個禮拜結束之前去找你的，那到時候就再麻煩你了。」

聽完鄭泰義的話語後，凱爾似乎也接收到了鄭泰義準備要掛斷電話的信號，「歡迎你隨時過來。若是你能在出發前先打通電話給我，我到時候就可以叫彼得去機場接你了。」

「好的，謝謝凱爾。那就先這樣囉。」

打完招呼的鄭泰義在確認對方已經掛斷了電話後，也按下了通話結束鈕。

與此同時，一旁的伊萊正用著非常不滿的表情盯著他看。在咂了咂嘴後，伊萊說道：「如果你是因為害怕被追捕的話，那你大可不用擔心。無論他們再怎麼追，也不可能抓得到我。」

「倒也不是，我就只是很討厭被追著跑的感覺……」

「那我們就找個合適的地點躲起來不就好了？」

「可是這樣我還是會一直提心吊膽著啊。看來看去，柏林似乎才是最好的選擇……不過可惜你不想去。那你就偶爾來找我們玩吧。」真心感到惋惜的鄭泰義舉起了手，提前向對方揮了揮手道別。

或許鄭泰義不小心把惋惜的心情表現了出來，瞪著他看的伊萊猛地皺起眉頭，咂嘴道：

「……你一定要去那裡嗎？」

「嗯，我很想去。那裡不但環境舒適，還有很多的書可以看，每天也有許多客人會找上門，不會有覺得無聊的時候。」鄭泰義點了點頭，一一列舉出那間屋子的優點。

而伊萊見狀就只是直勾勾地凝視著他。

隨後，鄭泰義也不在乎對方有沒有在盯著自己看，像是自言自語般地咕噥了起來，「剛好我不久前才在苦惱著到底要在哪裡養活自己，至少目前先解決了住處的問題。那現在只需要擔心到底要靠什麼來養活自己就可以了，嗯——」

成為通緝犯後，鄭泰義實在是想不到自己還可以做什麼工作。

話雖如此，但那些隱匿自己身分的人都可以找到方法活下去了，鄭泰義並不覺得眼下的情況有想像中的這麼絕望。在嘆了口氣後，他打算等到之後再來思考這個問題。

不過。

他就算了，可是眼前的這個男人到底要靠什麼來度日？

鄭泰義目不轉睛地凝視起伊萊。他看著滿臉不悅陷入沉思中的對方，內心猛地一沉。

伊萊里格勞這個人非常不善於交際。對方可能是鄭泰義認識的所有人裡，最不適合在一般職場上班的人。

要不是對方在置他人於死地上有著數一數二的能力，伊萊根本就不可能有機會在UNHRDO這種地方當上教官一職。然而依照眼下的情況，即使是這種能力也無法再讓他混口飯吃了。

在被貼上恐怖分子的標籤後，伊萊的能力也變得無用武之地。就算是去治安死角工作，那個地方恐怕也沒有人可以忍受得了伊萊的臭脾氣。

鄭泰義忍不住嘆了口氣。

無論他怎麼看，伊萊都完蛋了。除了被UNHRDO開除之外，今後也無法繼續在T&R工作。而通緝犯的身分自然也沒辦法讓伊萊在其他地方找到工作。伊萊今後究竟該怎麼辦才好？

鄭泰義陷入了憂鬱的情緒之中。由於對方原先是個什麼都不缺的人，而如今卻淪落到這個下場，這也使得伊萊的處境更令人感到惋惜。伊萊當初賭上的實在是太多了。

而唯一值得慶幸的是，好險對方含著鑽石湯匙長大。不過要在這個世界上存活下去，不單單只是靠錢就可以解決的。

或許是察覺到鄭泰義那道憂鬱的視線，原先一直以不悅的神情陷入沉思之中的伊萊開口問道：「幹嘛？」

鄭泰義見狀只好嘆了口氣說：「你要怎麼辦啊……雖然我的處境也沒有比較好，但你應該更辛苦吧。」

「什麼？」

鄭泰義朝著狐疑挑起眉的伊萊伸出了手，接著輕輕拍了拍對方的肩膀，「你有想過今後要靠什麼來養活自己嗎？」

在聽見鄭泰義的問句後，伊萊再次挑起了眉頭問道：「什麼？」

其實鄭泰義根本就不需要擔心含著鑽石湯匙長大的伊萊。比起伊萊，他需要擔心的是自己的未來才對。

可是。

「你也不要讓自己過得太辛苦……雖然我不覺得你會這樣。不過要是真的碰上了最糟糕的情況，就讓我擔起負責養活你的責任吧。」鄭泰義感受著那股悲壯的責任感，認真說道。

而伊萊先是以不自然的表情眨了眨眼，看向鄭泰義。接著又像陷入沉思般微微地挑起了眉頭，「你要負責養活我？」

「嗯……雖然我無法把你養得很好，但至少我不會讓你餓肚子的。縱使現在的我不但失業、找不到工作，還是被警方追著跑的通緝犯——然而無論是他，還是伊萊其實都一樣——，不過仔細一想的話，你現在之所以會變成這樣，也是因為我嘛。」鄭泰義苦澀地嘟囔著。

即使他從來不曾想過對方竟然會以恐怖襲擊的方式來救自己——轉念一想，比起救他，伊萊更像是把他推進了另一個火坑裡——，可是硬要說的話，鄭泰義多少還是得負起一定的責任。就算這是伊萊單方面闖出的禍也一樣。

縱使鄭泰義沒有實質上的責任，但從道義上來看，他還是得負責。

伊萊先是直勾勾地凝視著一語不發的鄭泰義，接著微妙地撇起了嘴，聳了聳肩說：「這樣啊……好吧，還是謝謝你願意這麼說。」

鄭泰義點了點頭。然而下一秒，他忍不住又開始懷疑起自己怎麼會淪落到今天的這種局面。

他說不出導致這個局面發生的起始點究竟在哪裡，他唯一可以確定的是，這是在許多情況互相影響下所產生出來的結果。仔細回想，自從他進到UNHRDO後，那苦難與艱辛的生活就從來沒有結束過。

好不容易熬過了那段日子，最終卻……依舊沒有苦盡甘來。

在輕輕嘆了口氣後，鄭泰義再次深吸了一大口空氣。

他的未來八成還會有一堆難關在等著他。不過現在回頭看之前發生的每一件事，好像也不全然都是件壞事。

而其中，始終令他無法分辨到底是福還是禍的……

鄭泰義直直地看向了伊萊。

自從跟凱爾講完電話後，就一直臭著一張臉像在沉思著什麼的伊萊，在轉眼間，心情就像倏地變好似的掛起了一個淡淡的微笑。

若是詢問每個認識伊萊的人，他們肯定會毫不猶豫地說：「他絕對是禍啊！」

實際上，要是現在有人問鄭泰義伊萊里格勞是不是個值得結交的人，他同樣會堅決地朝對方搖頭。

可是，即使如此。

鄭泰義還是覺得對方並沒有那麼糟。

仔細一想，其實打從一開始就是如此了。他深知伊萊這個人有多壞，也曾經被對方做過的惡行氣得火冒三丈。更不用提伊萊曾經對他做過的事毫無人性到就算現在要他立刻向對方發飆，他也能馬上喚醒心底怒火的程度。

可是即使是在這種情況下，他終究討厭不起伊萊。這麼一看，他之所以會淪落到今天的這個局面，似乎也不能怪罪到其他人的頭上。

「現在這樣倒也還不賴。」鄭泰義突然嘟噥了起來。

而伊萊見狀雖然挑著眉，微微地歪起了頭，卻沒有追問鄭泰義那句話的意思。

隨後，伊萊點了點頭。

「嗯，還不賴。」

說著，他輕輕笑了。

縱使鄭泰義不知道自己口中的「還不賴」與對方口中的「還不賴」指的是不是同個意思，不過那又怎麼樣。

總之，的確是還不賴。

——《PASSION》完

hidden track 1st.

他們飛去柏林是三天後的事。

在這三天裡，鄭泰義就像被困在床上般一動也不動地靜養著。隨後，在拿到伊萊不知道從哪裡弄來的護照後——從對方特地強調這不是什麼好貨，無法用太久來看，這應該跟他之前拜託叔叔幫他弄來的護照是同一種類型吧——，他便與對方一起飛去了柏林。

一直等到他們準備要離開約翰尼斯堡的當天早上，鄭泰義才一邊整理著自己為數不多的行李，一邊朝伊萊發問。

「不過你要去哪裡啊？」

伊萊沒有答話。一大清早就不滿地緊皺起眉頭的他在聽見鄭泰義的問句後，就只是以不悅的視線當作回應罷了。

在那之後，鄭泰義便以介於惆悵與爽快之間的心情——或許惆悵的占比更多一些——，與伊萊一起前往了機場。

等兩人抵達機場，鄭泰義發現伊萊與自己拿著同一班班機的機票後，他才露出詫異的表情看向對方。

「柏林？……你是要從那裡轉機嗎？」

「不是。」伊萊板著臉答道。從早上起床開始，對方的心情看上去就不是很好。

鄭泰義在凝視了對方好一會兒後，先是沉思了幾秒，接著問道：「你也要回家？」

伊萊什麼話都沒說。只不過當他一聽見鄭泰義的那句話，立刻就憤怒地搓揉起手中的機票。

啊哈，原來。

在猜到了眼下的狀況後，鄭泰義便決定要閉上嘴。可是下一秒，他又忍不住笑了起來。沒想到伊萊會這麼討厭麗塔的碎念。

「比起像這樣愁眉苦臉地回家，你幹嘛不按照你原本說的那樣，去其他地方找間房子來住啊？」

「你不是說要回柏林的家嗎。」

「對啊，我是打算要回去那裡沒錯啊。」

語畢，伊萊不再開口，只是將手中被摺皺的機票再次搓揉起來罷了。

在叔叔介紹的腐敗警察的幫助下，兩人順利地通過了約翰尼斯堡的海關。而準備要搭上飛機之前，鄭泰義打給了凱爾。在告知對方自己現在就要出發的消息後，他也不忘告訴對方伊萊也會一起回去的事。

凱爾見狀先是啞然了好幾秒，接著又再次恢復平靜，告訴鄭泰義自己會派彼得去機場接他們。因此，當兩人抵達柏林機場後，便在機場內等待著似乎是因為塞車，所以還沒出現的彼得的身影。

隨後，伊萊說要去上一下廁所。於是，鄭泰義便站在機場的大廳，一邊等著去上廁所的伊萊，一邊想著對方究竟什麼時候才會回來。

仔細一想，彼得是個很守時的人。一想到對方現在因為塞車而被迫困在半路上的焦躁模樣，鄭泰義不禁就笑了起來。

若是可以聯絡到對方的話，那自然是再好不過。可是鄭泰義的手機老早就已經不見了。雖然伊萊有隨身帶著手機，不過因為沒電，所以也關機了。

「文明產物在身邊的時候，都不知道它有多麼方便。必須得等到它消失之後，我們才能意識到它的重要性……」

鄭泰義猶豫了一下是不是要再次去辦隻手機。然而下一秒，他馬上又搖了搖頭否定了這個想法。他現在是必須得乖乖躲在家中，小心翼翼過著隱居生活的處境。重新辦一隻手機只是徒增被警方抓到的風險罷了。

眼下，他需要的文明產物頂多也就只有手錶而已。在瞥了手錶一眼後，他才意識到自己已經等了三十分鐘。縱使他對於等人這件事很有信心，可是就這樣呆站在這裡，實在也很無聊。

「那個傢伙是掉進馬桶裡了嗎？」鄭泰義轉過頭瞥了廁所的方向一眼，抱怨道。

霎時，他發現了擺在一旁的自動販賣機，以及裡頭的舒爾泰斯。

「喔……」

鄭泰義摸了摸口袋裡的零錢，小跑步跑向了販賣機。由於只買一罐好像說不太過去，他只好買了兩罐的舒爾泰斯。在拉開自己那罐的易拉環後，一口氣喝了好幾口的鄭泰義心情愉悅地嘆了口氣。隨後，他拿著買給伊萊喝的舒爾泰斯，靜靜地等待著對方。

然而等來等去，他卻始終等不到對方從廁所裡走出來的身影。

「他總不可能在廁所裡暈倒了吧？」

鄭泰義邊說邊走進了廁所，可是伊萊卻不在裡面。他頓時有些慌張了起來。為了以防萬一，他還特地跑去看了廁所的隔間。不過每一間隔間裡卻都空無一人。

「……」

原先說要去上廁所的人，現在卻不在廁所裡。

鄭泰義疑惑地歪起了頭。在將不知不覺喝光的啤酒罐丟進垃圾桶裡後，他又拉開了另外一罐的易拉環。

鄭泰義喝起第二罐的舒爾泰斯，默默地思考著對方究竟去了哪裡。就在他想著「反正伊萊遲早都會回來吧」準備要背過身時，他在中間的那層樓隱約看見了伊萊的身影。

再次轉身看向那個方向後，他便看見對方朝著中間層的另一端走了過去。

位於一樓與二樓間的中間層遍布的都是機場人員的辦公室，因此那層樓並不像一樓一樣充斥著人群。可是伊萊為什麼會跑到中間層去？

鄭泰義撓了撓脖子，朝著東邊的階梯——因為這個階梯更靠近伊萊剛剛出現的位置——走去，並抵達了中間層。

除了偶爾會有人從辦公室裡走出來上廁所，抑或是走去休息室之外，基本上就看不見其他人在走動著的身影。

難道是我看錯了嗎？那個傢伙到底是跑去哪裡了啊？

鄭泰義晃動著沒剩幾口的啤酒，邁開了步伐。因為想要去廁所找找看，於是他便朝著位於正中間的男廁走去。

或許是很少有旅客會特地跑來這一層，因此這裡跟一樓相比之下顯得格外安靜與整潔。而準備要踏進男廁裡的鄭泰義卻猛地愣住了。

此刻，男廁裡傳出了一道他再熟悉不過的嗓音。那是伊萊的聲音。

「搞什麼啊，原來他是跑來這裡上廁所。不過他為什麼要特地跑到中間層來上廁所啊……」

難道是因為在人少的地方上起來才比較放鬆嗎？

……也對，假如今天換作是我，我也不想在其他人的面前掏出那種龐然大物。

倏地想起好幾段憂鬱往事的鄭泰義再次停下了要踏進男廁裡的步伐。

伊萊現在好像是在廁所裡跟某個人講著電話。明明對方不久前才說自己的手機沒電，看來在這短短的時間裡，伊萊就已經找到地方將手機充好電了啊。

鄭泰義狐疑地歪起了頭，他打算先把手中的啤酒喝光再走進廁所。而正當他大口喝著所剩不多的啤酒時，他聽見了伊萊的說話聲。

「多少？一百五十萬？……嗯，這個金額還不夠誘人，那我這次就先退出了。啊，對了，最近這段時間都不要打給我……如果有需要的話，我會主動聯絡你。對啊，我最近打算要當個無業遊民……因為有個傢伙說要負責養我……好，不要一直打給我，那個傢伙很會察言觀色，他馬上就會發現的。」

……咕嚕。

霎時，鄭泰義覺得自己口中的啤酒喝起來格外的苦。明明幾秒鐘前還很好喝的啤酒，怎麼會在短短的時間內就變味了。

鄭泰義躡手躡腳地離開了男廁，咂起因為啤酒而變得更加苦澀的嘴。

「……」

很會察言觀色的傢伙在將還剩下好幾口的啤酒罐丟進垃圾桶裡後，憂鬱地走回原本站著的位置上。就這樣呆站了好一會兒後，他看見伊萊的身影從另一側走了過來。

我要怎麼做？要直接跟他攤牌嗎？可是攤牌了又能怎樣。不過那個傢伙到底又在做什麼奇怪的事了啊。不對，我當初是在發什麼瘋，為什麼要誇下海口說出要養他的這種話啊？

「你在想什麼？怎麼一邊盯著我看，一邊想得這麼認真。」從容走來的伊萊一看見死氣沉沉的鄭泰義，立刻就歪起頭問道。

隨後，當伊萊看見位於遠處廁所旁的自動販賣機後，便大步走向販賣機買了兩罐舒爾泰斯。

「給你，你不是很喜歡喝這個嗎。」

在接過伊萊遞來的啤酒罐後，鄭泰義憂鬱地說了句：「謝謝。」

下一秒，他偷偷瞥了伊萊一眼。他比誰都還要了解對方的個性。因此就算他要取消原先的諾言，不打算養眼前的這個有錢人了，對方肯定也不會把他的話當作一回事。

鄭泰義只能憂愁地喝著啤酒。

縱使伊萊見狀疑惑地問道：「怎麼了？你怎麼突然臭著一張臉？」但他也只是搖了搖頭，沒有答話。

講出真相也只會被對方單方面地打壓罷了。

這個事實就跟身為無產階級的他，竟然對身為資產階級的伊萊說，要是有什麼意外的話，他會負責養活對方一樣荒謬。

——〈hidden track 1st.〉完

hidden track 2nd.

「呃。」

鄭泰義發出了詫異的呻吟聲。他就這樣維持著同樣的嘴型，以及當下流露出的吃驚表情僵在了原地。與此同時，一張照片也從他僵住的手中掉落至地板上。

他甚至連想要去撿那張照片的念頭都沒有。雖然他只有短短地瞥見那張照片一秒而已，不過由於照片上的畫面實在是太過衝擊，仿若直接烙印在腦海般，無法從他的眼前消失。

「我剛剛到底是看見了什麼……」

鄭泰義鐵青著一張臉。因為身體動彈不得，他只能移動自己的眼球看向照片的方向。他就像看見了什麼難以置信的畫面般，茫然地看著掉落在大腳趾旁的照片。

不，或許我真的看錯了。大家不是偶爾會眼花看錯嗎？對，況且我這幾天都沒有睡飽，都是靠白天時不時睡個午覺來補眠，所以就算看錯了也不奇怪吧。

鄭泰義不情願地彎下了腰，在遲疑了好一會兒後，他才撿起那張照片。雖然此刻的他沒有勇氣將翻過來的照片翻回正面，但是為了要確認自己到底有沒有看錯，他只能想盡辦法鼓起勇氣將照片翻回來。

下一秒，他的嘴巴吐出了一口氣。然而那並不是安心的氣息，而是帶著悲嘆的嘆息。

「我的天啊……」

那張照片再次從他的指尖滑落至地板上。而又一次掉落到他腳邊的照片，這次並沒有翻過來，而是赤裸裸地將照片裡的內容呈現了出來。

照片裡，一名鄭泰義剛好也十分熟悉的人物正在哭喊著。對方一絲不掛地被綁在床上，裸露出自己的重要部位，傷心地嚎啕大哭。

不對，一絲不掛這個詞好像不夠精確。更準確地說，那人的屁股——再更準確一點，其實是那人的肛門——裡還深深地塞著一把槍。

* * *

在此之前，鄭泰義就已經得知莫洛今天會來的消息了。

今天早上在吃早餐的時候，凱爾就像突然想起了某件事似的，猛地開口道：「不過泰一是不是也認識莫洛啊？」

拿起湯匙準備要喝蔬菜湯的鄭泰義見狀先是停下手中的動作，接著看向對方，「啊……對啊，我們認識。」

「對了，之前當你們還住在我家的時候，是不是相處得特別好啊？」

「是嗎？我怎麼不記得我們兩個有相處得特別好……不過凱爾為什麼要突然提到那個人啊？」

一回想起之前跟那個傢伙發生過的種種往事，鄭泰義就突然沒了胃口。在放下手中的湯匙後，他便用大拇指輕撫過自己的嘴角。

隨後，一感受到身旁麗塔那冷冷的視線，他連忙將自己的大拇指拿給對方看，著急地解釋道：「我的嘴角沒有沾到東西！只是習慣而已！」

不知道凱爾是沒有看見鄭泰義苦澀的表情，還是故意裝作沒看到，開心地笑著說：「這樣啊，不過他晚一點會來喔。聽說他打算趁這次年末假期的時候來這附近玩。但我想他應該也只有今天會住在這裡吧，明天之後他可能就會回故鄉了。」

「啊，是的。」

語畢，鄭泰義再次輕撫起什麼東西都沒有沾到的嘴角。

仔細一想，他最近好像有聽聞 T&R 正在開發新樣品的消息。據說那是 T&R 花費許多心力所準備的得意作品。當時的他見狀還冒出「要是被某個人聽到的話，他肯定會瘋狂到馬上衝過來吧」的想法，沒想到那個槍械愛好者還真的跑來了。

「那真是太好了。」鄭泰義笑著答道，「好久沒有見到他，我剛好很想跟他見上一面。」

實際上，鄭泰義還有很多的仇還沒報。他遲早都要去見對方一面。原本的他早就忘記了這件事，不過被這麼一提後，他馬上又想了起來。

下一秒，他瞥了坐在對面的伊萊一眼。雖然他也不是很清楚，但對方最近好像一直在忙工作上的事。像昨天晚上，伊萊也是工作到一半，突然就跑到鄭泰義的房間裡翻雲覆雨了一番，接著又說還有工作要做，便回去了自己的房間。

縱使忙到清晨才好不容易闔上眼的伊萊看上去沒有什麼疲態，可是吃飯的途中卻異常安靜。想必對方在吃完早餐後，應該就會馬上回到房間再次補眠吧。

然而最令鄭泰義感到意外的是，非常討厭麗塔碎念的伊萊卻不曾違背對方的話。本來還想繼續睡下去的伊萊，八成也是因為麗塔連續三次跑到房間裡說：「就算要睡，也請吃完早餐再睡。」而被迫從床上爬起來的。

如果是平時的伊萊的話，對方多多少少會在吃飯的時間講上一、兩句話。可是對方今天卻連一句話都沒說。

鄭泰義再次默默地吃起了早餐。

對啊，我是要怎麼忘記莫洛曾經對我做過的事。

即使從結果來看，對方做的不一定是需要鄭泰義特地進行報仇的行為。不過細想那個傢伙當初的意圖，對方明擺著就是想弄死他。

當時拚命躲著伊萊的鄭泰義是真的一不小心就有可能死在伊萊的手上。然而莫洛竟然只為了一把手槍，就泰然地出賣了鄭泰義。就算兩人的關係本來就說不上有多好，但再怎麼說也不能只因為一把手槍就狠心地將另外一個人推進地獄吧？

鄭泰義至今都還清楚地記得當初的那股怨恨。

……可是。

除此之外，他還有一件在意的事。

不久前，當他去伊萊的房間找書來看時，他偶然地發現了一張照片。或許對方是不小心把那張照片夾在了書櫃裡，當鄭泰義拿起位於書櫃角落裡滿是灰塵的書本時，一張照片伴隨著灰塵一起掉在了地板上。

為了將照片再次放回書櫃裡，下意識撿起照片的鄭泰義在看到照片後卻忍不住嚇了一大跳。

照片裡的人是莫洛。然而那並不是一張常見的照片，照片裡的內容羞恥到鄭泰義甚至不敢隨便講給其他人聽。而且一不小心，講出這件事的人反倒還有可能被其他人投以奇怪的目光。

那張照片為什麼會出現在伊萊的房間？會擁有這種照片的話，那是不是就代表兩人之間有著什麼特別的關係？該不會伊萊跟莫洛之間……

鄭泰義再次放下了手中的湯匙。隨著腦中出現不是很賞心悅目的畫面，他的胃口頓時又消失了。

其實他原本也想問伊萊有關那張照片的事，可是因為對方最近都在忙工作，外加鄭泰義也在忙其他的事，所以這件事便被他拋在了腦後。而每當他再次想起這件事時，他們的身邊又往往有其他的外人在，因此他也沒辦法將這件事問出口。

然而，鄭泰義並不覺得伊萊與莫洛是那種特別的關係。當鄭泰義看見照片的當下，最令他感到詫異的不是伊萊竟然有那張照片，而是莫洛居然會被拍下這種照片。

……那是柯爾特四十五口徑的手槍吧。

鄭泰義依舊清楚地記得那張看了會傷眼的照片。塞在莫洛雙腿之間的是一把柯爾特四十五口徑的短槍。

「為了一把柯爾特手槍，他竟然煩我煩了那麼久……」

鄭泰義下意識地加重了握著叉子的力道。或許是察覺到鄭泰義身上那股突然出現的殺氣，凱爾疑惑地歪起了頭。鄭泰義見狀連忙笑著用叉子叉向煮熟的青菜。

實際上，鄭泰義大可在發現照片的當下就衝去問伊萊有關照片的事。而他當初之所以沒有這麼做，其實還有另外一個理由。

他不像莫洛那麼惡毒，因此他並沒有到處宣揚這件事。可是在他看來，莫洛喜歡槍枝的程度早已超過了愛好者的程度。他仍舊記得他曾經撞見莫洛一邊出神地讚揚著槍枝，一邊勃起的事。

因此莫洛也有可能是單純喜歡槍枝喜歡到想要跟槍枝一起做愛……

鄭泰義第三次因為喪失胃口而放下手中的餐具。

看來今天不是一個可以好好享用早餐的日子啊。正當鄭泰義想著要不要就這樣回房間時，他又想到了晚上還得跟莫洛一起吃晚餐的事。想必那個時候肯定會更加沒胃口，他還是趁現在多吃一點比較好。

於是，鄭泰義只好再次拿起了叉子。

仔細一想，他已經很久沒有見到對方了。

這是睽違幾年了啊？

用手指算著年份的鄭泰義這時才意識到時間竟然過得這麼快。

雖然只是形式上的身分，但他至今仍舊屬於國際罪犯，因此沒辦法正大光明地出現在外人面前。在這個看似平靜又穩定的生活中——然而伊萊在此期間還是時不時會差點惹禍上身——，照理來說他應該要過得很悠哉與愜意才對。

然而，即使不出現在公開場合，鄭泰義卻依舊覺得每天都過得異常繁忙。或許這也跟堆積如山的工作有關吧。

時間轉瞬即逝。等他好不容易從忙碌的生活中打起精神時，此刻在轉眼間又變成了遙遠的過去。

認真去算的話，他也是真的很久沒有見到莫洛了。

……然而這樣一見到面之後，當初的那些仇恨馬上又歷歷在目了。

鄭泰義將雙手抱在胸前，看著那名一邊把大容量運動包背在肩上，一邊走進玄關裡的人。明明已經好幾年沒有見到面了，但對方看上去還是跟之前一模一樣。

由於這棟房子也是如此，過了好幾年依舊沒有什麼變化，因此熟知屋內構造的莫洛立刻就準備要朝著客房的方向前進。不過下一秒，莫洛便發現了站在一旁的鄭泰義。

也對，才過了幾年而已，人是能變多少啊。

莫洛隨即凶狠地瞪向鄭泰義，「惡毒的恐怖分子怎麼會出現在這裡！」

「……」

他還真的完全沒變。

鄭泰義見狀也瞪了回去。仔細一想，莫洛現在根本就是賊喊捉賊。

在鄭泰義的印象中，他已經把欠莫洛的債還對方了。他老早就把那把該死的柯爾特手槍還給對方。可是那個傢伙當初竟然只為了一把新的手槍，就毫不猶豫地把他丟給了死神。

一想到那件事，沉寂在鄭泰義心底的怒火就不停地湧上。然而這是一件既私人又重大的事，他打算之後再找個時間「好好地」跟對方算這筆帳。

隨後，鄭泰義用著有些微妙的語氣開口問道：「那把柯爾特四十五口徑的手槍還在嗎？」

原先，鄭泰義還有些擔心這樣講會不會太過露骨。不過轉念一想，或許對方根本就聽不出他的弦外之音。

一來，莫洛肯定不會料到鄭泰義有看過那張照片；二來，也許——雖然鄭泰義不是很想想像這個可能性——莫洛時不時就會做出跟照片裡一樣的行徑，甚至每次都會重新換一把手槍。

因此「柯爾特四十五口徑的手槍」對對方來說，說不定就只是個再平常不過的詞彙罷了。也對，況且那件事都已經過去幾年了，那個傢伙怎麼可能聽得出我是在暗諷那件事啊。

鄭泰義無奈地撓了撓頭。

然而，莫洛的反應卻出乎他的意料。

在聽見那句話的瞬間，莫洛的臉立刻就沉了下來，雙眼也冒出了殺氣。乍看之下，就好像有什麼壓抑在莫洛體內的怒火被喚醒似的。

「柯爾特四十五……呵，它當然還在啊。因為捨不得丟掉它，我把它收在了我房間的角落裡。畢竟槍枝本身又沒有做錯什麼，真正做錯的……是你這個傢伙啊！」

莫洛一邊將肩膀上的運動包丟在地板上，一邊伸手指向了鄭泰義。

而沒有料到對方會產生這種激烈反應的鄭泰義先是抖了一下，接著後退了一步。瞪大雙眼的他在眨了好幾次眼後，才總算理解過來對方話語中的意思，怒罵道：「為什麼錯的是我啊！明明就是你自己的取向太過奇怪，才會拿柯爾特四十五口徑的手槍來把玩！」

「那才不是我的取向！我根本就不喜歡那樣！我怎麼可能捨得把如此珍貴又可愛的孩子們放在那種地方……！」莫洛痛苦地吶喊。

眼看對方那副彷彿隨時都會把人生吞活剝的模樣，鄭泰義再次後退了一步。

「……要不然是怎樣？你為什麼要做那種事？」

鄭泰義稍微壓低了嗓音，狐疑地發問。而莫洛則是浮誇地趴在運動包上，像是在哭泣般地抖動起自己的肩膀。霎時，被莫洛重量壓扁的運動包裡微微地透出一個堅硬的物體。

論誰來看，都能馬上看出那是一把跟巴掌一樣大的短槍。

他明明就是來度假的，為什麼還要隨身帶著手槍？他到底是有多愛手槍啊？唉，反正他都已經跟槍枝做過那種事了，他乾脆就跟槍枝結婚算了。

鄭泰義一邊思索著對方究竟是怎麼把槍枝從香港帶到這裡來的，一邊站在原地等待對方停止抽泣。

「還不是你……還不是你拜託里格做出那種駭人的事，要不然我怎麼會遭受到如此恐怖的對待……不，我就算了！退一萬步來說，我只不過是有點肛裂，那幾天上廁所很痛苦而已，這說到底也不算什麼！可是我那可愛的寶貝們究竟是做錯了什麼？柯爾特四十五口徑的手槍，如此普遍、有效率，手感還很好的寶貝是做錯了什麼？泰一，你這個傢伙……你是跟柯爾特公司有仇是嗎？」

聽完對方猶如機關槍般快速說出口的話語後，鄭泰義不禁皺起了眉頭。

「里格……你是指伊萊嗎？那個傢伙怎樣了？我哪有拜託他做出什麼駭人的事啊……」

仔細一想，那張照片也是在伊萊的房間裡找到的。在思索了對方的話好一會兒後，鄭泰義怒氣沖沖地瞪大了雙眼。

「你少在那邊騙人了！我差點就被你騙了過去。那張照片的背景怎麼看都是UNHRDO亞洲分部的私人室啊！伊萊還在UNHRDO裡工作都已經是幾年前的事了，況且那個時期的伊萊怎麼可能會乖乖聽別人的請求啊？」

就連現在，要請伊萊幫個什麼忙，也要等到伊萊提出相對應的條件，對方才有可能答應鄭泰義的請求。

與此同時，鄭泰義也忍不住在心底罵出：臭小子，被四十五口徑的槍捅了一下就氣成這樣的話，那我應該早就死於高血壓了吧！

要不是因為知道對方肯定會說：誰叫你要被那個傢伙盯上！是你自己挖好墳墓再跳進去的，想怪誰啊！——而鄭泰義也找不到話可以反駁對方——於是，他最終只能將這些話再次吞回肚子裡。

「我不管那麼多啦，反正那個傢伙說是因為跟你約好了，才會把我、把我弄成了那副模樣！」莫洛吼道。隨後，對方再次趴在運動包上抽泣了起來。

啊，這麼一看，原來另一邊還有一把手槍。

鄭泰義看著運動包裡隱隱約約透出來的模樣，不禁想道對方究竟是帶了幾把手槍。下一秒，鄭泰義就這樣以厭倦的表情思考著這個問題，一邊轉動起越來越混亂的腦袋。

伊萊不是會隨便找理由來當作藉口的人，也不是會找個跟他無冤無仇的傢伙來做這種事的類型。假如伊萊當初真的對莫洛這麼說的話，從脈絡上來看，這段話應該是合理的。雖然看上去是合理的……

「啊？啊，我不小心就忘記了這件事。送你，這是給你的禮物。」

當鄭泰義將照片遞到伊萊的面前時，對方先是狐疑地瞥了一眼，接著滿不在乎地解釋道。

鄭泰義拚了命地伸長手臂。將照片推離到自己有段距離後，他才稍稍看了照片一眼，並且隨即皺起了眉頭。

「如果要送我禮物的話，就送我像樣一點的禮物啊。為什麼要送這種駭人的東西當作禮物……」鄭泰義用指尖晃了晃照片，不悅地咕噥著。

現在已經是凌晨兩點多了，然而伊萊的電腦螢幕上仍舊開著好幾個視窗。原先還在看著曲線圖與圖表的伊萊在瞥了鄭泰義一眼後，便將椅子轉往他的方向。

從對方沒有直接關機的動作來看，伊萊應該是打算要先休息一下吧。

在拿下眼鏡並放在書桌上後，伊萊歪起頭看向鄭泰義，「怎麼了，你不喜歡嗎？你當時不是叫我幫你報復莫洛？愛槍成痴的他被自己最心愛的槍捅屁眼，我想應該沒有什麼能比這個更能打擊到他了吧？」

在接過鄭泰義手中的照片後，伊萊漫不經心地看著那張照片嘟囔道。而鄭泰義見狀忍不住再次皺起了眉頭。

「代替我報復莫洛是什麼意思啊……」

話剛說到一半，鄭泰義的腦中猛地閃過一個片段。仔細一想，他們之前好像有說過類似的話。雖然他已經想不起來那是什麼時候的事了，但他很確定有發生過這件事。

伊萊在看見鄭泰義疑惑的表情後，輕輕嘆了口氣，「你忘了？那是發生在把躲在這裡的你拖回……不對，是帶回香港後的事。對了，那大概是發生在去誰陵給之前的事吧。你當時不是一直說想要回去UNHRDO找莫洛嗎？」

「……啊。」

鄭泰義發出了簡短的驚呼聲。

他想起來了。對，就是那個時候。原先模糊的畫面逐漸鮮明了起來。

當時的他因為還在氣頭上，想說既然都要去香港了，乾脆一不做二不休地直接回亞洲分部找莫洛算帳。然而由於外人無法進到UNHRDO，所以他最終還是只能乖乖地待在香港。

那個時候……那個時候。

想起那段記憶的鄭泰義臉色瞬間沉了下來。他的腦中頓時又閃過了另一段陳年往事。

「對……那個時候，就為了這個……」

鄭泰義冷冷地瞪向了照片。當時為了要報仇，為了這一張照片。

「我也想起那段往事了。那個時候，你不是親自含著我的肉棒，向我拜託了這件事嗎？」

「我才沒有！」

不對，雖然他當時的確有含對方的那根凶器，但他不記得自己有「拜託」過伊萊。在做完那檔事之後，他不知道後悔了多久。早知如此，比起向伊萊開口，他還寧願默默等待著未來可以再次見到莫洛的那天，親自找對方算帳。

那個時候的鄭泰義是第一次幫別人口交。在此之前——當時的他還深信著這個世界很正常——，他頂多就只有用嘴巴幫交往過的人們愛撫過而已。而愛撫的位置也僅止於肩膀、胸部，以及腰部。

想起那段痛苦往事的鄭泰義頓時氣到抖動起了身體。

「鄭泰一，你又不是第一次口交了，幹嘛反應這麼大啊？你現在的臉紅到不行。」伊萊坐在鄭泰義的面前，有趣地打量著他的反應，笑著說道。

下一秒，鄭泰義無力地癱坐在身後的床鋪上。

「不一樣，完全不一樣。那個時候跟現在哪裡一樣啊！」

沒錯，的確就像伊萊說的那樣，此刻的鄭泰義早就已經不會把口交這件事視為一件特殊，又或者是痛苦的事。對現在的他來說，口交只是一件再平常不過的事。

如果硬要算的話，比起直接插入後庭，或許他用嘴幫對方解決的次數反倒還比較多。

由於伊萊常常會忙到連數十分鐘的時間都擠不出來，而每當這種時候，他便會將鄭泰義拉來自己的房間，讓對方含著他的性器，繼續翻看著工作上的資料。

對於現在時不時就得含淚幹這種事的鄭泰義來說，口交自然也就成為了一件熟悉的事。可是那個時候的他並不一樣。當時的他既青澀，身心靈也還很健全。

抓起頭髮陷入痛苦之中的鄭泰義一直等到伊萊從書桌下的小型冰箱裡拿出一罐啤酒遞給他之後，才總算打起了精神。

拉開易拉環，大口喝下沁涼的啤酒後，他亂糟糟的心也稍微冷靜了下來。鄭泰義先是嘆了口氣，接著看向天花板。

「莫洛那個傢伙，直到現在都還是這麼痴迷於槍枝。」

當時，趴在運動包上抽泣了好一陣子的莫洛倏地冒出一句：「哎呀，再這樣壓下去，要是把我的小可愛們壓壞了要怎麼辦啊。」並且趕緊起身，朝著客房的方向走去。

而鄭泰義見狀忍不住朝對方的後腦杓吼道：「如果這樣隨便一壓就被壓壞的話，那這算什麼爛槍啊！」不過莫洛卻連聽都懶得聽。

進到客房後，莫洛隨即將放在運動包裡的東西全都倒了出來。當鄭泰義看見裡頭裝著的好幾把手槍時，頓時無話可說。

他一邊思索著海關怎麼會沒抓到隨身帶著這麼多把手槍的人，一邊嘆氣問道：「看來你在經歷過那件事之後，還是這麼喜歡槍枝啊？」

「廢話！槍是無辜的啊！」

那是一句雖然簡單，卻能完整展現出莫洛內心想法的回答。

對啊，槍本身是無辜的。真正做錯事的是拿槍枝來幹這種事的人吧。

鄭泰義苦澀地咂起了嘴，在凝視著莫洛小心翼翼檢查起每一把槍枝的動作好一會兒後，他便背過了身。而當他準備要越過房門門檻時，他好像聽見身後的莫洛隱約嘟噥出了一句話。

「可是在那之後，每當我想起四十五口徑的柯爾特時，心就會痛到不行。正因如此，我現在都不敢隨身帶著它了……」

想起那段記憶時，痛的不是你的心，而是其他地方吧。

鄭泰義心底雖然這麼想，不過一想到自己那因為昨晚的性愛而變得沉重又乏力的腰部，他便選擇乖乖閉上了嘴。

「如果知道你會這麼討厭這個禮物的話……或許我當初直接把他的屍體帶來給你才是更好的選擇吧。」

伊萊看著陷入沉思之中的鄭泰義，一邊喝著啤酒，一邊晃動起手中的照片。而鄭泰義見狀便以一種奇怪的表情沉下臉，連忙擺了擺手。

不知為何，只要是從對方口中說出口的話，聽上去就不像玩笑話（或許對方也沒有要開玩笑的意思）。

「不過……也是多虧了你，他現在已經不敢隨身攜帶四十五口徑的柯爾特了。轉念一想，至少他的老毛病在這個槍種上被治好了……如果要將那個傢伙痴迷於槍枝的毛病全都治好的話，是不是得將每個型號的槍枝都塞進他的屁眼裡看看啊？」

鄭泰義將只剩下最後兩口的啤酒飲盡後，宛若自言自語般地點了點頭，「對，這的確是個好方法。」然而下一秒，他馬上又搖起了頭。

他跟莫洛既沒有熟到一定得幫對方治好這個老毛病，再者，是誰要負責把槍枝捅進莫洛的屁眼裡？無論如何，鄭泰義都不想，也不願意當那個得負責擔起這個重責大任的人。

「是嗎，但我不這麼認為。」一旁的伊萊淡淡地說道。

而鄭泰義見狀也將視線從啤酒罐移到了對方的身上。伊萊在輕輕晃動著手中的啤酒罐後，便歪起了頭。從啤酒罐裡發出的聲響來看，那罐啤酒應該還剩下一半左右。

鄭泰義一伸手，伊萊馬上就意會過來對方的意思，將手中的啤酒罐遞給了鄭泰義。

伊萊看著眼前宛若拿到玩具的小孩般，既興奮又開心地喝起啤酒的鄭泰義，情不自禁地笑了起來，「之前我曾經聽鄭昌仁教官說過，好像是托尤吧？反正就是那個跟莫洛用同一間房間的人。那個人說莫洛看上去怪怪的。每次當莫洛開心地擦拭著每一把手槍時，只要一看到柯爾特四十五口徑的手槍就會陷入憂鬱之中。不過最奇怪的是他會一邊露出憂鬱的表情，一邊用最虔誠的態度來擦拭那把手槍。」

「什麼……？」

「每次當莫洛擦到那把槍身的尾端時，托尤還能看見他眼中的執念。據托尤所說，那個時候的莫洛看上去格外嚇人。」伊萊不以為然地補了一句，「該不會他是為了防範下次又被這把手槍捅屁眼，所以才故意擦得這麼認真吧？」

鄭泰義皺起眉頭，拿著啤酒罐的手也垂了下來。

該死，我現在被搞到沒胃口喝啤酒了。不對，啤酒是無辜的，我還是得乖乖喝完才行。

伊萊默默看著大口喝下啤酒的鄭泰義，接著就像突然想起了什麼般，以微妙的視線看向對方說道：「我想到了那個傢伙的境界，應該是怎麼樣都無法使他拋下對槍枝的執念了吧。他已經中毒了。就跟你沒有啤酒就活不下去一樣。」

「你說什麼？……你幹嘛把我形容成酒精中毒的患者啊。我只是偶爾為了要讓心情爽快一點，才會喝個一、兩罐罷了。」鄭泰義緊皺著眉頭，將手中的啤酒罐丟給伊萊。

而輕輕鬆鬆就接過一千毫升啤酒罐的伊萊在看見原先還剩下一半的啤酒，轉眼間就被清空的模樣，忍不住笑了起來。

「你不要老是喝這麼多啤酒。要不然，我也會幫你製造一段一看見啤酒就會陷入憂鬱情緒之中的回憶喔。」

淡然笑著說出這段話的伊萊看上去既像是在開玩笑，又像是在說真話。

鄭泰義見狀微微地皺起眉，「那是什麼意思？你該不會要在庭院的游泳池裡倒滿啤酒，然後逼我在裡面泡一整天吧？」

如果對方不是在開玩笑的話，那麼伊萊是絕對有可能做出這種事的。鄭泰義試著想像了一下那個畫面，「不過偶爾會進去那座游泳池裡游泳的蓋博看到應該會很難過吧。」

可是仔細一想，這對鄭泰義來說也不完全是一件壞事。他不但能一整天泡在啤酒裡，甚至隨便一張口還能馬上就喝到沁涼的啤酒……雖然消了氣的啤酒就沒有那麼好喝了，但這種懲罰倒也不賴。

而伊萊就只是一邊解開皮帶頭，一邊搖了搖頭。隨後，他連褲子上的鈕釦都解開了，並且還拉下拉鍊，「不，我指的不是那種方式。」

不知為何，伊萊的語氣聽上去很不尋常。鄭泰義在意識到對方這個動作所代表著的信號後，下意識地蜷縮起身體。

「你不是還剩下很多工作嗎？現在哪有時間玩啊！」

「我只要再忙兩個小時就結束了。我想忙完這件事之後，未來的一週我就可以比較清閒一點。最重要的是，跟工作比起來，跟你相處的時間更為重要。」

「呃……呃呃呃，雖然很感謝你願意這麼說啦……但我現在有點睏。」

「好，那我就先幫你趕走睡意。我們繼續聊回剛剛的那個話題吧。依照你的個性，若是要讓你此生都不想再看見啤酒的話，方法其實很簡單。根本就不需要浪費一堆啤酒倒滿整座游泳池，我只需要用固定器將你的肛門擴張開來，在你看得一清二楚的情況下，將啤酒倒入你的直腸裡就可以了。」

鄭泰義闔上了嘴。與此同時，他的雙眼不由自主地瞪大。

伊萊說的沒錯，他的睡意的確馬上就嚇跑了。

由於他實在是分不清對方哪句話是在開玩笑，哪句話才是真心的，因此鄭泰義只要一想像到那個畫面，立刻就下意識地蜷縮起身子。

而伊萊就這樣享受著鄭泰義僵在原地直勾勾瞪著他看的視線，愉快地笑著將藏在褲子與內褲裡的棒狀物掏了出來。那根還沒有被喚醒，沉甸甸垂了下來的凶器在伊萊一邊凝視著鄭泰義，一邊用手輕撫了兩下後便漸漸抬起了頭。

「要不然，我也可以把能讓你聯想到啤酒的液體灌入你的口中啊。」

「你說什麼？」

伊萊故意在詫異反問著的鄭泰義面前愉悅地來回晃動起自己的性器。而依舊還搞不清楚狀況的鄭泰義在看見伊萊那精神越來越好的性器與微妙的表情後，臉色逐漸沉了下來。

隨後，他鐵青著臉大吼道：「喂！！！」

在發出宛若是慘叫般的怒吼後，他臉色慘白地跑到床鋪的另一端坐下。而伊萊見狀則是立刻開懷大笑了起來。在愉悅地大笑了好一會兒後，伊萊微微地擺了擺手。

「沒有啦，我只是開個玩笑而已。我幹嘛要大費周章地搞這一齣，然後讓你恨我。我只是舉個極端的例子罷了。要是你之後太過痴迷於啤酒，我才有可能會用上這個手段。」

「……」

頓時，鄭泰義鐵了心之後一定要減少喝啤酒的頻率。要是他真的被伊萊以那手段對付，他很有可能會就此一蹶不振。

在好不容易稍微習慣了與對方的性愛過程後，現在就算是那根巨大到駭人的棒狀物插進來，他也能感覺到快感，甚至還會忍不住擺動起腰。

光是現在的這個改變，就已經讓鄭泰義覺得自己的人生正式踏上了一條不歸路。如果他之後還因為太愛喝啤酒，而不得不經歷更加慘絕人寰的「懲罰」的話，那他絕對會徹底崩潰。

此刻的鄭泰義就跟擦拭著柯爾特四十五口徑手槍的莫洛一樣憂鬱。然而他並沒有太多的時間可以繼續沉浸在憂鬱之中。

「不過就像你說的，趕快把工作解決掉好像比較好一點。那我們現在簡單做一下就好。我會趕在睡前把這些工作都處理完，這樣明天開始就可以認真地花心思在床上了，你說是吧？」

「不，不用了，你不需要特地花心思。你只要像平常一樣就可以了。」鄭泰義憂鬱地咕噥著，「我平常光是要配合你那猶如怪物般的體力就已經快要累死了。」

話雖如此，但鄭泰義還是乖乖地走到伊萊的面前坐了下來。

依照他多年的經驗，不管他現在用什麼方式拒絕，伊萊都不會當一回事。既然如此，那他還不如趕快幫對方解決性欲。再者，比起直接插入後庭，用嘴巴替對方解決就只是當下會喘不過氣而已，身體反倒不會這麼負擔。

鄭泰義坐在伊萊的雙腿之間，握住了頭抬到一半的性器底部。他輕輕地吻上了那根雖然幾乎每天都會看到，但還是大到令他感到噁心的肉棒頂端。與此同時，那根棒狀物又變得更加有精神了。

當鄭泰義用舌頭一路從性器頂端舔至底部時，伊萊的手也撫上了他的臉龐。那個緩慢地從他的下巴輕撫至臉頰及耳垂的動作，充滿著滿滿的欲火。

下一秒，伊萊的另一隻手先是從鄭泰義的後頸滑落至肩膀，接著再伸進鄭泰義的衣服裡，摸向他的胸部。伊萊在用指甲粗魯地撓了乳頭一下後，便開始拽起那個突起。

「啊。」

鄭泰義拚命忍住呻吟聲，然而身體卻還是不自覺地瑟縮了起來。他可以明顯感覺到自己的臉正以飛快的速度在漲紅著。

「不枉費我每天花費那麼多的心力吸吮你的乳頭，它馬上就挺立起來了。」

鄭泰義可以聽見伊萊的低笑聲從自己的頭頂上傳來。不過他故意裝作沒有聽見，自顧自地垂下了滾燙的臉，埋進伊萊的雙腿之間。

伊萊就像覺得很有趣似的，不停地把玩著鄭泰義胸部上的突起。而每當伊萊像是要就此扭下乳頭般地捏住突起時，鄭泰義總是會下意識地瑟縮起身子。

「鄭泰一。」

霎時，伊萊突然喊了他的名字。

鄭泰義可以清晰地感覺到對方的氣息中參雜著欲火。鄭泰義一邊舔著那根腫大到難以放入口中的棒狀物，一邊再次瑟縮了一下。

「你知道嗎，你現在的臉超色的？」

當那道宛若低語般的嗓音傳進鄭泰義的耳中時，他忍不住在心底咒罵了起來。

該死，完蛋了。

轉眼間，鄭泰義的身體就好似飛起來似的。而下一秒，他感覺到自己的身後傳來彈簧床的反彈力。

輕輕鬆鬆將鄭泰義推倒在床上的伊萊隨即也爬上了床，「看來工作還是等我先睡一覺醒來後再處理吧。」

坐在鄭泰義身上的伊萊笑著解開了自己的襯衫鈕釦。

＊＊＊

仔細一想，莫洛的確是有點可憐。

在經過那次的事件之後，他的精神肯定留下了很大的傷疤。

雖然莫洛還是這麼疼愛那些槍枝，但槍枝帶給他的傷害絕對不亞於他的那份愛。考慮到莫洛對槍枝那不正常的迷戀，這件事對他的精神來說一定帶來了不小的衝擊（而四十五口徑的槍管想必也為莫洛的身體帶來了不小的傷害）。

就算鄭泰義並不認為這全都是自己的錯——其實他也只是表面上這麼說說而已，這件事怎麼能怪到他的頭上——，不過考慮到兩人之前曾經是同事，在看到莫洛此刻的模樣後，他的內心難免還是覺得有些苦澀。

不知道是不是錯覺，但鄭泰義總覺得莫洛輕撫著裝在運動包裡槍枝的動作看上去格外哀愁。

「莫洛。」

由於莫洛要跟吃完早餐就準備出發去公司的凱爾一起去看那把還在開發中的樣品，並打算在看完之後就直接回去故鄉。因此早早就收好行李的莫洛此刻正背著來時的那個運動包，大步地走向玄關。

而原先要跟莫洛一起出門的凱爾在踏出房門之前，突然接到了一通電話，因此他便擺了擺手示意莫洛先上車。

凱爾的車停在大門的內側，隨時都可以出發。由於詹姆斯早早就坐在副駕駛座上，莫洛只能選擇後座內側的位置。

當莫洛看見鄭泰義敲了敲車窗的模樣後，不悅地搖下車窗，「幹嘛？」

「也不知道我們下次見面是什麼時候了，念在曾經是同事的份上，我總得跟你打聲招呼吧。」

「我才不想收到你的招呼。要是里格到時候又跑來對我亂發神經要怎麼辦啊！」

大吼到一半的莫洛就像看見什麼似的，馬上閉上了嘴。順著對方的視線往後看去，鄭泰義便看見伊萊身穿一件棉褲，泰然走到玄關處的模樣。對方坦然地露出肩膀上的瘀青——因為伊萊昨晚做了又做，累到不行的鄭泰義氣到直接咬了對方一口——，像是還沒睡醒似的撓了撓自己的後頸。

依照伊萊的個性，對方肯定不是來送莫洛的。想必伊萊是因為沒有看到鄭泰義的身影，才到處尋找著他的下落，順路走到了這裡。

與此同時，剛好講完電話的凱爾從伊萊的身後走了過來。在碎念了幾句：「就算現在在家裡，你也至少穿件衣服吧。」後，凱爾一邊向車上的人道歉讓他們等了這麼久，一邊搭上了車。

霎時，鄭泰義聽見車子準備要發動的聲響。

在猶豫了一會兒後，鄭泰義還是選擇開口安慰了莫洛，「雖然你可能不會產生這種念頭，但我還是希望你不要對槍枝抱有不好的印象。你就只是被……四十五口徑捅了一下而已，不要那麼在意，就直接忘掉吧。」

語畢，鄭泰義才意識到這句話聽上去比起安慰，更像是嘲諷。然而或許是鄭泰義的表情與嗓音令莫洛意識到了這是安慰，在沉默了好幾秒後，隨著大門敞開，車子準備要緩緩移動起來時，莫洛才將臉探出車窗外，滿臉笑意地用著既溫暖又認真的嗓音回應了他。

「看來你每天晚上都要用自己上面跟下面的嘴，吞吐著那根與四十五口徑手槍完全不能相比的東西啊。昨天經過的時候，我剛好目睹了一場好戲。之後記得要關好房門啊，再見！」

「……！」

鄭泰義的臉立刻沉了下來。

而那輛車就這樣拋下宛若銅像般僵在原地的鄭泰義，徑直地駛出了大門。眼看直到大門再次闔上，鄭泰義還是一動也不動地僵在那裡的模樣，伊萊緩緩地走了過來。

「啊哈……原來昨天從走廊經過的那個人就是他啊。」

「……我們昨天沒有關門嗎……？」

「你在進到我房間的時候，不是故意留了大概三十多公分的縫隙嗎？我看你這麼做的用意好像是打算要隨時逃跑，結果你自己竟然先忘了這件事？」

鄭泰義暫時陷入了沉默。對，的確就如伊萊所說。為了以防萬一，他每次去對方房間時，都不會直接關上房門，而是會稍微留點縫隙。

「可是我早上離開房間的時候，門是關著的？」

「我想莫洛那傢伙應該是為了你著想，才在經過的時候順便關上了門吧。」

鄭泰義茫然地望向伊萊，像是出神般地咕噥著：「所以你都知道……？」

「對啊。」伊萊不以為意地聳了聳肩。

下一秒，鄭泰義緊抓著對方的肩膀用力地晃動了起來，「那你為什麼不早點跟我說！」

「就算說了也來不及了啊。況且我看那個傢伙之後好像每隔幾年就會來這裡，提前讓他知道這件事也好啊。」

淡然講完這段話的伊萊接著便朝泳池的方向走去，「既然都出來了，我乾脆趁現在去游個泳來醒醒腦吧。」

鄭泰義在木然地凝視著對方的背影好一會兒後，跌坐在了地板上。

直到剛好經過的麗塔念叨著：「請不要隨便坐在地上。」之前，鄭泰義都以憂鬱到不行的心情，就這樣一動也不動地蜷縮在那個地方。

——〈hidden track 2nd.〉完

——《PASSION》全書完

高寶書版集團
gobooks.com.tw

CRS062
PASSION 06

作　　者　YUUJI
譯　　者　皮皮
封面繪圖　NJ
編　　輯　賴芯葳
美術編輯　彭裕芳
排　　版　彭立瑋
企　　劃　黃子晏

發 行 人　朱凱蕾
出　　版　朧月書版股份有限公司
　　　　　Hazy Moon Publishing Co., Ltd.
地　　址　臺北市內湖區洲子街 88 號 3 樓
網　　址　www.gobooks.com.tw
電　　話　(02) 27992788
電　　郵　readers@gobooks.com.tw（讀者服務部）
傳　　真　出版部 (02) 27990909　行銷部 (02) 27993088
郵政劃撥　19394552
戶　　名　英屬維京群島商高寶國際有限公司臺灣分公司
發　　行　英屬維京群島商高寶國際有限公司臺灣分公司 / Printed in Taiwan
　　　　　Global Group Holdings, Ltd.
法律顧問　永然聯合法律事務所
初版日期　2025 年 2 月

國家圖書館出版品預行編目 (CIP) 資料

PASSION / YUUJI 著 ; 皮皮譯 . -- 初版 . -- 臺北市 : 朧月書版股份有限公司出版 : 英屬維京群島商高寶國際有限公司台灣分公司發行 , 2025.02
面 ; 公分 . --

譯自 : 패션 PASSION 6

ISBN 978-626-7642-00-9（第 6 冊 : 平裝）

862.57　　113018733